拉美西斯五部曲 1：
光明之子

Ramsès, tome 1 :
Le Fils de la lumière

［法］克里斯蒂安·贾克（Christian Jacq） 著

解玲玲 译

中国社会科学出版社

图字：01-2017-5280号

图书在版编目（CIP）数据

拉美西斯五部曲 . 1，光明之子 / （法）克里斯蒂安・贾克著；
解玲玲译 . —北京：中国社会科学出版社，2018.7
ISBN 978-7-5203-1914-0

Ⅰ . ①拉… Ⅱ . ①克… ②解… Ⅲ . ①长篇历史小说—
法国—现代 Ⅳ . ①I565.45

中国版本图书馆CIP数据核字（2018）第000211号

Originally published in France as:
" Ramsès, tome 1 : Le Fils de la lumière" by Christian Jacq
© Editions Robert Laffont, Paris, 1995
Current Chinese translation rights arranged through Divas International, Paris
迪法国际版权代理

出　版　人	赵剑英
责任编辑	郭晓娟
责任校对	周晓东
责任印制	王　超

出　　版	中国社会科学出版社
社　　址	北京鼓楼西大街甲 158 号
邮　　编	100720
网　　址	http:// www.csspw.cn
发 行 部	010-84083685
门 市 部	010-84029450
经　　销	新华书店及其他书店

印刷装订	北京君升印刷有限公司
版　　次	2018 年 7 月第 1 版
印　　次	2018 年 7 月第 1 次印刷

开　　本	880×1230　1/32
印　　张	12.625
字　　数	283 千字
定　　价	88.00 元

埃 及 地 图

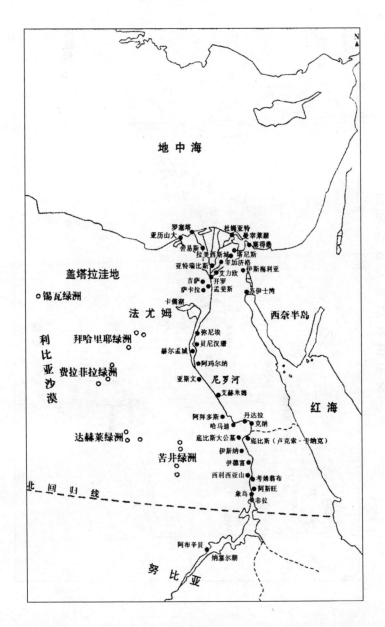

地中海

西奈半岛

红海

盖塔拉洼地

○锡瓦绿洲

法尤姆

拜哈里耶绿洲

利
比
亚
沙
漠

费拉菲拉绿洲

达赫莱绿洲

苦井绿洲

罗塞塔　　杜姆亚特
亚历山大　　　　曼宰莱湖　　塞得港
舍易斯　　拉美西斯城　　坦尼斯
亚特瑞比斯　　　宰加济格
　　　　　　艾力欧　　伊斯梅利亚
吉萨　开罗
萨卡拉　孟斐斯　　苏伊士湾
卡僑湖

弥尼埃
贝尼汉墨
赫尔孟城
阿玛尔纳
亚斯文　　尼罗河
　　　艾赫米姆

阿拜多斯　　丹达拉
哈马迪　　克纳
底比斯大公墓　底比斯（卢克索·卡纳克）
伊斯纳
伊德富
西利西亚山　考姆翁布
象岛　　阿斯旺
　　　非拉

北　回　归　线

阿布辛贝
　　纳塞尔湖

努　比　亚

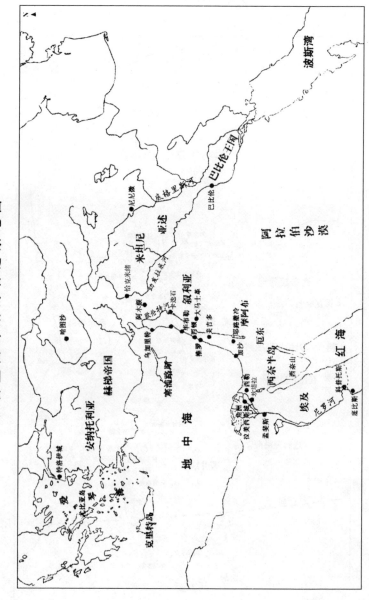

新王国时期的古近东地图

地中海

红海

波斯湾

阿拉伯沙漠

亚述

米坦尼

叙利亚

巴比伦王国

腓尼基

赫梯帝国

安纳托利亚

克里特岛

爱琴海

埃及

西奈半岛

出 版 序

破译了古埃及文字、使人们能一睹古埃及文明风采的商博良[1]，曾用这样的话描述他最崇拜的埃及法老："拉美西斯，永恒不灭的太阳之王，最伟大的君主，真理常伴左右。"

拉美西斯是西方文明的源头，他是埃及法老王时期最伟大的象征。从公元前1279年到前1212年，拉美西斯经历了六十七年的统治，创造出埃及辉煌灿烂的文明，将自己的智慧和才能发挥得淋漓尽致。他把自己的名字永远烙印在了历史的长河中。

拉美西斯的行迹遍布埃及大地，在皇家建造或者重修的无数建筑上，总能看到拉美西斯留下的印记。位于阿布辛贝的两座神殿、卡纳克神庙的圆柱大厅，还有卢克索面露笑容的巨像，无不昭示着伟大的拉美西斯和大皇后妮菲塔莉将永远统治埃及。

在不止一部的小说中，拉美西斯都是英雄式的人物。这部小说讲述的是，拉美西斯接受父亲塞提的教导，克服诸多考验和磨难，终于凭借无与伦比的才华，创造出辉煌的盛世，展现出这位真实英雄波澜壮阔的一生。

本书共有五册，除了拉美西斯，还记述了一些各具特色的人物：法老塞提、塞提的皇后图雅、大皇后妮菲塔莉、美貌的伊瑟、诗人

---

[1] 让·弗朗索瓦·商博良（1790—1832），法国历史学家、埃及学家，是第一个破译古埃及象形文字的人，他开创了埃及学，被人们称为"埃及学之父"。——译者注

荷马、御蛇巫师塞达武、希伯来人摩西，另外还有很多形形色色的人物，他们共同组成了这幅绚烂的巨大画卷。

拉美西斯的木乃伊如今保存在开罗博物馆，他的身体至今仍散发着无穷的魅力。不少人在参观过他的木乃伊后，都觉得他好像即将复活一般。

他的肉体生命虽然终结了，不过他的精神生命在这部小说中得以重现。从野史和埃及学中，我们可以了解到拉美西斯的成功与失败，体会他的欢乐与痛苦，了解他最爱的女人。他曾遭到最令人痛苦的背叛，也拥有至死不渝的友情，他以强大的内心对抗邪恶，寻找光明。这些曲折的过程，我们都可以在这部小说中亲历。

从第一次与野牛搏斗，到安息在洋槐树下，拉美西斯把自己的一生都融入了埃及——这个被众神宠爱的国家。在这片孕育无数生灵的大地上，忠诚、公平和美貌都有其特定的含义，生命可以重来，爱情崇高而美好。我们在现实生活中憧憬的一切，都可以在这片神奇的土地上实现。

埃及属于拉美西斯。

01

　　一头棕黑色的公牛正死死地盯着年轻的拉美西斯。它有柱子一样粗壮的四肢和又尖又利的角,可以轻而易举地撕碎一切敌人的肉体。这不能不引起拉美西斯的注意。

　　如此强壮的公牛,拉美西斯还是第一次看到,他向后退了一步。

　　野牛不允许任何人进入自己的地盘——那片满是大芒草的、临近沼泽的牧场,所以它将尾巴扬向天空,眼睛凶狠地瞪着拉美西斯这个胆大包天的闯入者。不远处,有一头母牛正在同伴的陪伴下分娩。在清冷的尼罗河河畔,这头野兽是这个群落的统治者,它不允许外来者接近这里。

　　野牛深邃的栗色眼睛一直盯着这个躲在草丛后的年轻人。拉美西斯知道，躲是没用的。

他慢慢地转回身，脸色苍白地走向自己的父亲。

塞提就站在儿子身后大概十几步远的地方，他是埃及的法老王，是人们交口称赞的"胜利的公牛"，据说敌人只要看到他，就有转身逃走的冲动。这位智者，像鹰隼一样敏锐，他能看透一切，掌控一切。身形伟岸的他一脸严肃，饱满的额头下方颧骨高耸，鼻尖微弯，状似鹰钩。他站在那里，代表的就是权威。人们对他既尊敬又畏惧，埃及因他再次繁盛。

拉美西斯身形健壮、体态优美。他直到十四岁才第一次见到自己的父亲，在此之前一直由宫廷的私人教师照顾和调教。他身份高贵，是国王的儿子，以后必将位高权重，所以一直过得既安逸又舒适。可是这天，塞提忽然打断了他的文字课，将他带到了远离城市的野外，一路上塞提始终一言不发。

草丛越来越密，国王和他的儿子不得不离开双马车徒步前进。他们隐身在高高的草丛里，绕开障碍物，潜进了野牛的领地。

谁更恐怖呢？是那头野兽，还是这个法老？两者身上都有一种掌控一切的气势，这让稚嫩的拉美西斯觉得难以抵挡。说书人不能告诉你，这头野兽的生命之源是另一个世界的火，它是一只天兽；他也不能告诉你，法老和众神有着兄弟般的紧密联系。好在他足够强壮，并不畏惧它。年轻的拉美西斯觉得，两方的力量是一样的，而自己被夹在了中间。

他假装镇定地说："它看见我了。"

"那很好。"父亲用指责的口吻说出了这几个字。

"它太大了，它……"

"那你呢？你是谁？"

拉美西斯没想到父亲会这样问。野牛用左前蹄刨打着地面，白鹭鸶和苍鹭像要远离战场一般，飞向了遥远的天际。

塞提的眼神有穿透人心的力量："你是要做一个懦夫，还是要当国王的儿子？"

"我愿意豁出性命，可是……"

"真正的男人除非耗尽了所有的力气，否则他是不会放弃的，国王更是如此。你要是连这一点都做不到，如何统治一个国家？若当真如此，以后我们也不用再见了。你必须直面一切考验。除非你想逃跑，不然，就把它抓过来。"

拉美西斯鼓起勇气，抬头看着父亲的眼睛说："我会死的，你想我死吗？"

"年轻的野牛要有强壮的身体、坚定的意志，就要磨砺双角，所向披靡。而你，要成为这样的野牛。拉美西斯，你出生的时候就像是一头野牛，可你必须成为光辉灿烂的、能够造福百姓的太阳。过去，你是我捧在掌中的星星，现在我要张开双手，看看你是会在天空中继续闪耀，还是陨落消失。"

闯入者的对话惹恼了那头野牛，它开始怒吼咆哮。方圆十米之内，所有的动物，不管是啮齿类还是鸟类，全部没有声响，它们都闻到了战火将启的味道。

拉美西斯看着自己的敌人。

他和宫廷教师学过空手搏斗，还曾用这些技巧打败过比自己强大的人，可对面是这样一个大家伙，他有胜算吗？

塞提给了儿子一条很长的绳子，上面打着活扣。"角是它的力量之源，套住它的角，你就赢了。"

这让年轻人有了一些信心。他很早之前就在皇宫池塘里的水上比武中，学会了使用绳索的技巧。

塞提警告儿子："野牛一听到你挥动套索的声音，就会向你冲过来，你只有一次机会，绝不能失手。"

拉美西斯一边在脑袋里模拟动作，一边思考策略，并悄悄地给自己鼓劲。他虽然年纪还小，但身高已经有一米七了，那结实的肌肉就是和那些会很多体育项目的运动员比，也不遑多让。他不喜欢那个系在自己耳朵上缠着锦带的童环，尽管这种传统的饰品和自己漂亮的金发搭配得非常协调，但它太孩子气了。他希望以后等自己在皇宫里有了职务，可以换一种装束。

可是命运会给他这样长的时间吗？这个生机勃勃的年轻人，一直渴望通过某些考验来证明自己的能力。真的，他不止一次幻想过这种情况，可是他从未想过自己的渴望，会得到法老如此血腥的回应。

人类的气息不断地刺激着那头野牛，它终于按捺不住了。拉美西斯把绳索攥得死紧，在抓到这头野兽之后，他还要有巨人般的力气才能制服它，可是他现在的气力明显不够。既然如此，他就只能超越身体的极限，甚至让自己忍受极大的痛苦。

不，他绝不能让法老失望。

拉美西斯挥动套索，野牛压下双角向前狂奔。

他被野牛的速度吓了一跳，不由自主地向旁边退了一步。与此同时，他扬起右手抛出套索，套索像蛇一样卷曲着身体扑到了怪兽的背上。在做完这一系列动作之后，拉美西斯身体失控，摔在了泥泞湿滑的草地上。就在他倒地的那一瞬间，牛角几乎是贴着他的胸膛划过去的，他以为自己必死无疑，眼睛都没眨一下。

野牛冲到芒草地的边缘，跳转身面向拉美西斯。拉美西斯站起来直视野牛，在分出胜负之前，他绝不会退缩。他要告诉塞提，他是国王的儿子，就算死，也不会丧失尊严。

蛮牛停了下来。法老用手中的套索缠住了它的双角。野牛又惊又怒，疯狂地甩动头部，连颈骨都要折断了。可惜，它再怎么努力也逃脱不了，塞提以无可抵挡的力量将它拉拽了过去。

"抓它的尾巴！"他对儿子下令。

拉美西斯跑过去一把抓住野牛尾巴。这条尾巴通体光滑只有末端有一小撮毛，法老的腰带上就挂着一条这样的尾巴，这表示他是野牛的征服者。

在被抓住之后，这头野兽除了喘息呻吟，再没有其他动作。国王做了一个手势，暗示拉美西斯站到自己后边，拉美西斯照做之后，国王便放开了野牛。

"想要制服这种动物并不容易，这样大的公牛既不怕水，也不怕火，而且还知道藏在树后伏击对手。"

野牛摇头晃脑地打量着它的敌人，它断定自己无法取胜，于是慢慢后撤，最后回到了自己的地盘。

"它打不过你！"

"我们有了共识，所以它不再视为我敌人了。"

塞提拔出皮套里的匕首，迅速而精准地割断了拉美西斯的童环。

"爸爸……"

"拉美西斯，你不再是孩子了，明天开始，你要开启新的生命。"

"可我输给了那头野兽。"

"但你战胜了恐惧，它是智慧最大的敌人。"

"智慧的敌人很多吗？"

"沙漠里的沙子可能都没那么多。"

年轻人实在按捺不住心头的疑问，他说："或许我可以这么认为……我是你选定的继承人？"

"你觉得勇气是统御臣民唯一的条件吗？"

02 /

萨力是拉美西斯的家庭教师，他正在皇宫里到处寻找自己的
学生。把数学课扔到一边跑去喂马，或者去和那些酒肉朋友来一
场游泳比赛，这种事拉美西斯已经不是第一次做了。

萨力天性乐观，他不喜欢运动，是个大肚子男人。王子的家
庭教师，这份工作不知有多少人眼红，而他能得到是因为他娶了
拉美西斯的大姐杜兰特，杜兰特的年纪比他小很多。

塞提的小儿子并不好伺候，他性格直接且喜怒不定。萨力是
一个很有耐心的人，他希望这个既傲慢又过于自负的小男孩能够
对他敞开心扉，这是他坚持工作的动力。法老不参与孩子的童年
教育，只在他们将要成年时，和他们见面并加以考验，衡量谁更
适合成为国家的统治者，这是旧有的传统。现在的形势几乎没有

任何疑问：即将成为国王的是拉美西斯的哥哥谢纳。不过弟弟日后如何发展，谢纳必须安排好，就算不让他成为一个将军，起码也要让他做一个合格的大臣。

萨力刚过三十岁，他的妻子才二十岁，芳华正茂，他完全可以在自己府邸的池塘边与她相亲相爱，以此来打发时间。可是这样的日子太无趣了，可以说是拉美西斯让他的生活有了更多的色彩。这个小男孩的想象力极为丰富，对生活充满了好奇心。在萨力之前，拉美西斯其实还有过好几任家庭教师，不过都被他弄得苦不堪言。萨力上任后，虽然也是冲突不断，但总算成功地让小男孩对其本该了解的科目产生了兴趣，并开始练字。萨力虽然没有明确说过，但他确实喜欢教导头脑灵活的拉美西斯，特别是在对方灵光乍现、有了特别的感悟时，这种喜欢的感觉会更加强烈。

这个年轻人这段时间有了一些变化，他开始认真地翻阅老智者卜塔·霍特普的格言集，甚至会在清晨时，满腹心事地看着飞舞的燕群。要知道，他过去可是连一分钟都静不下来的，这让萨力感到非常惊讶。这是一个很多人都没有经历过的蜕变的过程。这位家庭教师一边猜测是什么改变了拉美西斯，一边期望年轻人的激情可以变成另一种不那么叛逆但一样生机勃勃的特质。

拉美西斯在很多方面都天分极高，把皇宫里那些所谓的才子都比下去了。他们厌恶他，甚至憎恨他。他既没有因为塞提的皇位继承人问题受到影响，也不曾把朝臣们的阴谋诡计放在心上，尽管那是他必须面对的事。他的未来或许远没有预想中的平顺。在这些阴谋中，他的亲哥哥也出了一份力，正计划着将他排除在朝廷要员的名单之外。他以后会怎么样？会被赶到偏远的边塞去吗？

那种季节单一的不毛之地,他受得了吗?

为了不让自己的担忧变成人们无所事事时的闲言碎语,萨力对自己的妻子都只字未提。他更不可能直接和塞提说,一来法老国事繁忙,没时间和一个家庭教师谈心;再者,他们父子二人也确实不需要沟通什么,因为拉美西斯在塞提这样无所不能的人面前,如果不想造反,就只能言听计从了。总而言之,传统自有其优势,父亲在教育子女上并不是最合适的人选。

拉美西斯的母亲图雅是皇家的大皇后,她就是另一种态度了,萨力发现她非常喜欢自己的小儿子。她是一个素养极高且非常敏锐的人,对每一个臣子的优缺点都了若指掌。所有的皇家事宜都由她负责,她从不违反皇室的规矩,不管是贵族还是平民,都对她颇为敬重。可是,萨力并不敢拿那些不知所谓的烦恼去打搅她,因为皇后讨厌传闲话的人。在她看来,没有根据的指控和撒谎一样恶劣,萨力害怕失去她的信任。相比于当一个只会预测坏事的预言家,直接闭嘴反倒更好。

萨力强忍着厌恶去了马厩。他害怕马和马的蹄子,也不愿意和马夫们待在一起,更担心好高骛远的骑兵团坏事。家庭教师任由马夫们嘲笑自己,他只想找到他的学生,拉美西斯已经失踪两天了,大家多少都觉得有点不寻常。

萨力一连找了几个小时,甚至忘了吃饭,最后只能在傍晚时分,带着满身的尘土和一身的疲惫返回皇宫。

这位愁眉不展的家庭教师甚至没有搭理那些离开教室的同僚。他准备明天早上再去问问拉美西斯的朋友们,希望能找到一些线索,不然,他就只能承认他把这个学生丢了。

萨力想不通自己上辈子到底造了什么孽，这辈子要摊上这么一个磨人的天才？自己要是因为这件事丢了工作、被驱逐出宫、被妻子休弃，甚至被贬黜为洗衣工，那真是太冤枉了。萨力坐在平时写字的地方，满心的苦楚和忐忑。

拉美西斯一般会坐在他对面，不是一脸认真，就是魂游天外，动不动就要弄出些出人意料的事情来。拉美西斯八岁时，字就写得很好了，还会测算金字塔的斜角……他对演算极有兴趣。

家庭教师闭着眼睛追忆自己攀上高枝后的这段美好的时光。

"萨力，你生病了吗？"

这个不再稚嫩清脆的声音响起……听上去，仍有些陌生。

"是你，真的是你？"

"你要是睡着了就继续睡，要是没睡着就看清楚一点。"

萨力睁大眼睛。

确实是拉美西斯，他和自己一样满身尘土，但双眼炯炯有神。

"咱们两个，你还有我，都需要先洗个澡。老师，你去哪儿了？"

"一个非常脏的地方，丝毫不比马厩逊色。"

"你去找我了？"

萨力吃惊地站起身，走向拉美西斯："你的童环呢？弄到哪里去了？"

"切断了，是我的父亲亲手切断的。"

"这不可能！只有……才能接受这种仪式。"

"你觉得我在说谎？"

"很抱歉。"

"老师你坐下，我跟你说。"

王子变得沉稳的声音让萨力有些吃惊，他接受了王子的建议。

"我父亲让我和野牛对战。"

"这……这不可能！"

"我输给了那头野牛，不过我表现得很勇敢，如果我没猜错……我父亲准备日后把储君的位置传给我。"

"不，王子，你的哥哥才是那个被选中的人。"

"他和野牛对战了吗？"

"你不是一直很喜欢冒险吗？或许塞提只是想提供一个机会让你感受一下。"

"他怎么会把时间浪费在这种小事上？我敢说，他就是想把王位传给我。"

"这太疯狂了，你不要自欺欺人了。"

"疯狂？"

"宫里的大人物，有几个是支持你的？"

"我做错了什么？"

"你的天赋。"

"难道你的意思是我应该做个庸才？"

"你根本想象不到权力的游戏有多凶险，想要获得最终的胜利，只有勇气是不够的。"

"那我要你做我的帮手。"

"什么？"

"宫里的情况，你非常了解，告诉我谁是朋友、谁是敌人，为我出谋划策。"

"我只是你的家庭教师……无法满足你那么多的要求。"

"别忘了，我的童年结束了。你如果不再是我的家庭教师，就没有留下的理由了。"

"你没有掌权的机会，却在这里逼我盲目冒险；要知道你哥哥已经做足了准备，你敢挑衅他，就一定会被他杀了。"

03

夜色漆黑如墨。

拉美西斯和他的同窗们说好，要在城中心集合探讨一个重要的问题。不知道大家能不能顺利地避开负责巡视的警卫。

拉美西斯从自己二楼房间的窗口翻下来，悄无声息地落在了花园松软的土地上。他前进时紧贴建筑物，警卫们不是正在酣睡，就是在掷骰子玩，所以拉美西斯不担心遇到他们，就算运气不好恰巧遇到了某个尽职尽责的警卫，他也可以一拳打晕对方，或者找个借口搪塞过去。

他太激动了，以致忘了还有一名"狱警"——一只矮壮的黄毛卷尾中型犬，它正垂着耳朵端坐在马路中央。

拉美西斯不由自主地和它对视了一下。那条狗坐在那儿，尾巴规律地摇晃着。年轻人慢慢走过去，摩挲它的身体，他们第一次见面就互相有了好感。那条狗带着一条红色的皮质颈圈，上面写着"夜巡"两个字。

"你和我一起去吧。"

夜巡黑色的扁鼻子上下晃动，看样子是答应了。它带着自己的新主人走出校门，这里是埃及培养未来的王公大臣的地方。

天虽然已经晚了，孟斐斯的街头依旧人来人往。孟斐斯是埃及最具历史的古都，虽然在商业方面比不得南部的底比斯，但仍保持着旧日的光辉。这里汇聚了所有著名的高等学府，无论是贵族后裔，还是那些得到认可的、有机会出任高官的人，都被送到这里接受严格的教育，进行高强度的学习。很多人都渴望进入贵族学校这种"与世隔绝且吃喝不愁的安全之所"，可是像拉美西斯这种自小生活在其中的人，只想逃出去。

拉美西斯身上的长衫袖子很短，因为材质一般，看上去和普通的路人并无区别。聚会的地点是医学院边上名声最响的啤酒屋，在紧张地学习了一天之后，那些未来的医生们很喜欢到这里娱乐放松。王子任由夜巡紧跟着自己，他们一起走了进去，虽然按规定贵族学校的孩子是不该来这儿的。

在石灰墙砌成的啤酒屋大厅里，烈酒、棕榈酒和烈性啤酒的爱好者正在草席上享受热情的款待。酒店老板滔滔不绝地吹嘘着自己的产品和那尊出产于尼罗河三角洲、绿洲或希腊的双耳尖底瓶。拉美西斯找了一个可以看到门口的偏僻角落。

一名侍者问："你要喝些什么？"

"等会再说。"

"我们这里只有熟客才能最后付账。"

王子拿出一只玉质手环，说："够了吧？"

侍者看了看，说："够了。要葡萄酒还是要啤酒？"

"我要这里最好的啤酒。"

"多少个杯子？"

"还不确定。"

"那我先把酒拿过来……等你确定了，我再拿酒杯来。"

拉美西斯很清楚，自己不知道物价，很可能被侍者骗了。现在无疑已经到了从学校这个与外界几乎隔绝的地方走出来的时候了。

在王子脚边蹲守的夜巡紧盯着啤酒屋的大门。他的那些同学，会有谁敢冒险过来呢？如果把最胆小的和最有野心的家伙排除出去，他敢确定的有三个人，他们绝不会当逃兵。

看到出现在门口的塞达武，拉美西斯露出了笑容。

塞达武的母亲是努比亚人，父亲是一名水手。他本人虽然个子不高但非常健壮，肌肉结实，发黑如墨，四方大脸，看上去男子气十足。他是一个非常有耐心的人，贵族学校的老师非常喜欢他，因为他在化学和植物学上颇具天分，这也是他能进入高等学府的一个重要原因。

塞达武坐到拉美西斯身边，什么都还没来得及说，亚梅尼就来了。

亚梅尼长得又瘦又小，面色惨白，小小年纪就没多少毛发了。他明显不会是体育运动和体力劳动方面的好手，不过他的作文写得非常好，超过了毕业班的所有同学。他非常刻苦，每天的睡眠时间只有三四个小时，比他的文学老师都了解那些大作家。他的家人是粉刷匠，而他是家里的英雄。

他自得地说："我把晚餐给了一个警卫，就成功逃脱了。"

亚夏居然是到这里的第三个人，这让王子非常惊讶，因为对方没有冒险的理由。进贵族学校学习，对亚夏来说只是为走完出任高官前必需和理所当然的步骤，因为他有一位富可敌国的父亲。他本人长得文质彬彬，身形纤瘦，脸孔狭长，下巴上的小胡子也修得非常整齐。不过，他看人时眼睛里总有那么一丝轻蔑的味道。他低沉的声音和光芒四射的眼睛，对大部分和他交谈的人来说，都颇具迷惑性。

他坐到三个人面前。

"拉美西斯，吓到没有？"

"吓到了。"

"我觉得日子太无聊了，想和你们堕落一晚。"

"我们会受罚的。"

"有了处罚，这份尚在锅中的佳肴才会更美味。还有人没来吗？"

"是的。"

"你最好的朋友？他或许抛弃你了。"

"他一定会来。"

亚夏带着一种讽刺的神态为大家倒酒……不过拉美西斯没喝，他现在既担心又失望。他不相信自己会看错人，这太荒唐了。

"他来了！"亚梅尼喊道。

摩西身形挺拔，肩膀宽阔，头发又厚又密，下巴上还有一圈胡子，他的外貌很难让人相信他只有十五岁。摩西祖上是希伯来工人，几代之前移民到了埃及，他很小的时候就因为高人一等的智商被选入贵族学校读书了。体力上的势均力敌，让摩西和拉美西斯很早就开始互相较劲，那时他们在功课上甚至还没表现出不相伯仲的架势，也没有达成互不侵犯的共识。

"我被一个老警卫截住了，我不想把他打晕，所以只能想办法编了一个合理的说辞。"

拉美西斯说："我现在想问的重要问题只有一个，就是要怎么做才能获得真正的权力。"

亚梅尼立即说："书上说，我们和神使用相同的语言，智者用语言教诲我们。'你的祖先比你更早认识生命，所以请追随他们。知识是权力之源，唯文字永垂不朽。'"

塞达武驳斥道："这些掉书袋的话有什么用处？"

亚梅尼气得涨红了脸："难道在你看来文字拥有的不是真正的权力？言行举止、礼仪规范、准时重诺、对肉欲和野心的抵制、谦谨、沉默的艺术，都比不上文字，这些就是我想学习的品质。"

亚夏说："不止如此，外交的力量也无与伦比。为此我准备漂洋过海去学习友国和敌国的语言，去了解国际贸易的门道，弄清其他国家领导者真正关心的问题是什么，然后掌握使用这些知识的技巧。"

塞达武遗憾地说："只有生活在世外桃源的城里人，才会有这样的豪情壮志。"

亚夏单刀直入，反问道："那你呢？你准备如何获得权力？"

"路只有一条，就是用生和死、美丽和凶险、毒药和解药铺就的蛇鬼之路。"

"你不是认真的吧？"

"蛇在哪儿？田地里、沼泽里、尼罗河河畔、运河岸边、晒谷场、牧羊人的家里和放牧的地方，甚至是我们自己家中清凉而隐蔽的地方。蛇到处都是，它们掌握了创造的秘密。我要消灭它们，就算牺牲性命也在所不惜。"

他的这番话必定是考虑了很久才说出来的，所以没有人敢反驳他。

"摩西，你又是怎么想的呢？"拉美西斯说。

"朋友们，我真羡慕你们，因为我无法给出答案，"摩西迟疑地说，"我被一些古怪的念头搅得心乱如麻，我的未来尚在迷雾之中。我准备接受后殿[1]的那个高级职务了，希望以后的路可以更加惊险和刺激。"

拉美西斯迎着四个年轻人的目光。

他说："世间真正的权力只有一种，就是法老的权力。"

---

[1]　在古埃及，后殿并非禁锢美丽女人们的地方，而是一个非常庞大的经济机构，这和我们以往描述的相去甚远。

亚夏感叹道："你这种说法很寻常啊。"

拉美西斯说："我接受了野牛试炼，父亲带我去的。他为什么这么做，我唯一能想到的理由就是，他选择的下一任法老是我。"

王子的四位同学听他这么说，全都沉默了下来。最后还是亚夏第一个开口。

"可是塞提选定的王位继承人明明是你大哥。"

"如果真是这样，他为什么不让我大哥和那头野兽交手呢？"

亚梅尼激动地说："拉美西斯，这太棒了，我的朋友是未来的法老，还有比这更棒的吗？"

摩西嘱咐道："别高兴得太早，塞提可能还没有做出最终决定。"

拉美西斯问他："你们会支持我，还是反对我？"

亚梅尼答道："我永远支持你。"

摩西重重地点了一下头，表示支持。

"这不是一个可以立即回答的问题，"亚夏说，"如果我觉得你更有机会，自然会渐渐远离你大哥；如果你大哥更有机会，我也没理由非得跟着一个失败者。"

"你怎么……"亚梅尼攥紧拳头。

亚夏，这位未来的外交官解释道："说不定我才是所有人中最诚恳的。"

"怎么可能？"塞达武反驳道，"只有我的看法才最符合现实。"

"说来听听。"

"我不喜欢说，只喜欢做。未来的国王不能怕蛇，我会在下个月圆之夜带拉美西斯和群蛇对战，在那个时候蛇类会倾巢而出。如此一来，大家自然就知道他的志气和他的野心是否匹配了。"

亚梅尼以悲伤的口吻恳求道："不要答应！"

拉美西斯说："我接受。"

这场密会让埃及历史上最古老也最著名的贵族学校受到了极大的震动。要知道，建校至今，从未有哪个学生敢违背校规擅自离校，即使是毕业班最优秀的学生。萨力的同事们把他推出来审问并重罚了这五名违规者，这让他感到非常无奈。更糟糕的是，学校本来才刚根据这五个小伙子的勤勉和能力，给他们推荐了不错的职位。对他们来说，贵族学校只不过是踏上康庄大道的一个敲门砖而已。

拉美西斯正在逗狗，他已教会了它如何与自己共享食物。家庭教师不明白这条狗为什么对王子手里的破布球那么痴迷，只要王子扔，它就疯狂地追过去。萨力虽然觉得这非常无聊，奈何他的王子学生不肯停手。拉美西斯说，这条狗在给别人当宠物时，受到过虐待，现在只有这个游戏能让它高兴起来。

"拉美西斯，你这么做是要受罚的。"

"为什么？"

"你私自离校，违反了纪律……"

"萨力，没那么严重吧，我们又没喝醉。"

"更蠢的是你们私自离校，你要知道你的那些同学就要毕业了！"

拉美西斯一把按住家庭教师的肩膀。

"太好了，你知道什么？快和我说说。"

"处罚……"

"这个晚点再说！摩西被分配到哪儿了？"

"他被安排到了法尤姆市[1]的梅室后殿当总管助理，这项工作的任务未免太重了。"

"有些古板的老公务员只知道抓着职权享福，摩西到了那儿，会让这些人振奋起来的。亚梅尼呢？"

"他被安排到了宫里的文书部。"

"太棒了！塞达武呢？"

"要是没有处罚的事，他会成为有执照的治疗师和御蛇巫师，

---

[1]　在开罗西南方大概一百公里处。

负责收集毒液配置解药……"

"亚夏呢？"

"等他学完了利比亚语、叙利亚语和赫梯语，会被派往彼布罗斯当传译官。但是现在这些任命已经中止了！"

"谁做的？"

"贵族学校的校长、老师，还有我。你们做的事，越界了。"

拉美西斯心想：事情要是恶化下去，首相就会看到报告，最后塞提也会听到风声；这确实是一个惹怒国王的绝好的办法。

"萨力，这件事难道已成定局了？"

"还没有。"

"那就把责任推到我一个人身上，只处罚我好了。"

"可是……"

"筹划这次聚会的人是我，聚会的地点是我定的，他们只是受我胁迫。他们只是因为我的名字而不敢拒绝我。"

"或许，可是……"

"把这个好消息告诉他们，拟定了什么惩罚由我来扛。好了，就这样吧，现在我要和这条可怜的狗玩一会儿，让它高兴高兴。"

萨力开心极了，他原本觉得这件事很难处理，没想到拉美西斯自有主意，一下子就把他摘出来了。

最后王子接受的处罚是，在洪水节期间不能出校，要补习数学和文学课程，且不能去马厩玩。当法老在7月新年主持尼罗河盈溢开学典礼时，人们只会看到拉美西斯的大哥而看不到他，自然会认为小王子确实无足轻重。

在禁闭期间，唯一能够逗笑拉美西斯的，就只有那条大黄狗了。后来拉美西斯得到允许，总算能送一送他的同学们。

亚梅尼的工作就在孟斐斯。他可以和自己的老朋友在一起，不用每天惦记对方，还能想方设法逗拉美西斯开心，所以他看上去非常高兴，整个人兴高采烈的。想想小王子被放出来之后的日子，一定会很快活。

摩西只是拥抱了拉美西斯一下，他相信去往遥远的梅室正可以让自己受到最好的磨炼。有一些想法，他始终放不下，准备晚些时候，等他的朋友获得自由之后再说出来。

亚夏表现得非常冷淡。他对王子的到来表示感谢，并承诺说，只要有机会，以后会做出同等的回报，但与此同时，他又表示自己对这种情况不抱期待，因为他们可能很难再见了。

塞达武又和拉美西斯说起迎战蛇群的事，并表示既然做了承诺，就应该说到做到。这次的意外虽然让人恼火，但塞达武决定借此机会去寻找一个最理想的地点让他迎接挑战。能够全身心地投入到技巧的研究中，每天和真正的权力打交道，这让他看上去格外兴奋。

面对孤独的考验，拉美西斯居然如此平静，这让他的家庭教师感到非常惊讶。那段时间，和王子同龄的年轻人都在畅享洪水节的欢乐，他却一心扑在数学与古典文学的研究上，只有偶尔才会带着他的狗去花园里小逛一圈。拉美西斯和萨力探讨的所有话题都极为严肃，他本就出众的记忆力又提升了，他的专注程度也让人备感惊讶。不过几周时间，他就从一个年轻的小伙子变成了一个男人。很快，他的家庭教师就发现自己已经没有什么可教的了。

这段时间，拉美西斯虽然不得不安分守己，但他其实从未离开过战场，他像正在空手搏斗一样热情地与自己厮杀着。野牛挑战让他对另一个怪兽——那个自以为是、野心勃勃、鲁莽急躁的规则挑战者，产生了兴趣，他一直想打败它。这或许是一场更加危险的战争。

拉美西斯总会想起自己的父亲。还能见到父亲吗？这次来自至高无上的法老的宠爱和回忆，难道就是他唯一能够获得的东西？塞提放走公牛之后，曾经将马车的缰绳交给拉美西斯，可是很快又夺走了，拉美西斯不知道父亲为什么这么做，他不敢发问。事实上，虽然只和父亲待了几个小时，但他已经觉得非常幸运了。

他不再考虑成为法老的事，而是像往常一样，心潮澎湃地任由想象肆意飞翔。

然而他接受了野牛考验，这是一个早就废弃了的古老仪式，而且，塞提并不是一个盲目行事的人。

他并不准备遮掩自己的无知，于是找来了好友亚梅尼询问这件事。拉美西斯很清楚，无论自己以后的官职是什么，只有勇气和激情都是不够的，而且塞提和其他法老一样重视传统。

疯狂的想法以翻天覆地之势再一次向他扑来，紧紧地缠绕着他，他虽然努力压制，却始终没有成功。可是，萨力同他说，宫里的人差不多已经忘了他是谁了，大家都觉得他不再具有危险性，因为他被贬到了塞外的都城。

对于这种情况，拉美西斯不想做任何解释，他开始转移话题，去探讨如何以神圣三角形修筑神庙，如何以纤弱完美、自然正义为标准为女神玛亚特建造神像，以及如何把握神庙的外观尺寸。

　　他喜欢骑马、游泳和空手搏斗，可是现在他依从萨力热情的教导，就像彻底忘记了大自然和外围世界一样。照此下去，再过几年，这个曾经的浪荡子就能和古书上的贤者一较高下了。年轻的拉美西斯虽然因为这次违纪受到了严厉的惩罚，但这反倒让他走上了正路。

　　在获得自由的前一晚，王子和萨力一起吃了顿晚饭。他们在教室的屋顶上铺了一层草席，坐在上边嚼着鱼干、辣蚕豆，喝着生啤酒。

　　"恭喜你，你进步得很快。"

　　"有个小问题：给我安排的工作是什么？"

　　家庭教师看上去非常窘迫："……你下了这样大的苦工，或许你可以考虑，先休息一阵子。"

　　"这就是你的建议？"

　　"这件事有点难办，不过……王子地位尊崇，这是不会变的。"

　　"萨力，到底给我安排了什么职位？"

　　家庭教师不敢看自己学生的眼睛。

　　"暂时，没有任何职位。"

　　"谁决定的？"

　　"你的父亲，塞提陛下。"

05

塞达武说："诺言就是诺言。"

"是你，居然真是你？"

塞达武没戴假发，胡子拉碴，一身羚羊皮长衫，上面全是口袋。眼前的他完全是另一副样子，和当初在全国最高学府就读的学生模样简直是天壤之别。他之所以没被粗暴地赶出去，完全是因为一个皇家警卫认出了他。

"发生了什么事？"

"我只是忠于职守且信守承诺。"

"你准备带我去哪儿？"

"很快你就知道了……当然，前提是你有这个胆量，且不想毁约。"

拉美西斯愤怒地看着他。

"我很抱歉。"

他们骑驴穿过城中心，从南边出城，在沿着运河走了一段路之后，开始转向沙漠，他们的目的地是一个古老的大墓场。离开河谷，进入一个不受法律制约的让人毛骨悚然的世界，这对拉美西斯来说，尚属第一次。

塞达武两眼放光，斩钉截铁地说："今晚是月圆之夜，蛇类将倾巢而出。"

驴子以适当的速度和稳健的步调走在一条小径上，王子几乎看不到路。终于，他们走进了这个荒僻的墓场。

遥望远方，看到的是蓝色的尼罗河与绿色的田地；而眼前，则是无边无际的沙漠，这里除了呼呼的风声，什么都听不到。神庙里的人说沙漠是"塞特的红土地"——塞特是雷雨和天火之神，过去拉美西斯一直不明白其中的含义，现在终于懂了。塞特烧毁了这片荒芜的土地，但与此同时，他也让人类远离时间与腐坏的侵扰，变得纯净。人类能够建造永恒的居所安放不朽的木乃伊，正是因为他的恩赐。

拉美西斯享受着这里的空气，它是那样的干净与清爽。

法老掌控的埃及可不只有肥美丰饶可以带来累累果实的黑土地，还有这块红土地；他应该知道它的秘密，并让它的力量和潜能得以发挥。

"你要是不愿意，现在还有放弃的机会。"

"我对夜晚的降临十分期待。"

一条蛇向拉美西斯爬过来，它的背是红色的、肚子是黄色的，潜伏在两块石头中间。

塞达武说："这种蛇并不伤人，它们通常以废弃的建筑物为巢穴，昼伏夜出……跟在我后边。"

在一条陡峭的斜坡下方，有一座废弃的洞穴。两个年轻人慢慢地走过去，在进入洞穴之前，拉美西斯有些迟疑。

"你很快就会知道，里面既凉爽又干净，一个木乃伊都没有，也不会有妖魔鬼怪突然冒出来攻击你。"

塞达武将油灯点亮。

呈现在拉美西斯眼前的洞穴，只有顶部和四面墙有开凿的痕迹，不像有人住过的样子。洞穴里的那几张矮桌和上面的东西都是御蛇巫师先前放在这里的。有磨刀石、青铜刮胡刀、木梳、葫芦、写字板，及若干小木板和一大堆装满制药材料的瓶瓶罐罐，还有沥青、铜屑、铅化物、红赭石、明矾、黏土和泻根、草木犀与缬草等。

夜幕降临，橘红色的太阳将大漠上被狂风吹起的浮沙染成了一缕缕金色的沙带。

塞达武下令说："把衣服脱了。"

在王子脱光了所有的衣物之后，他的朋友将一种以捣碎的洋葱为主要原料的混合物涂满了他的全身。

他告诉王子："蛇非常害怕这种味道。他们给你安排的职位是什么？"

"什么职位都没有。"

"让我们的王子闲着吗？这不会又是你那位家庭教师的主意吧！"

"不，这道命令是我父亲下的。"

"听说你在野牛考验中失败了？"

这种说法，拉美西斯并不认可，可是他被闲置也是事实。

"把皇宫、阴谋陷害，还有卑鄙的中伤放在一边，不如和我一起工作吧。蛇这种敌人确实可怕，但它们有一个好处，就是不会说谎。"

拉美西斯浑身颤抖，他想不明白父亲欺瞒他的理由，这是在讥讽他吗？竟然斩断了一切可以让他有所作为的路。

"现在你要面临一场真正的考验，这种用蓖麻的根熬制的药水，不仅味道苦，还非常危险，它可以减慢甚至终止你血液的流动……你要是呕吐就死定了。我可不敢对亚梅尼做这种实验，不过你的身体素质不错，应该没什么问题。事实上，你也必须喝下去，它可以让你对某些毒蛇的毒液免疫。"

"不是所有的吗？"

"有些大蛇的毒，要每天注射一点经过稀释的眼镜蛇的血液才能免疫。这种优待，只有专业人员才能享受得到。喝吧。"

药水的味道恐怖极了，冰凉的感觉几乎直接涌入血管，拉美西斯恶心得想吐。

塞达武紧抓着拉美西斯的手腕，说："坚持住，睁大眼睛！"

王子猛地清醒过来，翻涌的胃得到安抚，冰冷的感觉褪去。

"你身体真不错，可惜无法成为掌权者。"

"为什么？"

"你不该相信我，万一我下毒害你怎么办？"

"我们不是朋友吗？"

"你能肯定？"

"当然。"

"我只相信蛇。它们遵从天性，从不虚伪矫饰，可人不是这样，人一辈子都在见风使舵，蝇营狗苟。"

"你也这样吗？"

"我？我生活的地方离城市很远。"

"你会眼看着别人杀掉我吗？"

"把这件长衫穿上，我们得出发了，你比看上去精明多了。"

这天晚上，拉美西斯既没有听到鬣狗凶险的笑声，也没有听到豺狼虎豹的吼叫，或者其他古怪的声音。这种让人惊叹的完美夜晚，在沙漠中是很罕见的。复活者的话在塞特的红土地上飘荡，在这里起主导作用的，不是河谷的魅力，而是冥土的神力。

塞达武在前边带路，他用手里的长棍子不时地敲打着地面。他的目标是一座砂石堆成的土丘，在月光的映衬下，那就像一座魔鬼的城堡。拉美西斯安心地跟在塞达武身后。他的领队的腰带上绑着好几个小袋子，里面装满了在被毒蛇咬伤后用来救急的药丸。

走到山丘下，塞达武停住了脚步。

他说："这是我师父的住所，他不喜欢生人，所以未必会现身。有点耐心，我们祈祷吧，希望这位隐形人会出来见见我们。"

拉美西斯有一种在空中飘荡的感觉，沙漠里的空气像甜点一般愉悦着他的心情。他离开了封闭的教室，走到了繁星之下。

一条黑色的眼镜蛇爬出洞穴，出现在山丘中间，它的长度足有一米五，身上的鳞片光华灼灼，正以一种优雅的姿势蜿蜒着向前爬行。满月为它披上了一层银色的光纱，它左右窜动的头预示着即将发动攻击。

黑色眼镜蛇咝咝作响的蛇信，并未阻挡塞达武前行的脚步。

拉美西斯紧跟着塞达武往前走了两步，现在塞达武和眼镜蛇只有一米的距离了。

塞达武以最低沉的语调一字一句、缓慢地念道："你主宰着黑夜，你滋养着土地，你让土地丰饶富庶。"

他反复念了十几遍这句咒语，还让拉美西斯也跟着念。那条蛇似乎被咒语的节奏安抚了，它有两次差点咬下来，但都停在了塞达武的脸孔前。那条眼镜蛇安静地接受了塞达武用手抚摸自己头顶的行为。拉美西斯确信自己在它眼中看到了红色的光芒。

"王子，轮到你了。"

拉美西斯伸出手臂，这条爬行动物向他爬了过来。

这条蛇猛地张开嘴，可是并没有咬下去。拉美西斯还以为自己一定会被咬伤，好在它讨厌洋葱的味道。

"用你的手摸摸它的头。"

拉美西斯十分勇敢，眼镜蛇却有后退的意思。王子并拢的手指触碰着眼镜蛇的头顶，几分钟后，帝王之子终于征服了黑夜之主。

塞达武突然抓着拉美西斯往后一拽，化解了眼镜蛇的攻势。

"朋友，你停留的时间有点长，别忘了，黑夜的力量是不会消失的。一条眼镜蛇盘踞于法老的头上，可如果它拒绝接受你，你能拿它怎样呢？"

拉美西斯长出一口气，望着星辰陷入了思考。

"你太大意了，好在运气不错。要知道，被这种蛇咬伤是没有解药的。"

06

拉美西斯朝那只普通的木筏冲过去，那是一只用纸莎草枝条捆扎而成的木筏，看上去非常脆弱，根本无法支撑十个回合的比赛。在今天的这场比赛中，拉美西斯要对战一群游泳选手。这些人一想到要打败的是拉美西斯，尤其是还有不少年轻的女孩儿在运河边观赛，就忍不住热血沸腾。这些渴望马到功成的年轻人，脖子上无一不挂着护身符，有的是青蛙图案，有的是牛蹄图案，还有一些是守护神眼睛的图案。而拉美西斯什么都没带，他不必祈求神力，也是游得最快的。

选手们的斗志大多来自心爱的女人，拉美西斯的斗志却来源于自己，他要告诉大家，无论何时，他都能超越自己的极限。第一个到达河岸的，果然是他。

　　比赛结束时，拉美西斯比第二名快五个身长，他没有任何疲惫感，还可以轻轻松松地再游几个小时。对手们只得垂头丧气地恭喜他的胜利。所有人都知道小王子永远不会握有大权，不仅如此，他还遭到了贬谪，成了一个需要尽快离开孟斐斯和首都，去极远的大南方安居的闲散读书人。

　　一个十五岁的棕发少女向他走过来，长得非常漂亮，递了一条毛巾给他。

　　"用这个擦一下身体吧，风很冷的。"

　　"不用。"

　　她一脸顽皮的表情，用充满了诱惑的绿眼睛看着他。她的嘴唇很薄，鼻子小巧而挺拔，下巴也长得十分精致。这个雅致的姑娘穿着一身高级服装店的裁缝专门缝制的亚麻洋装，明媚透亮，与插在她头巾上的莲花十分相配。

　　"你说得不对，再强壮的人也会感冒的。"

　　"我从未病过。"

　　"伊瑟，是我的名字。今晚我会和几个朋友开一个小舞会，你能来吗？"

　　"不。"

　　"你要是改变主意，我会随时恭候。"

　　她一脸笑容地转过身，径自离开了。

　　在花园中央的无花果树下，家庭教师萨力正在酣睡，靠坐在长椅上的杜兰特则打量着在自己面前走来走去的弟弟拉美西斯。杜兰特是个喜欢享受的利己主义者，她丈夫的职位刚好可以让她无需为生计发愁，舒舒服服地过日子。她个子十分高挑，涂满香膏的皮肤油滑细腻，给人一种慵懒妩媚的感觉。手握上流社会的各种小秘密，对她来说是一件非常值得骄傲的事。

"亲爱的弟弟，你难得来看看我。"

"我太忙了。"

"我听人说，你根本无事可做。"

"这要问你的丈夫了。"

"你来找我一定是有事……"

"是的，我想你或许能给我一些建议。"

这下杜兰特来了精神。拉美西斯不是个喜欢拉关系、套感情的人，是什么让他改变了作风？

"和我说说吧。我要是觉得有趣，就给你出出主意。"

"有个叫伊瑟的姑娘，你认识吗？"

"说说她的相貌。"

王子描绘起来。

"伊瑟，那个大美人啊！她是个调情的高手，很可怕的哦。别看她年纪不大，追求她的人可一点都不少。她被公认为孟斐斯最美的女人。"

"她的家世怎么样？"

"她的家族世代都在宫里服务，是当朝权贵。伊瑟喜欢你吗？"

"她说有个舞会，希望我能参加。"

"你会感受到她的热情的。这个女孩子没有一天不在办舞会。你喜欢她……"

"她引诱我。"

"她是主动的一方？我亲爱的弟弟，你太古板了吧。伊瑟的意思只是你还算能入她的眼，仅此而已。"

"她这么年轻，不该……"

"有什么不该的？我们可不是那些蒙昧的野蛮人，我们是埃及人。如果你想娶她，我建议你放弃，不过……"

"闭嘴。"

"我还有很多关于伊瑟的建议哦，你不想知道吗？"

"亲爱的大姐，谢谢你了，你自己留着吧。"

"尽快离开孟斐斯吧。"

"为什么这么说？"

"你在这里一无是处，留在这儿，只会像一朵小花一样因为缺水而死掉。可是到了城外，你会得到民众的尊敬。伊瑟讨厌失败者，所以不要妄想带她一起去。你的大哥，那位埃及未来的王，据说对她的美貌没什么抵抗力。拉美西斯，如果你不想生命遭到严重威胁，就赶紧离她远点。"

这是一场特别的舞会，几位上流社会的小姐准备展示一下自己的舞姿，她们都和专业的舞蹈老师学过跳舞。拉美西斯不想参加晚宴，特意很晚才到，结果却被挤到了观众的最前边。

在开满蓝莲花和白莲花的水池边，十二位女孩正在跳舞，几支长竿上的火把将舞台照得分外明亮。女孩儿们头上都戴着三条假辫子，颈间带着大串的项链，手腕上带着青天石手环，身穿短式紧身衣，外罩一层珍珠网衫。她们的舞蹈柔软而协调，向前微弯的身体和伸出的手臂像在邀人共舞，她们与假想中的舞伴耳鬓厮磨，轻缓典雅的动作让所有人都屏住了呼吸。

忽然，舞者扔掉假发，脱下了紧身衣和网衫，这些盘着发髻的姑娘们袒露酥胸，身上除了一条裹腰布，再无任何遮挡之物。她们用右脚踩踏地砖，然后像鲤鱼一样旋转着弹跳转身，协调一致的动作在场内引起了一片惊叹声。在一个漂亮的拱背弯腰之后，她们又完成了一系列高难度的表演，同样精彩而华丽。

随后，四位舞者走出队伍，剩下的舞者则一边唱歌一边用手打着节拍。这是一首古老的曲子，四位舞者站在四个方向，模仿不同类型的风声。伊瑟站在北方，她模仿的是温柔的清风，在这炎热的夜晚，这阵清风难免给人一种清爽之感，让人的呼吸都轻快了不少。她的同伴在表演上明显比她逊色很多，她成了所有人视线的焦点。

这样的诱惑，拉美西斯如何抵挡得住，她太厉害了，超过了所有的人。她像弹奏乐器一般，用自己的身体演奏出了一首淡雅唯美的曲调，陶醉其中。这是拉美西斯第一次想要拥抱一个女孩儿。

看完舞蹈演出，他走出人群，在远处一个拴驴子的角落坐了下来。

伊瑟明知道自己未来的丈夫是他的哥哥，仍要引诱他，给他造成激烈的冲击，让他对自己的失宠有更鲜明的认知，这让她感到快乐吗？他以为自己前途无量，却一次次地遭遇打击。这个圈子对他来说像地狱一样，魔鬼们死死地抓着他的双脚，他必须逃走。或许城外是个不错的选择。在那里，他将竭尽所能地证明自己，如果失败了，他会去和塞达武学习如何控制最厉害的毒蛇。

"你在烦恼些什么？"

伊瑟悄无声息地走到他身边，面带笑容地看着他。

"没什么，我在想一些事情。"

"想得很认真啊……客人们都走了，我的父母和家里的仆人也都睡下了。"

拉美西斯没想到时间过得这么快，赶紧站起身。

"抱歉，我这就走。"

伊瑟挡在他身前，说："有哪个女人告诉过你，你非常英俊、非常性感吗？"她披散着头发，裸露着酥胸，让人躁动的激情几乎要从她深邃眼眸中迸射而出。

"你未来的丈夫是我哥哥吧？"

"你是国王的儿子，也相信这些流言蜚语吗？我不喜欢你哥哥，我喜欢自己喜欢的，而现在，在这个地方，我想要的是你。"

"国王的儿子……我已经不是了吧？"

"跟我做爱。"

两人一起解下裹腰布。

"我欣赏美的东西，而你，拉美西斯，就是美的化身。"

王子的双手抚摸着这位年轻的姑娘，他想讨她欢心，他愿意不求回报地付出，让自己的情人充分感受到他灵魂的热度。他征服了她，得到了她。拉美西斯准确地找到了挑起她情欲的密地，这是一种难以描述的本能。他非常热情，但也足够温柔。

这对两个人来说，都是第一次。这是一个温柔的夜晚，他们把身体献给彼此，在渴望中一次次地尝试。

夜巡饿了。这只大黄狗舔舐着拉美西斯沉静的睡脸。拉美西斯并没有起身，他还在回味刚才的梦。在梦里，他抱着自己心爱的女人，她有着成熟苹果一样的乳房，柔软甜美，有如同芦苇一般的嘴唇，还有灵活敏捷如青藤一般的双腿。

那是一个梦……不，并不是梦！确实有这么一个人，一个名为伊瑟的姑娘，将身体奉献给他，让他感受到爱情之美。

王子沉浸在回忆中，无暇理会夜巡，它的叫声充满绝望。终于，拉美西斯意识到夜巡估计是饿坏了，马上将它带去了厨房。夜巡风卷残云地吃光了碗里所有的饭，拉美西斯准备带它去马厩逛逛。

马厩里有不少非常健壮的好马，它们会得到很好的照料，并接受严格的体检。夜巡谨慎地跟在主人身后一路小跑，它对这些马总是非常警觉，因为这些身高腿长的四脚生物时常会有一些意外之举。

一个新学徒艰难地抱着怀中装满马粪的篮子。一些马夫正在边上看热闹，有人忽然绊了那个新学徒一脚，他跌了个跟头，篮子里的东西洒出来，刚好落到王子跟前。

一个五十多岁、看守一样的家伙，在后边凶神恶煞地喊道："捡起来！"

那个倒霉鬼转过身，立即被拉美西斯认了出来。

"亚梅尼！"王子冲过去一把掀翻了马夫，扶起浑身发抖的他的朋友。

"你在这儿做什么？"

精神上的打击让这位年轻人有些语无伦次，没有人能听懂他的回答。

这时，一只饱含怒火的手压在了拉美西斯的肩膀上。

"喂，你……你是谁啊，胆子不小，这种闲事也敢管？"

拉美西斯抬起手肘挡在胸前，又顺势一挥，将那位问话的人推翻在地。那人丢了个大丑，当即恼羞成怒，狞笑着把同伴们都召集了过来。

"这两个不知礼数的浑小子，太傲慢了，看样子我们得好好教育他们一下……"

大黄狗张开嘴巴，露出牙齿，开始低声吠叫。

拉美西斯对亚梅尼说："你躲一下。"

这位书记员哪里还有力气走动。

拉美西斯的对手有六个人，他想取胜难度极大。不过这些马夫过于自负，只知道用蛮力，拉美西斯或许能冲出一道缺口来。最壮的马夫冲过来，对着他就是一拳，拉美西斯迅速躲开，对方狠狠地栽了一跤。攻击者摔得晕头转向，刚爬起来就又重重地跌了回去。那个马夫的两个同伴也是这种情况。

拉美西斯非常庆幸自己曾在武艺上下了苦工，看样子这些人根本不懂武术，以为只靠蛮力就能轻而易举地拿下他。夜巡在第四个人的腿肚上咬了一口就跑，在躲过了对方的攻击之后，又跑回来加入战斗。亚梅尼闭着眼睛，不住地掉眼泪。

马夫们有些迟疑，普通人家的孩子是不可能会这些招数的。

"你从哪儿冒出来的？"

"六个打一个，你们都害怕吗？"

一个情绪极为激动的家伙挥舞着刀子说："你小子长得不错，不过只要一场意外就成大花脸了。"

王子盯着那把锋利的匕首。那位马夫为了吓他，正一边舞动匕首，一边围着他转圈。王子镇定自若，他的狗却急于守护自己的主人。

"夜巡，坐下！"

"哦！你喜欢这个畜生……这么丑的东西，还是死了的好。"

"你不会只敢攻击比自己弱的家伙吧？"

拉美西斯觉得自己充满了力量，他心里只有消灭不公的怒火，没有一点害怕畏惧的感觉。

王子先发制人击倒了两个对手，又躲过了对方报仇的利刃。

"兄弟们，快停手！"一个马夫高喊。

就在此时，马厩的门廊中出现了一顶十分华美的轿子。轿子的主人明显身份贵重，他靠在高高的软枕上，额前盖着一块洒过香水的锦布，前臂搭在扶手上，脚下踩着一只矮凳，头顶支着遮阳伞。他二十出头的年纪，脸盘圆润如同满月，鼓胀的双颊让人几乎看不到他栗色的眼珠。他贪吃的习惯从肥厚的嘴唇上，就能看出一二。这位被养得膘肥体壮的皇家子嗣，对一切体育运动都没有兴趣。十二位轿夫扛着这肩上的重担，只为用体力换取丰厚的报酬。

马夫们一哄而散。拉美西斯走到这位访客跟前，他的狗则舔着饱受摧残的亚梅尼的小腿，以此来抚慰对方。

"拉美西斯，你怎么又到马厩来了……哦，你一直和那些畜生交朋友吗？"

"谢纳！这种臭名远扬的地方，你怎么会来？"

"巡视啊，这是法老王的要求，我是未来的国王，总要对自己的国家有所了解。"

"你来得正好。"

"这话怎么说？"

"这是亚梅尼，一个小书记员。有六个马夫让他做苦力，还羞辱他。"

谢纳笑了笑。

"拉美西斯，真是可怜，你都是这么后知后觉的吗？你的这位小朋友难道没有告诉你，他正在接受惩罚？"

王子转过身看向无力辩驳的亚梅尼。

"这位书记员不过刚刚上任，居然敢指责上级的错处，对方提出抗议，且态度强硬。我自然得让这个狂妄的家伙受到些教训，最有效的惩处办法就是让他到马厩来清理马粪、搬运粮草，这样他才能知道什么叫听命行事。"

"亚梅尼根本没什么力气。"

谢纳下令落轿。他的仆从马上摆好凳子，服侍主人穿鞋、下轿。

"走。"谢纳发出指令，"有些话，我要和你私下说。"

拉美西斯让夜巡留下来照顾亚梅尼。

在用瓷砖搭建的阴凉的顶棚下，兄弟俩一道走着。谢纳个子不高，体型壮硕，纸醉金迷、饱食终日的生活把他养得有些臃肿。与他相比，身形高挑健美、行动敏捷迅速的拉美西斯要年轻有活力得多。前者声音尖细虚浮，后者声音低沉爽利，两人唯一相同的地方或许只有都是法老王的儿子了。

拉美西斯提出请求："收回你的命令。"

"把那个弱不禁风的家伙忘了吧，我们说点正事。你是不是应该及早离开都城？"

"这不是死命令吧。"

"那我现在就给你下这个令。"

"你还命令不到我。"

"别忘了你是什么身份，我又是什么身份。"

"真庆幸我们还是一母同胞。"

"收起你的讥讽，尽情地赛跑、游泳和健身吧。哪天要是我和父亲同意，给你在常备军团里安排一个职位也不是不可能。要知道，为国效命这种荣耀也不是所有人都有机会获得的。孟斐斯的氛围对你这种男孩儿来说，没有任何好处。"

"我这几周已经适应孟斐斯的氛围了。"

"不要做无谓的挣扎了，我并不想让父亲下达残忍的命令。准备一下，悄悄地离开吧。我会在两到三周之内把落脚之处告诉你。"

"你要如何处置亚梅尼？"

"我说了，不要去管那个悲惨的叛徒。同样的话，不要让我说两遍。最后，不要再和伊瑟见面。对于失败者，她从来不会多看一眼，这点你要记住。"

08

日益增多的召见让图雅感到疲惫。她的丈夫去了东北部的边防线巡查，现在不在宫内，所以召见首相、财务大臣、两位省长和一位史料书记员的工作，就落到了她的身上。如果不想引发灾祸，很多紧急事项就必须立即处理。

赫梯[1]人在亚洲，尤其是叙利亚、巴勒斯坦等小国家，煽动了一系列暴乱，给塞提增加了很多工作量。他必须以正式的外交拜会与那些不常联系的小国国主见面，这通常是一种很有效的安抚手段。

图雅不是皇族和贵族出身，她的父亲只是一个骑兵队长。但

---

[1]　赫梯国的所在地是现在的土耳其。——译者注

她有自己的长处，且很快就运用这些优势得到了皇室臣民和普通民众的尊重。她身材纤细高挑，大大的眼睛像杏仁一般，鼻子端正秀气，整个人看起来既高雅又尊贵。她的丈夫不喜欢别人违背自己，并且对狂妄轻浮的行为心存厌恶，她也一样。守护埃及和皇室的威严，是她的主要工作，她做的每一件事，都以保证领土完整和民众利益为基本原则。

拉美西斯是她最喜欢的儿子，一想到接下来要见的是他，图雅就觉得所有疲惫感都消失了。图雅身穿金边亚麻长袍，外罩百褶短披肩，颈子上是一串六圈的紫水晶项链，头上卷曲的发辫刚好遮住了耳朵和脖颈。他们约好在宫里的花园见面，徜徉在洋槐、柳树和石榴树间，对她来说是一件乐事。矢车菊、雏菊和飞燕草在这些树的根部悠然绽放，还有什么事物比这样一个花园更加神圣美丽呢？这里的花草，每一个季节都在为神的恩德唱着赞歌。这座花园就像一个天堂，图雅每天早上上朝理政前，都要在这里做几分钟美梦。

皇后看见走过来的拉美西斯，不由得大吃一惊。要知道几个月前，他还是一个稚嫩的孩子，现在却成了一个俊美的男人。他的眼神充满威严，举手投足间虽然还带着一点少年的稚气，但显然已不再是那个无忧无虑的孩童了。

拉美西斯弯腰向母亲行礼。

"有哪条规矩禁止你拥抱我吗？"

他上前抱住她，发现她是这样的柔弱。

"过来看看这棵无花果树，你三岁时种的，还记得吗？它长得不错。"

马上，图雅就发现自己无法纾解儿子心中的郁结。拉美西斯曾经花很多时间照顾这座花园，但现在一切都陌生起来了。

"那是一个血腥的考验？"

"你指的是野牛，还是去年夏天的监禁？无论哪个，在不公面前，勇气都无济于事。"

"你有什么怨言想要说一说吗？"

"亚梅尼，我的朋友，受到了诬陷。他们说他羞辱违逆某位长官，他被赶出了文书部办公室，现在在马厩里做苦工，这都是因为我的哥哥从中作梗。亚梅尼身体很弱，这种不合理惩罚会害死他的。"

"这是一项严重的指控。只有这个吗？你很清楚我不相信流言蜚语。"

"亚梅尼这个人非常简单，也非常正直，他不会骗我的，难道因为他是我的朋友，碍了谢纳的眼，就非死不可？"

"你恨你的哥哥吗？"

"他下了死命令，让我及早离开孟斐斯。"

"你告诉过他，你和伊瑟是恋人吗？"

拉美西斯一脸吃惊地说："你怎么知道的？"

"这是我的工作啊！"

"难道我一直在被监视吗？"

"这有两个原因，首先你是国王的儿子，其次伊瑟并没有守口如瓶。"

"把贞操给了一个失败者，有什么可炫耀的呢？"

"我不知道。拉美西斯，你爱她吗？"

年轻人对此并不确定。

"我喜欢她的身体，也希望可以和她再次相见，可是……"

"你有和她结婚的打算吗？"

"和她结婚？"

"伊瑟这个人非常固执，她既然相中了你，短时间内就不会放手。"

"我的哥哥才是更好的丈夫人选吧？"

"看样子她选的并不是谢纳。"

"或许她准备同时引诱我们兄弟两个。"

"这样一个年轻的姑娘，你怎么把她想的那么奸诈？"

"看到亚梅尼吃苦受罪，我都不知道可以相信谁了。"

"你最信赖的人，已经不是我了吗？"

拉美西斯拉住母亲的右手，握在掌中。

"我知道的，您永远不会背弃我。"

"我倒是有个不错的主意可以解决亚梅尼的事。"

"什么主意？"

"你要是当了皇宫的书记员，选谁做秘书，还不是你说了算？"

　　繁重的体力劳动并没有击垮亚梅尼。那些马夫知道他的朋友是塞提的儿子之后，也不敢再欺辱他了，毕竟没人能保证拉美西斯不会再次出手干预。因此，亚梅尼篮子里的东西也没那么重了，还有一位马夫会照顾一下这个瘦弱的男孩儿。不过，亚梅尼的身体已经越来越虚弱了。

　　拉美西斯没有经过充分的准备就参加了皇家书记员的考试。

考场临近首相办公室，以免考生被日头灼伤，木匠在地面上楔入了一些挂有布条的圆木桩。

为了不违背玛亚特准则[1]，拉美西斯没有借助父母的力量，也没使用任何特权。这种对于亚梅尼来说早晚都要参加的考试，对拉美西斯而言就有些勉强了，毕竟他的才华和学识都不如亚梅尼。但他必须参加，他要为自己而战。

挂着一根手杖的老书记员正在对下方的五十几位考生训话，在这些考生之中，只有两个人可以成为书记员。

"你们为什么读书，是为了获得一个可以行使权力的职位吧？可是你们学会如何做人了吗？要穿干净整洁的衣物和纤尘不染的鞋子，要珍惜手中的纸莎草卷，要抵抗自身的惰性。我希望你们下笔时没有任何犹豫，说话时没有任何不公；我希望你们能坚持读书，不停地读书；我希望你们要执行上级的命令，以准确地完成工作、为他人效命为唯一目标。不要做纪律的破坏者，连猴子都懂人话，连狮子都能被驯服，如果说有什么人最为愚蠢，那必定是违纪的书记员。只有棍子可以治好无所事事这种病，被棍子打过的违纪者听力会更好，思想会更正确。现在，开始考试。"

所有考生都分到一块无花果树木板，上面涂着一层硬石灰。考场中央有一个洞，里面装的芦苇草是用来写字答题的。大家用少量水稀释好红色和黑色的墨块。所有人都在向书记员的领头人——大智者伊姆霍特普祈祷，希望自己的脑袋里能有几滴"灵水"。

考生必须在几个小时之内完成以下几项工作：抄写碑文、解答

---

[1] 玛亚特为古代埃及及宗教中代表正义、真理的女神。玛亚特准则是古时候埃及社会的最高准则。——译者注

文法题和词汇题、解决数学题和几何题、写几封信、抄写某些古籍。不少考生都心不在焉，还有几个考生直接放弃了考试。最后一项是猜谜测验。

第四道问题是"书记员要怎么做才能起死回生？"这道题难住了拉美西斯。在他看来，这种事不是一个读书人可以做到的。他没有合适的答案，便放弃了这个问题。除此之外，还有一些难以避免的小失误，为此，他差点被考官淘汰。他无论怎么冥思苦想都想不出答案。

就算失败了，他也不会丢下亚梅尼不管，那是他的朋友。他会带他去沙漠投奔御蛇巫师塞达武和他的蛇群，宁可逃走，他也不要委曲求全地活着。

忽然，一只狒狒跳下棕榈树，在监考老师尚未回神时蹿进考场，跳上拉美西斯的肩头，然后镇定自若地坐了下来。这只狒狒先是在年轻人的耳边轻声说了几句话，接着就像风一样呼啸而去了。

狒狒是文字的创造者天神透特的灵宠。国王的儿子不消片刻就像被那只灵宠附体了一般，与天神产生了思想上的共鸣，在天神心灵的指引下，他动手写了起来。

那只狒狒告诉拉美西斯的那句话是：书记员只要用薄砂岩做成的刮字刀将写过字的石灰刮下一层，写字板就是新的了，除旧换新让写字板能够重新投入使用，便是起死回生。拉美西斯按照它的话写下了答案。

饱受折磨的亚梅尼已经精疲力竭，再也搬不动篮子了。他的骨头都要断了，颈椎和脖子还不如枯树枝结实。就算被打，也动不了了。命运是何等的残酷，他原本设想的美好生活——读书、写字、临摹象形文字、听先贤训导、抄写缔造文明的篇章，看上去那么遥远……最后一次，他尝试着拖动那个装着马粪的篮子。

忽然，一只充满力量的手帮助了他。

"拉美西斯！"

"你觉得这个东西怎么样？"

王子拿出一个长方形的木质笔盒给他的朋友看，这支笔盒是金色的，下端有一朵可以用来打磨碑文的锥形百合花。

"真漂亮！"

"你要想得到它，就告诉我碑文上写的是什么。"

"这很容易，'……愿透特的狒狒守护皇家书记员……'"

"我是皇家书记员拉美西斯，你愿意成为我的机要秘书吗？"

09

拉美西斯和伊瑟将搭在稻田边的芒草小屋当成了他们的爱巢，
当夜色笼罩时，这里会非常隐蔽。还有负责巡视的夜巡，也能保
证他们不会被某个讨厌鬼打扰。

这两个年轻人在情事上极为默契，他们以旺盛的精力、火一
般的热情投入其中。他们可以一言不发地缠绵上几个小时。

那天晚上，在获得了满足之后，伊瑟疲惫地躺在情人的怀中
轻声哼唱起来。

"你和我在一起的理由是什么？"

"你当上了皇家书记员。"

"以你的条件，难道没有对一段美妙婚姻的向往吗？"

"和塞提的儿子分享生命……这已经是最美妙的事了吧？"

"最美妙的事，难道不是成为未来法老王的夫人？"

"这件事，我不是没想过……"伊瑟嘟起嘴唇道，"可是，他太胖、太重、太奸险，我实在喜欢不起来。我不愿意让他碰我，所以，我决定与你相爱。"

"决定？"

"爱情的力量存在于每个人心中，就算是国王也无法将我变成玩物。拉美西斯，我知道我们是一类人，所以我选定了你。"

早上，直到穿过办公地点附近的花园时，拉美西斯还在回味昨晚与情人肢体缠绕的欢愉，不过从鸢尾花圃对面的办公室里走出来的亚梅尼，阻住了他的去路，打断了他的回想。

"和我谈谈吧。"

"我很困……晚些时候再说好吗？"

"不行！事关重大！"

"好吧，先给我弄点喝的。"

"已经为你准备了早餐，牛奶、新鲜的面包、椰枣，还有蜂蜜。不过，拉美西斯，皇家书记员！在这之前，你是不是应该先了解一下，皇室有个招待会邀请了你和你的同僚的事？"

"你的意思是……去见我父亲？"

"世界上还有第二个塞提吗？"

"你在开玩笑吧？以客人的身份去皇宫？"

"我的一项工作，就是把重要消息通报给你。"

"去皇宫……"

拉美西斯一直希望能和父亲再见一面。他是皇家书记员，或许可以简短地和父亲说上几句话。说什么好呢？问问他为什么舍弃我，指责他的态度，弄清楚他想让我做什么，问问他对我的未来有什么打算……拉美西斯还有思考的时间。

"还有一件怪事。"

"怎么回事？"

"昨天分给我的墨块，有两块质量非常糟糕。好在我有使用之前先试用的习惯。"

"这很严重吗？"

"非常严重！这种事绝不能发生在一个皇家书记员身上，所以我准备打着你的旗号，查清楚这件事。"

"可以。我想先睡一会儿。"

萨力来恭贺自己以前的学生，以后他再也不用费心为拉美西斯如何通过各种艰难的考试而心神俱疲了，因为对方已经不再需要家庭教师了。好在学生的成功也让他的教导者得到了一个在贵族学校出任行政官的机会，这个提名让萨力有了一份稳定的工作。

"我不得不说你让我大吃一惊，不过千万不要被胜利冲昏头脑。它让你脱离了窘境，还帮到了亚梅尼，但事情远没有结束。"

"你这话是什么意思？"

"你要分辨清楚，谁是你的朋友谁是你的敌人，这件事不能只有你的秘书在做。你的成绩已惹人猜忌，不过没关系，只要你离开孟斐斯去大南方，就什么问题都没有了。"

"你是我哥哥的说客吗？"

萨力一脸恼怒地说："把你脑袋里的阴谋诡计收一收……别去

皇宫参加那个与你无关的酒会。"

"我是皇家书记员。"

"相信我,没有人希望你去,你去也不合适。"

"如果我一定要去呢?"

"皇家书记官的职务不会变……但你不会得到任何实权。和谢纳作对只会让你麻烦不断。"

为了烘焙上千个蛋糕和花式繁多的小面包,以搭配醇厚的啤酒和来自尼罗河绿洲的酒,皇宫已经接收了一千六百袋小麦和同等数量的面粉。这是专门为皇家书记员举办的酒会,司酒官非常努力。天刚一擦黑,面包师和糕点师的杰作就送到了宾客的面前。

第一个出现在皇家城墙大门口的客人就是拉美西斯,负责看守城门的是法老的私人警卫,他们不分白天黑夜地在此坚守,非常尽责。虽然拉美西斯是塞提的小儿子,但在放他进入那座栽满各种树木的大花园之前,他们仍旧检查了他的皇家书记员证书。水池倒映着花园中那些颇有年头的洋槐树。装有糕点、面包和水果篮的桌子,以及饰有梯形花束的独脚小圆桌在花园中随处可见。调酒师将果酒、啤酒倒入了精致明亮的酒杯中。

中央那栋建筑是用来招待贵宾的,里面的墙壁都是色彩绚丽的瓷砖,让人惊叹不已。王子不由自主地盯着那栋建筑。在去贵族学校住宿之前,皇宫里的所有房间都曾留下他玩耍的身影,连国王宫殿的台阶,他也爬上去玩过,虽然奶妈因此责骂了他。他直到三岁才不再喝奶妈的乳汁。他记得那个代表公正玛亚特的台阶上,安放着法老的御座。

拉美西斯希望国王可以在大厅召见书记员，但其实他很清楚，塞提多半只会在皇宫里站在窗户边，对着聚集在宴会厅里的宾客做一个简短的演讲，然后告诉大家，他们的工作有多重要以及大家应该尽忠职守。

如此一来，他就很难和父亲当面交谈了。不过，这种场合里国王有时会亲自向其中最优秀的那几个人道贺，到人群里待上几分钟。拉美西斯在这次考试中不仅一分没丢，还成功地找出了如何让写字板起死回生这一谜题的答案，要知道这道题可是只有他答对了。这样说来，他或许还有面见国王的机会。到时候，他一定要抗议对方的沉默。如果他非离开孟斐斯，去遥远荒僻的乡下做一个不起眼的书记员，那么这道命令的发布者，他希望是法老本人，而非其他什么人。

其他书记官及其家人，还有众多流连于各种宴会的上流阶层的人，正在一边享受着美酒与美食，一边交际应酬。拉美西斯喝了点来自绿洲的酒，又喝了点烈性啤酒。第三杯酒下肚，他忽然发现在花架下石椅上坐着一对恋人。正是他的哥哥谢纳和伊瑟。

拉美西斯大步走过去。

"我的美人儿，你还没做出最终决定吗？"

伊瑟猛地站起身，谢纳镇定自若。

"亲爱的弟弟，你太失礼了。我难道没有资格和一位尊贵的女士闲聊吗？"

"她？"

"请保持礼仪。"

满面通红的伊瑟把对峙的两兄弟扔在一边，急急忙忙地跑掉了。

"拉美西斯，你怎么变得如此惹人厌烦，这里以后不再欢迎你了。"

"我还是皇家书记员吧？"

"不要把话说得太满，你是什么职位，得经过我的同意。"

"我已经听你的朋友萨力说过了。"

"他什么时候从你的朋友变成我的朋友了？他只是想在你再次摔倒前，拉你一把。"

"离那个女人远一点。"

"你在恐吓我？"

"既然我什么都不是，你还怕什么呢？"

谢纳不再争吵，转以温柔的口吻说："没错，女人不该三心二意。让她自己选如何？"

"好。"

"你来都来了，痛痛快快地享受一下吧。"

"法老什么时候开始致辞？"

"哈……你居然不知道！法老现在在北方，向皇家书记员道贺的工作已经由我接手了。为了祝贺你的成功，我们特地为你安排了一场沙漠猎兽之旅。"

谢纳转身离去。

火冒三丈的拉美西斯将酒杯里的酒一饮而尽。他不但没有见到父亲，还被谢纳抓住机会羞辱了一番。烂醉如泥的王子不肯加入那些只会聊些八卦的小团体，事实上，那些对话只会让他更加生气。他落落寡欢地蹒跚而行，几乎和一位潇洒帅气的书记官撞个正着。

"拉美西斯！能再见到你，真让人开心。"

"亚夏……你怎么还在孟斐斯？"

"我后天才走，要去北方。有个大新闻你知道吗？特洛伊之战有了重要突破。希腊的蛮族还在猛攻普赖安城，我还听说赫克特被阿喀琉斯杀死了。跟着那些身经百战的使节去验证或者驳斥这些消息，就是我的第一项工作。你呢……有什么要立即接手的大项目吗？"

"我不知道。"

"近日的成功为你带来了不少称赞和嫉妒吧？"

"总有一天，我会习以为常的。"

"你考虑过出国吗？啊，你很快要结婚了吧？抱歉！我恐怕去不了了，请接受我诚挚的祝福。"

未来的外交官应酬繁忙，很快就被他的同事连拖带拽地弄走了。

醉得头晕目眩的拉美西斯就像一支支离破碎的桨、一所左摇右摆的房子，他狠狠地把杯子向远方扔出去，发誓再也不会让自己落到如此微贱的地步。

10

一大群猎人在天刚亮时就已出发，向西部沙漠行进。拉美西斯将狗交给了准备深入调查劣质墨块事件的亚梅尼照顾。为了找出一条可以指向罪首的线索，亚梅尼花了一整天的时间，不间断地审问制造商。

在高大的轿子里安坐的谢纳，当然不会和狩猎队同行，但他要为他们送行，并祈求神赐福给这些负责带回野味的勇士。

猎人逐一登上一辆轻型马车，操控这辆马车的是一位老兵。能够再次见到野山羊、非洲巨羚、小羚羊、狮子、美洲豹、鹿、鸵鸟、鬣狗、野兔、狐狸等各种生活在沙漠里的戒备着人类袭击的野兽，拉美西斯感到非常高兴。

狩猎队长决意要抓到他看到的所有动物，马车后边是训练有素的猎狗，车队里还有一些车专门装着食物和饮用水，因为有在野外过夜的可能，人们连帐篷都准备好了。套索、崭新的弩弓和一大把箭，是猎人的基本装备。

车夫问："狩猎的时候，你是喜欢射杀还是喜欢抓活的？"

拉美西斯回答说："抓活的。"

"那套索给你用，我用弓箭。不要以为射杀没有必要，若是不想死，就必须这么做。我很清楚你父亲是塞提，不过在危险面前，咱们没有高下之分。"

"不。"

"你觉得自己更高贵？"

"你比我有经验，所以现在你更高贵。毕竟我以前没有参与过狩猎。"

那位老兵耸了耸肩。

"这个就不用争辩了。注意观察，发现猎物，马上告诉我。"

紧密相连的狩猎队很快就分散开了。

王子看中了一群羚羊。

他的同伴一边喊着"棒极了！"一边朝羚羊冲了过去。

在追击中，有三只年老孱弱的羚羊慌不择路和同伴走散了，它们冲进一处崎岖的峭壁间的干河床。老兵停下马车，说："我们走过去。"

"为什么？"

"坑坑洼洼的路面会弄坏车轮。"

"可是羚羊都跑没影了。"

"我可不这么想，这个地方我非常熟悉，它们一定是在某个岩洞中躲着呢，很容易就能抓到。"

于是他们开始徒步前行。三个多小时后，精神高度紧张的两人已经到了崩溃的边缘，基本感觉不到食物和狩猎工具的重量了。在光线过强的时候，他们会躲到肉质植物较多的石梯的阴影里休息一下，吃些东西恢复气力。

"很累？"

"还好。"

"那说明你和沙漠很契合。在沙漠里，有些人一步都走不了，有些人却能通过和灼热的沙粒的接触得到力量，走向新生。"

岩石上掉落的石块在峭壁间一路翻滚，最后落到了干河床上的石堆里。谁能想到这样一片荒芜的红土地中间，居然藏着一块有河水、树木、耕田的绿洲。人们认为沙漠属于另一个世界，而拉美西斯在这里感受到的是生命的无常和一种赋予沉寂的灵魂以自然之力的力量。神明希望人类学会沉默，倾听神秘之火的声音，于是就有了沙漠。

老兵检查了一下身上的弓箭，箭身上配有打火石，末端槽口因为两侧的圆形尾翼也更重一些。

"这些东西虽然不是最好的，但也够用了。"

"还有多远才能看到岩洞？"

"再有一个小时吧，怎么，你想回去了？"

"出发。"

在这片荒地上既没有毒蛇，也没有毒蝎，事实上，几乎看不到任何生物。或许，他们只是在沙漠里或岩石中蛰伏着，只要清凉的夜晚一到，就会出来行动。

拉美西斯向自己的同伴诉苦："我们休息一下吧，我的左脚有点疼，应该是旧伤复发了。"

只要夜晚一到，人们就要承受痛苦。

他建议拉美西斯先睡一觉。

"我想睡的时候会和你说的，现在有点疼，想睡也睡不着。"

没过多久，一开始的轻抚就变成了火一般的炽热。只有黎明那一小段时间，太阳才是温柔的，之后就是激烈的热浪。

拉美西斯睁开眼睛。

他被同伴抛弃了。王子只身一人，既没有吃的，也没有狩猎工具，如果想回到狩猎队最后的集合点，步行需要好几个小时。他没有任何拖延，立即行动，为了避免浪费体力，他尽量让自己走得平稳一些。

抛弃他的那个家伙，一定想让王子死在这种无可奈何的行走中。是谁给他下的令，具体说了些什么？这是一场即将被伪装成狩猎事故的谋杀，它的策划者是谁呢？所有人都知道拉美西斯是一个容易冲动的年轻人，只要狩猎开始就会不顾生死，在沙漠中迷路也不是不可能。

谢纳……是谢纳，这毫无疑问，还有比他更狡诈的人吗？因为弟弟不肯离开孟斐斯，就将他送上绝路。拉美西斯痛恨由别人来安排自己的命运。他记忆力很好，绝不会忘掉走过的路。靠征服者的坚韧，他一路向前。

有一只羚羊在他面前跑过去，在这之后没多久，他又看到了一只犄角卷曲的野山羊，它们在跑走之前，还好奇地看了这个陌生人一会儿。王子的同伴并没有和他说过，有动物地方就有水源。他有两个选择，一个是坚持之前的路线——有可能会被渴死，另一个是相信这些动物。

王子选了第二条路。

野山羊、羚羊，远方还有个十米高、乌龟一样的物体，当他看到这些东西时，他决定遵从本能继续前进。那是一棵生长得极为茂盛的树，它的树皮是灰色的，树上黄绿色小花香气袭人，上面挂满了肉质肥厚、气味香甜的椭圆形果子，这种四厘米长的果子，被猎人称为"沙漠椰枣"，是可以吃的。不过这种树为保护自己配备了一种很有杀伤力的武器——很多又长又直、尾端浅绿的尖刺。这棵树非常漂亮，还在地上形成了一小块树荫，更重要的是树下藏有神秘的水源——它是从沙漠深处溢出来的，带着天神塞特的祝福。

一个人靠着树干坐在地上，正慢条斯理地享用面包。

拉美西斯走过去，发现这个人是当初的那个马厩的副团长，曾欺辱过他的好友亚梅尼。

"我的王子，神明待你不薄啊，怎么，迷路了？"

口干舌燥的拉美西斯觉得头都要烧着了，他现在根本看不到那个蓬头垢面、踽踽邋遢的男人，视线里只有对方左脚边的羊皮袋，那里一定有水。

"是不是很渴？可是你都要死了，水这么珍贵的东西，我怎么能浪费在一个死人身上呢！"

只要十步，拉美西斯就能够到自己的"救星"。

"如果你的父亲不是国王，你怎么能羞辱到我。现在我成了自己手下人的笑柄……"

"谎话就不用说了，你的雇主是谁？"

马夫团长一脸险恶笑着，说："……和你一起狩猎的那个人，他说只要我能把你赶走，就给我五头牛、十匹亚麻，我马上就答应了。你当然会到这儿来，一直赶路却不喝水，那和自杀没什么区别。你觉得羚羊和野山羊是你的救星吗？不，它们是抓捕你的人。"

男人握着手上的刀，站起身来。

他知道拉美西斯不会坐以待毙，他想要一场和之前一样的搏斗，他准备打败一个受过贵族教育、知道如何在马上战斗的人。年轻的拉美西斯没有任何武器，他口干舌燥，精疲力竭，现在只能靠着那些无足轻重的技巧和一个残暴的对手交锋。

可是，除了善用这些技巧，他又能做什么呢？

拉美西斯提起全身的力气，怒吼着向马夫冲了过去。后者被吓了一跳，还没来得及挥舞刀子，就被撞倒在带尖刺的树干上，那些利刃一般的刺直接穿透了他的皮肉。

猎人们非常开心，通过抓住兽角的办法，他们活捉了一只野山羊和两只羚羊。有个猎人背上的小羚羊不过刚刚出生，另一个猎人的手里有只被攥住了耳朵的野兔正在死命挣扎。两个助手用竹竿抬着一只被捆牢了四肢的鬣狗，下边的猎狗想要咬它，跳起来几次都没够到。这几只动物是用来驯养的，会被送到专家那里先研究一下习性。

为了让鬣狗的肝脏拥有更加肥厚的脂肪，人们会给它们大量填喂食物，虽然效果一直都不怎么好，可是从未放弃过。其他大部分猎物会被送到神殿的肉商手里，它们先是用来祭祀神灵，后被用来祭祀人的五脏庙。

除了拉美西斯王子及其车夫和马车，所有猎人都到集合点集合了。负责此次狩猎的书记员根本找不到王子，他知道必须派一辆马车去把失踪的人找回来，空等只是浪费时间，可是哪个方向才是对的？王子要是真的出了事，这个书记员一定会受到处罚，他的仕途也将因此走到尽头。拉美西斯终究是位王子，他就算再不得宠，骤然失踪也会引起轩然大波。

那些必须将猎物带回山谷的猎人，被安排去沙漠警卫队报案，剩下的书记员和两名猎人只能耐下心来原地守候，一直等到下午。

忐忑不安的书记员一遍遍地在写字板上写报告，他总是写一会儿就刮一层石灰重写，最终还是放弃了，因为这些套话根本保护不了他。他怎么写都改变不了丢了两个人，其中一个还是国王幼子的事实。

太阳在天空中高悬，他模模糊糊发现阳光中有个移动得极慢的影子。在沙漠里出现幻觉是十分寻常的事，书记员问身边的两位猎人："是不是有个人影在向我们走过来？"两个人都说是。

慢慢地，这个虎口逃生的人越来越清楚了。

拉美西斯终究没被困死在陷阱中。

谢纳任由那些在皇家学校深造过的顶尖美甲师摆弄自己。塞提的长子是一个十分注意仪表的人，在这样一个繁盛的国家里，作为一个公众人物和未来的储君，无论何时，他都必须是潮流的引导者。文明的一个很大的特征，不就是考究吗？形体、力量和干净是其中最基本的原则。在发型师到达之前，他要求人们像打理雕塑一般打理他，他最看重的就是被洒上香水的那一刻。

孟斐斯大别墅的宁静被乒乒乓乓的声音打断了，谢纳猛地瞪起眼珠。

"怎么回事？禁止……"

拉美西斯冲进谢纳富丽堂皇的浴室，说："谢纳，我要知道实情，立刻。"

遭到质问的人让美甲师退下。

"亲爱的弟弟,你冷静一点,实情?什么意思?"

"你派人杀我!"

"你怎么会这么想?这种指控太伤我的心了。"

"凶手有两个……一个死了,一个跑了。"

"求你了,把事情说清楚,别忘了我是你哥哥。"

"如果你是幕后黑手,就承认吧,瞒不过的。"

"幕后黑手……你居然把这种词儿安到我身上。"

"不是你让我参加沙漠狩猎的吗?想要杀我的人就在里面。"

谢纳把手按在拉美西斯的肩上,"我们的关系和别人是不一样的。虽然不喜欢对方,这我并不否认,可是难道因为这样我们就要针锋相对、争斗不休吗?干吗不接受既定的事实和自己的命运?有些事是命中注定的。我承认我想让你走,因为我觉得以宫里的标准而言,你的性格不太合适。可是,我没想过伤害你,更何况我也不是一个暴戾的人。求你相信我吧,你的敌人不是我。"

"那你来帮我查,把引我入陷阱的那辆马车找出来。"

"相信我。"

亚梅尼对于文具的打理几乎到了苛刻的程度,颜料盘他要用水冲;毛笔要洗两次而不是一次;写字板一定要刮得平滑如镜;刮刀和擦子只要达不到他要的标准,就要立时更换。作为皇家书记员的秘书,他得到了一些获得文具的便利,不过在莎草纸方面,他用得非常节省,通常都要在石灰碎块上打个草稿,再往纸上书写。为了得到朱红色和深黑色颜料,他会在一片旧龟壳上调和一些矿石色素。

看到拉美西斯，亚梅尼不由得尖叫出声，他太高兴了。

"你要是出事，我一定能感觉到，既然没有感觉，你就绝不会出事。我一直在做事……你会为我骄傲的。"

"有什么发现吗？"

"我们的行政机构真不简单，部门非常多，那些长官也都是凶神恶煞的……好在，你的名字和头衔是一块很有用的敲门砖。你或许不讨他们喜欢，但他们总算对你心存惧意。"

他成功地挑起了拉美西斯的好奇心。"详细说说。"

"墨块是我们国家的一种重要原料，有了它才有了文字，进而有了文明！"

"你是要当我的老师吗？"

"我曾经想过这方面的管理会很严。事实确实如此，每一块墨想要出厂，都要先经过检验，根本无法鱼目混珠。"

"所以……"

"所以，这里面有徇私舞弊和违法倒卖的事。"

"你是工作太累傻掉了吗？"

亚梅尼孩子般气恼起来："你觉得我在胡言乱语？"

拉美西斯把自己遇险的事说了一遍，亚梅尼低头聆听。

"我和我的墨块在你看来一定很可笑吧……好在神明是站在你那边的，他从未舍弃过你。"

"希望你的话能传到他的耳中。"

夜色将芒草小屋笼罩在一片柔和之中，蟾蜍在运河边、小屋周边鸣叫。拉美西斯在等待伊瑟，他准备给她一夜的时间。她若是不来，他便再不与她来往。他始终无法忘记自己为了活命，把那位马夫推到沙漠椰枣树的尖刺上的情景，现在这一幕景象再次浮上心头。那是他下意识的动作，当时愤怒主导了他的情绪，让他充满了力量。他是否来自某个神秘的世界，他父亲的名字来源于天神塞特，那他自己又是否拥有塞特的力量呢？

拉美西斯以前一直认为命运掌握在自己手里。所有作战的天才，不管是人还是神，他都能与之一战。可是他忘了，这是要付出代价的，死亡一直窥探在侧，而在这场关乎生死的战斗里，他的武器只有自己。他不后悔，一点也不，他相信这场悲剧会让自己从梦中醒过来，或者，也会在未知世界前为他竖起屏障。

流浪狗的吠叫表明有人在靠近这里。

拉美西斯的警惕性高了很多。在找到那个元凶之前，他是无法安心的。来人可能是那个杀手，他带着武器跟在王子身后，企图在这个荒僻无人的角落击杀王子。

拉美西斯感觉到敌人越来越近了，虽然看不见对方，但他能感觉到他们之间的距离。他能勾勒出那个人的一举一动，听到那个人刻意放低的脚步声……对方已经渐渐走到门口了。王子骤然跳起，直接把对方按在了地上。

"我的王子啊，你怎么这样粗暴？"

"伊瑟？你怎么鬼鬼祟祟的？"

"我们不是说好了，要小心一点儿吗？"

她一脸情欲之色地抱着自己的情人："你可以继续进攻了。"

"你选好了吗？"

"我以为我的出现就是回答。"

"你见过谢纳了吗？"

"你怎么这么啰唆？"

除了外边那件宽松的袍子，她什么都没穿。她像疯了一样爱着这个男人，任由他抚摸揉弄，连自己原本打算嫁给未来的埃及之王这件事都抛在了脑后。拉美西斯俊美的容颜，并不是她如此热情的全部原因。年轻的王子自己都没注意到存在于自己身上的某种力量，而她则被这种力量迷得神魂颠倒。拉美西斯会如何运用这种力量？他愿意成为毁灭者吗？即将成为未来的国王、掌握大权的人是谢纳，可是他看上去如此衰老、可恶。伊瑟被爱情和年轻迷昏了头脑，很长时间都无法安眠。

他们紧紧地抱着对方直到黎明时分，拉美西斯温柔地摩挲着情人的头发。

"听说打猎的时候你杀人了。"

"他想杀我。"

"为什么？"

"报复。"

"他不知道你是王子吗？"

"在我身边的马夫花大价钱雇用他之前，应该是不知道的。"

伊瑟坐起身。"你抓到他了吗？"

"没有，我向安全部门报案了，搜捕队已经行动了。"

"可是，如果……"

"谢纳说他不是他们的同伙，听起来还挺诚恳的。"

"你要小心！他聪明，也奸诈。"

"你下定决心了吗？"

她热情地亲吻他，就像初升的太阳。

亚梅尼不在办公室里，没有人知道他去哪儿了，他走前一句话都没留下。拉美西斯很清楚，他的秘书一定在追查非法倒卖墨块的事。亚梅尼这个人能言善辩，也非常执拗，他受不了这种不完美，所以除非厘清案情，惩处了犯罪者，否则是不会善罢甘休的。亚梅尼虽然看上去弱不禁风，但他只要认准目标，就会爆发出让人惊讶的行动力。

拉美西斯找了皇家安全部门的负责人。皇家安全部门已经竭尽所能地缉捕凶手了，可是这个案子仍旧悬而未决，甚至一点进展都没有。那个卑鄙的车夫早就逃走了，缉凶工作看着声势浩大，却不像是能抓到凶手的样子。负责人必定积极调查的承诺，并不能抚平王子心中的气闷。

拉美西斯非常失望，他决定自己调查。因为很多战车和马车都集中在兵营，所以王子到孟斐斯城里的兵营不停地召见士兵加以盘问。他是皇家书记员，有权召见与他同级别的、负责记录贵重马车的官员。他想知道这个部门是否用过那辆逃走的马车。他把那辆车的样子详细地和这位官员说了一遍。官员告诉他有位马厩管理员名叫巴肯，或许能帮到他。

马厩里那个管理员正在给一匹瘦得连马辔都套不上去的灰马做检查。他絮絮叨叨地斥责着一个马夫，怨他对这匹马太过残暴。巴肯是一个二十多岁壮小伙，方形的面孔看上去不太讨喜。他下巴上留着短胡须，二头肌上戴着两个铜环。他言辞激烈，声音沙哑地一直说着咒骂的话。

巴肯将犯错的家伙赶走，然后开始安慰那匹马，而那匹马则回以感激的眼神。

年轻人向管理员打招呼："我是拉美西斯王子，有件事想问问你。"

"找警察去。"

"除了你别人帮不上忙。"

"怎么可能。"

"我要找一个马夫。"

"我负责的是马车和马匹。"

"那人是逃犯。"

"和我有什么关系。"

"难道你不希望他被抓捕归案？"

巴肯怒视拉美西斯，"你不会把我当成他的同伙了吧？就算你是王子，也请滚远点。"

"难道你要我求你吗？"

巴肯狂笑出声："还不走？"

"你肯定知道什么，告诉我吧。"

"你太狂妄了。"

马声嘶鸣，一匹深栗色的马为了挣脱缰绳，正疯狂地踩踏地面，巴肯一脸紧张地跑了过去。

"宝贝，安静，安静下来。"

巴肯的安抚看样子对这匹名贵的公马产生了作用。它不再排斥人们的接近，就是拉美西斯也不得不说它确实漂亮。

"它叫什么？"

"'天神阿蒙圣谕其勇'，它是我最喜欢的马。"

回答这个问题的人，不是巴肯，因为声音是从他们身后传来的。那是一个可以让拉美西斯血液凝固的声音，来自他的父亲塞提。拉美西斯转身行礼。

12

"拉美西斯，跟我来。"

王子怀疑自己听错了，但就算如此，他也不会要求父亲再说一遍，只是开心地眨了眨眼睛。

塞提的马非常温顺，自觉地跟在塞提的身后。人们把一辆轻型马车套在它身上，它也没有任何反抗。负责守卫兵营大门的，是国王的私人警卫。

上车后，国王坐在右侧，王子坐在左侧。

"抓住缰绳。"

拉美西斯驾着皇家马车直奔码头，骄傲得就像一个统治者。而码头边正停靠着一列即将开往南方的舰队。

因为事发突然，拉美西斯根本来不及和亚梅尼通气，至于和伊瑟在芒草小屋幽会的事，也只能暂且抛在一边。他不知道伊瑟会如何看待他的失约，不过这并不重要，重要的是，他在偶然的情况下登上了皇家军舰，并将和他们一起旅行。这艘军舰在北风的大力助推下，航行速度极快。

拉美西斯是皇家书记员，所以航行日志由他负责。他非常喜欢这项工作，要知道四周的景致是多么迷人。此次航程的目的地是西利西亚山，距离孟斐斯有八百公里远，他们用了十七天才到。在此期间，王子一直在称颂尼罗河两岸的风光和波光粼粼的水面，以及在河岸山峦间若隐若现的宁静的小村庄。

在旅程中，拉美西斯再也没有见到自己的父亲。时光飞逝，日志本很快就被写满了。

西利西亚山区石场是在塞提登基的第六年开始大规模开采工作的，当时有数以千计的士兵、石匠和水手被派到那里，现在它已经成了国家重要的采石场。这里的道路非常狭窄，两侧高耸的山丘不仅挨得非常近，还十分陡峭。河水形成的旋涡非常危险，是船只倾覆和船员溺水的首要原因。

塞提站在船头看着忙忙碌碌的船员们，他们正跟着队长一起搬运装满食物和器械的货物箱。他们一边唱歌说笑，一边以平稳的速度工作着。

这天，还没到休息时间，有位王室传令官告诉大家，国王下令增加所有工作人员的配给，以后大家每天将得到五磅面包、一捆蔬菜、一份烤肉，以及一些芝麻油、蜂蜜、无花果、葡萄、鱼干和酒，除此之外，每人每月还能拿到两袋种子。听到这个消息，大家非常开心，干起活来也更卖力了。

石匠们在努力挖掘砂岩石堆，不敢有一刻懈怠，为了从母岩中运出石块，他们必须先凿出一条狭窄的路堑。这项工作很有难度，绝不能随意进行。首先，队长要找到并标记出矿脉的具体地点，以便工人的后续开采。为了获得大型石块，工人有时会大力捶打四个楔入横向切口的木头，让它们尽可能地陷得深一些，然后再把木头淋湿，因为湿木头变干会膨胀，对两侧石块产生巨大的压力，石块就可以直接撬下来了。

这些石块，一部分会直接交给石匠打磨，一部分会通过倾斜的泥槽送到河岸，然后由货船送到终点站——神庙工地。

对于工匠们持续不断的工作，及其点算产品的技巧，拉美西斯没有任何概念，所以他决定从头开始学，先了解工地的流程。为了让大家更好地接受自己，他刻意讨好工人，跟他们用一样的词语、一样的手势。他们给了他一把铁锤和凿子想要考验他，结果连那些最讨厌他的人都得承认，拉美西斯切割石块的熟练度和精准度无可挑剔。那种华美的亚麻长袍，王子早就不穿了，他现在只穿一件质量很差的皮质围裙。不管有多热、流多少汗，他都不在意。相比于皇宫大内，他更喜欢采石场的世界。他很清楚，带着有钱学生的虚荣心，摆出一副高高在上的架势，是无法得到这些经验丰富的工人的认可的。

他决定不走了，和采石工人待在一起，探寻他们的秘密，了解他们的生活。城市的繁华让人堕落，他要离开那里，在神明的砂岩石块中积蓄力量。

忘记金色的童年和学到的知识，在采石场这个笼罩在太阳残忍炙烤的地方，找到属于他的最本源的东西，这应该就是父亲想让他做到的事。他原以为与野牛的那一战会让他走向王位，可是塞提将他扔到了真正的力量面前，以此打破了他的幻想。

拉美西斯对贵族的生活没有任何好感，谢纳明显比他适合在安逸和习惯中故步自封。他躺在甲板上心平气和地遥望星空，眼里没有任何情绪。

采石场安静极了，这里前天晚上挖掘出不少石块。通常天刚蒙蒙亮的时候，采石场的工人们就开始工作了，因为那时天气还算凉快。可是今天采矿队长们在做什么呢？为什么还不将工人召集起来准备上工？

陡峭的岩壁边有条小路吸引了王子的注意，他迈步走过去，现在他已经融入了这里的生活。外部的世界对他来说再无意义，工具的噪声尚未影响他的心绪，这短暂的宁静让他觉得分外美好。

为了和那些工人生活在一起，更好地感受他们的喜怒哀乐，拉美西斯正在努力忘记自己皇家书记员的身份，放弃自己懒散的贵族习惯。

采石场边缘有块巨型岩石，上面建有一座小庙。小庙左侧入口处，立着一块称颂日出的石碑。塞提法老在这块圣碑面前举起双手，张开五指，拜祭新升的太阳，整座采石场都笼罩在太阳的光芒下。

拉美西斯跪在地上倾听父亲的祷告词。

塞提在完成祈祷仪式之后，转过身看着儿子。"你觉得自己在这个地方能找到什么？"

"我的命运的轨迹。"

法老说："造物主做了四件非常完美的事：让人间拥有四种风，如此活着的人才能正常呼吸；创造了无论是弱者还是强者都能平等享用的水和酒；让人类拥有其后裔才有的容貌；最后，是让所有人都铭记西方世界和冥土，都懂得要向无形之神献上祭礼。但是人类把造物者的警告扔到一边，专注于篡改它的成就。你呢？你也在这么做吗？"

"我……我杀了人。"

"你是为了杀戮而存在的吗？"

"我要保护自己，某种力量推我出手！"

"既然如此，就面对你做过的事，这没什么可难过和后悔的。"

"我要查出幕后黑手。"

"这些鸡毛蒜皮的小事，不值得你浪费时间。你做好献身于神明的准备了吗？"

王子点头称是。

塞提走进神庙，抱出了一条大黄狗。拉美西斯高兴地笑了起来。

"夜巡。"

"你的狗？"

"是，不过……"

"如果你想洗清自己的杀孽，就用石头敲碎它的头，让它成为供奉这座采石场神祇的祭品。"

夜巡刚一被法老放开，就向自己的主人冲了过来，对于此次重逢，它显然非常开心。

"父亲……"

"动手。"

夜巡满眼的热情与温柔。

"不。"

"你知道自己在说什么吗？"

"我不回皇宫了，我宁可当一辈子采石工人。"

"为了一条狗，你连自己的身份也不要了？"

"我不能辜负它的信任，我要保护它。"

"跟我来。"

塞提、拉美西斯和夜巡沿着丘陵边一条狭窄的小径爬上一座岩石山，在那里他们可以俯瞰整个采石场。

"还好你没有行动，不然你就是最卑鄙的屠夫。你长大了，又往前走了一步。"

拉美西斯开心极了。"我要在这里实现自己的价值。"

"不。"

"这些重活我都能干！"

"这种工作可以延续我们的传统。国王来此巡视，是为了确保采石的工人和石匠能够照章办事。要知道，工人们若是不尽责，神祇的住所就容易出差错，神祇就会离开我们的土地。政府必须和这方面的工作者保持联系，这非常重要，要知道石头与木块是不会骗人的。埃及和法老是互相成就的关系，最神圣的工作就是建造神庙和为人民谋福祉，所以法老必须不停地建设，再建设。"

塞提每说一句，拉美西斯的心就像被照入了一道光，变得明亮而开阔。这就像一个口干舌燥的旅人获得了清水的滋润。

"我应该待在这儿。"

"不，我的孩子。西利西亚山的采石场只有砂岩，你还要去见识一下花岗岩、大理石、石灰，以及别的石头和矿石。不要把自己禁锢在避难所里，即使它是某个可以护佑你的机构，也一样如此。你该去北方了。"

13

亚梅尼正在宽阔的办公室里聚精会神地整理资料。拉美西斯的这位机要秘书，在找了不少喜欢说八卦的小官了解情况之后，对自己的调查结果满意极了。他是一个侦探般敏锐的人，现在他离真相已经非常近了。一定有人走私，这毫无疑问，关键是谁才是这桩舞弊案的受惠者。这位年轻人在将罪魁祸首抓捕归案之前，必定会勇往直前。

亚梅尼正在检查自己写在木板上的笔记，拉美西斯办公室的大门忽然就被大力推开了，伊瑟出现在他面前。

亚梅尼手足无措地站起身来，他真不知道该如何面对这位国色天香、倾国倾城的年轻姑娘。

"拉美西斯去哪儿了？"

"我不清楚。"

"你说谎。"

"我没有，真的。"

"不是说拉美西斯什么事都会和你说吗？"

"我们是朋友，可是我完全不知道他会离开孟斐斯。"

"怎么可能！"

"我不想惹你讨厌，所以我没理由骗你。"

"你看上去太镇定了。"

"我不该镇定吗？"

"你知道他在哪儿，只是不愿意和我说。"

"你冤枉我了。"

"只有他能保护你。"

"别担心，拉美西斯会回来的。他如果有危险，我一定能感觉到。我们之间有一种隐秘的联系，我之所以如此镇定就是因为这个。"

宫里说什么的都有，且互相矛盾。有人说拉美西斯被塞提贬斥到南方去了，有人说王子只是按照命令去外地巡视堤坝，以应对下一次的洪灾。情人的失约和戏弄，让伊瑟火冒三丈。最开始发现幽会的芒草小屋空无一人时，她还当拉美西斯在和她闹着玩。她对着空荡荡的屋子，喊着拉美西斯的名字却得不到回应，她忽然发现那里居然是一个充满了蟾蜍、毒蛇和流浪狗的地方，因此疯了一般落荒而逃。

这个野蛮的王子让她失去了理智，满眼都是些诡异的景象……可她还是那么地担心他。如果亚梅尼说的是真的，那拉美西斯一定是掉进了别人的陷阱里。

事实究竟如何，只有一个人知道。

早餐刚刚结束，谢纳对那道烤鹌鹑非常满意。

"伊瑟，亲爱的，见到你很高兴……我的无花果泥味道好极了，不是我自吹自擂，整个孟斐斯都找不到比它更好的，要尝尝吗？"

"是不是你把拉美西斯藏起来了，他去哪儿了？"

"我可爱的、温柔的朋友……我真的什么都不知道啊！"

"事情已到了这个地步，未来的国王会不管不问吗？"

谢纳惊讶地笑了一下。"不得不说，你的敏锐让人欣赏。"

"求求你，告诉我吧。"

"坐下吃点果泥吧，你会满意的。"

年轻的姑娘在一个铺有松软的绿椅垫的椅子上坐了下来。

"既然我们生在贵族阶层，就该安享这种好运。"

"什么意思？"

"难道你不觉得我们十分相配吗？认真考虑一下吧，想想你该有的未来，选择和我弟弟在一起是不是太草率了？"

"该有的未来，指的是？"

"和我在一起，幸福美满地过日子。"

伊瑟认真地看着这位大王子。他觉得自己既优雅又稳重，充满魅力，他将自己视为未来的国王，事实上，他也在像国王一样行事。可是他既没有拉美西斯的英俊，也没有拉美西斯身上那种让她心动不已的诱惑力。

"你真想知道我弟弟在哪儿吗？"

"是的，我想知道。"

"你会伤心的，而我不想让你伤心。"

"我会认真听你说。"

"相信我，不知道你就不会失望。"

"我没那么脆弱。"

谢纳摆出一副伤心难过的样子。

"拉美西斯被任命为舰队书记员，去了西利西亚山的砂岩采石场。他的工作很奇怪，也很普通，就是写一些工作报告，他要和那些采石工人待上好几个月，之后就要去南方定居了。我父亲真是个伯乐，这个工作太适合我弟弟了。现在，我们是不是可以畅想一下属于我们的未来了？"

"我有点晕，谢纳，我……"

他站起来握住她的右手。"在很早之前，我就提醒过你了，不是吗？"

年轻的姑娘对他的触碰感到反胃。拉美西斯没有希望了，谢纳才是未来的国王，被他选中的女人该有多幸福啊，那么多的财富和荣耀。是的，确实是这样。想要嫁给这位王位继承人的贵族小姐怕有几十个吧。

"放开我！"她猛地推开他。

"你在浪费机会。"

"我爱拉美西斯。"

"爱情真那么重要？我不关心这些，忘了他吧，这是你最好的选择。你只要够美，能为我繁衍子嗣就行了，你会是埃及的皇后。只有疯子才会犹豫迟疑。"

"或许我就是疯了。"

谢纳伸手想要拦住她。"别走！不然……"

"不然如何？"

谢纳的圆脸上露出非常紧张的表情。"你考虑清楚……成了敌人，就太可惜了。"

"谢纳，再见。以后我们桥归桥，路归路。"

孟斐斯这座城市繁华而热闹。码头边通宵达旦地进行着各种活动，运载南北货物的商船来来往往、川流不息。负责河运的政府机关要严查所有出行船只，一大批书记官正在记录核查船上的货物。货柜很多，其中一个装文具的箱子里有几十个墨块。

作为法老小儿子的秘书，亚梅尼是有权力对这些货物进行检查的。他查验的都是最值钱的高等货品，可惜毫无进展。

他走上一条非常拥挤的小路，在摩肩接踵的行人间，还有很多驴子或是驮着蔬菜瓜果，或是驮着粮食器具。好在他身材瘦小、手脚灵活，很快就钻到了记录着塞提成长的卜塔神庙附近。在七十五米宽的塔门前，矗立着皇室成员的巨型人像，这些人像由粉红花岗岩雕刻而成，给人一种庄严肃穆之感。这座古城的创建者是一统南北的梅内斯，亚梅尼很喜欢这里，因为它就像是一盏受到了黄金女神庇佑的圣餐杯。池塘里大片大片的莲花散发出迷人的香气，亚梅尼看着它们，真想坐下来好好休息一下，在树荫下懒散惬意地欣赏尼罗河风光，还有比这更美妙的事吗？可是，他不能浪费时间。

亚梅尼先是探访了军方的武器库，然后又找到了一家专门生产上等墨块输送到城里各名校的制造厂。

虽然接待者异常冷漠，可他打着拉美西斯的旗号，对方也无法将他拒之门外。他找到一些已到退休年龄的老工匠，他们非常配合。对于皇室竟然会对某些低劣的产品表示认可，他们觉得非常吃惊。亚梅尼运用高超的谈话技巧问到了一个地址，就在颇有历史的白墙城堡那边。

因为码头人太多，年轻的书记员特意绕过那里，从安科·塔乌依区穿了过去，然后沿着一个兵营走到了市郊。生活在市郊的人很多，这里既有高楼别墅，也有一些二层小楼，和工匠的店铺紧紧地挨在一起。他一次次的迷路，之所以最后还能找到那家他想要调查的工厂，真要感谢那几位在路边闲聊的家庭主妇，她们热心极了。亚梅尼已经很累了，但他不肯放过任何一个可疑之处，在他看来，制造墨块的过程一定有猫腻。

工厂门口的守卫大概四十多岁，手里拿着木棒，极难说话。

"你好，我想进去看看。"

"不行。"

"我是一名机要秘书，我的上级是皇家书记员。"

"小子，你最好老实点。"

"这位皇家书记员是塞提的儿子拉美西斯。"

"现在不是上班时间。"

"那更适合进行调查了。"

"我也是奉命行事。

"请你通融一下，不然我就要提起官方诉状了。"

"滚！"

亚梅尼觉得自己身形瘦小非常吃亏，拉美西斯要是遇到这种情况，轻轻松松就能把这个莽汉提溜起来，一把扔到运河里。看武力行不通，他决定智取。

他假装放弃，和守卫道了别，然后借助在工厂后边找到的梯子爬上了工厂后院阁楼的屋顶。天黑之后，他从屋顶的天窗爬了进去。货架上的油灯为他搜查仓库提供了便利。第一排都是上等墨块这让他有些失望。不过到了第二排，那些标有"上等"字样的墨块明显存在瑕疵，除了体积和重量不达标，颜色也不够均匀。亚梅尼试写了一下，马上就确定了：那些走私物品就是在这里制造出来的。

兴奋异常的亚梅尼并没有注意到警卫走近的脚步声，在挨了一棍子后，当即晕了过去。警卫扛起亚梅尼僵硬的身体，扔到了附近的公共垃圾收集场，这里的垃圾每天早上都有专人点火焚烧。

14

垃圾场的清理者和他困意十足的女儿走在孟斐斯北区的街道上——这条街也是一样的睡眼蒙眬。他要在天亮前，把住宅区内所有垃圾场的垃圾焚烧干净，并做好消毒工作，这是他每天必做的事。这是一份枯燥但报酬丰厚的工作，同时也是一份对其同胞有好处的工作——至少他是这么认为的。

运气不错，今天没那么多垃圾。清理者同时引燃了好几个垃圾场，想要尽快完成清理工作。

"爸爸……我可以要那个大娃娃吗？"

"什么？"

"那边有个大娃娃。"

小女孩指着垃圾堆里露出来的一只胳膊。

"爸爸，我想要那个。"

清理者吓了一跳，连忙冲进垃圾场，脚都差点被烧着了。

那是一只胳膊……一个少年的胳膊！那个少年一动不动，已经昏死过去，脖子上还有早已凝固的血迹。他小心翼翼地将对方拉了出来。

返航的时候，拉美西斯没再见到自己的父亲。他的航行日志写得很细，至于具体内容，我们在记载塞提执政第六年丰功伟绩的皇家年鉴上可以看到。王子将书记员的文具和服饰扔到一边，和船上的人打成了一片。他和他们一起劳作，他们教他如何打结，如何升帆，甚至教他掌舵。更重要的是，他掌握了风的脾气秉性。人们说阿蒙神诡秘莫测、无人得见，但只要看到被风鼓胀的船帆和平安回到港口的船，就能知道它确实存在。无形的神，不会因为你看不见就不存在。

既然拉美西斯不肯摆王子的谱，愿意不要特权，和众多水手一样去做杂事，船长又有什么可反对的呢？他自然要尊重王子的心愿。拉美西斯开心地刷着甲板，坚定地坐在固定的位置上划动船桨。只有水性绝佳、悍勇无畏的船员才有机会去北方效命。他可以感受到船在水流的作用下如何加速滑行，这种感觉太美妙了。

船队回港是件大事，场面非常热烈。在孟斐斯"顺风"港口——这个名字来源于神恩——的码头上，聚集了大量民众。他们用花环和冰啤酒来迎接这些重返埃及的水手们；他们唱歌、跳舞，祝贺水手们的成功，感激河水的宽仁——在航程中给水手们的正确引导。

一双温柔的手将一串矢车菊花环挂到拉美西斯的脖子上。

伊瑟俏皮地说："希望王子殿下，不会觉得这个奖赏太过寒酸。"

拉美西斯说："你不生气吗？"

她假意拒绝他的拥抱。"别以为我会轻易原谅你的无礼。"

"我才不怕，毕竟我没做错什么，不是吗？"

"你就算走得再匆忙，也该告诉我一声啊。"

"法老下的命令，我哪敢有一时片刻的延误。"

"你的意思是……"

"我父亲并不是为了惩罚我才将我带去西利西亚山的。"

伊瑟看上去非常兴奋。"你跟他旅行了这么久……他和你说了一些心里话吗？"

"别做梦啦！我只是去做书记员、采石工和水兵而已。"

"那他逼着你一块旅行做什么？"

"谁知道他心里怎么想的。"

"我和你的哥哥见过面，他的说法是，你被罢免了，你要去南方干一份普普通通的工作，一辈子生活在那儿。"

"能让我哥哥觉得不普通的，恐怕只有他自己了。"

"可是你回到了孟斐斯，而我选择了你。"

"你有王妃必备的两个优点，就是美丽、睿智。"

"谢纳还是想娶我。"

"你为什么会迟疑？有哪个聪明人会将美好的命运拒之门外呢？"

"我只是个爱你的傻子。"

"以后……"

"我不关心以后。我的父母去了乡下，你觉得和茅屋相比……空无一人的别墅会不会更舒服呢？"

难道他和伊瑟的爱情只是对肉体欢愉的追逐吗？拉美西斯在心底微弱地怀疑着。他只想在蒸腾的肉欲中，在两个身体密不可分的纠缠中，享受两人被爱的激流席卷的那一刻，毕竟那种感觉是那样的迷人。他的情人感受着他的抚慰，她知道要怎么做才能让他既不感到疲惫，又能性致高昂。他舍不得不要她，她是他的情人，一丝不挂，娇柔绵软，正用纤长的手臂抱着他。

伊瑟第一次说起结婚，但王子并不是一个循规蹈矩的人，他对此没有任何兴趣。他们虽然还很年轻，但已经是成熟的男人和女人了，只要他们想结婚，没人可以阻止。问题是拉美西斯还没有准备好去做这项冒险。对此，伊瑟没有任何不快，她决心要打动他。她相信他，而且是越了解就越相信。肯为爱如此付出的人就像一个无与伦比的宝藏，没有人会舍弃的。

拉美西斯的目的地是市中心的皇宫区，亚梅尼怕是等急了，他的调查结束了吗？也不知道有没有结论。

在王子的办公室门前，有个带着武器的警卫正在站岗。

"出什么事了？"

"您是拉美西斯王子？"

"是我。"

"我接到命令保护您的秘书，他受伤了。"

拉美西斯连忙跑去他朋友的房间。

亚梅尼头上缠着绷带，正在卧床休息，有个护士站在床头。

她命令道："他睡着了，不要吵醒他。"然后拉着王子走到外边。

"发生了什么事？"

"他被人发现时，倒在北区的垃圾场里昏迷不醒。"

"他不会死吧？"

"医生觉得没那么严重。"

"他说过什么吗？"

"模模糊糊地说了几个字，听不清。刚给他用过麻醉药，以减轻他的痛苦，但如此一来，他要睡上一阵子了。"

拉美西斯找到负责孟斐斯南区的皇家安全局副局长，沟通了一下情况。可惜这位长官找不到任何线索，案发现场没有目击者，他的追问也都徒劳无功。这件事和马车事件一模一样，元凶肯定已经跑了，可能连孟斐斯都不待了。

王子回到办公室时，亚梅尼刚好醒过来，这位病患一看到拉美西斯，眼睛立马亮了。

亚梅尼虚弱而清楚地说："你回来了……我果然没想错！"

"好些了吗？"

"拉美西斯，我做到了，我成功了！"

"你再这样冒险，早晚会没命的。"

"你看，我硬实着呢。"

"打你的人是谁？"

"一个警卫，他负责看守藏有走私墨块的工厂。"

"那你确实成功了。"

亚梅尼满脸的骄傲自得。

拉美西斯提出要求："把地址告诉我。"

"非常危险……你要带上警察才能去。"

"不要担心，好好休息，快点康复，你只有把身体养好了才能帮上我的忙，对吗？"

在日出三个小时之后，拉美西斯找到了那家走私工厂，有了亚梅尼的说明，这很容易做到。让王子感到奇怪的是，都这时候了工厂还没开门，他在四周逛了逛，没找到任何疑点。这座仓库看上去已经荒废了。

为避免落入圈套，拉美西斯准备等天黑再行动，他非常有耐心。路上来往的行人非常多，但走入这栋建筑的一个都没有。

他找了一个给工匠送水的搬运工打听情况。

"你对这家工厂有了解吗？"

"只知道是生产墨块的。"

"他们怎么关门了？"

"都关了一周了，挺奇怪的。"

"是不是老板出事了？"

"这我可不知道。"

"他们是谁？"

"我没见过这里的老板，只见过工人。"

"你知道谁买了他们的产品吗？"

"这和我有什么关系？"

搬运工走了。

拉美西斯进入仓库的方法和亚梅尼一样，都是爬梯子，然后翻阁楼的屋顶。

他很快就查完了，因为仓库里已经什么都没有了。

拉美西斯和其他皇家书记员一起走进卜塔神庙——卜塔神用文字创造了天地，他们是被传召来的，要在主祭面前做一份关于近期工作情况的简报。工匠首领告诫他们，要认真打磨文字，就像雕琢石块一般；内容要饱满丰富，就像先贤话语。

仪式结束后，拉美西斯之前的老师萨力走过来向他道贺。

"做过你的家庭教师，让我备感荣耀。虽然有些词用得不恰当，但你貌似已经掌握了学习的方法。继续努力吧，你会得到人们的爱戴的。"

"我觉得找到生命的真谛比这更重要。"

萨力对他的说法明显不太满意。"你不像过去那么傻了，但是有些关于你的消息听起来非常荒唐。"

"什么消息？"

"你在追查一个逃跑的车夫，你的机要秘书受到袭击伤势严重。"

"这些消息都是真的。"

"不要总想着那些意外，把它们交给相关部门去处理。相信我，安全部门早晚会抓到凶手的，而你不会比他们更能干。你要做的事还有很多，还有什么比尊重你的身份更重要的呢？"

拉美西斯非常重视和母亲的这次会餐。除了国家大事要处理，皇后每个季节，甚至每天都要参加宗教典礼，再加上宫里那些杂七杂八的工作，她留给自己和亲人欢聚的时间非常有限。

在一座安静凉爽的木制凉亭里，茶几上摆着大理石餐具。图雅穿着一身亚麻百褶长袍，颈间戴一条宽大的黄金项链，款款而来。她刚刚参加完一个推选主唱歌手的会议，获选者将在颂扬阿蒙神的祭典中负起音乐方面的责任。拉美西斯对母亲非常热情，事实上在他的热情之中，还有越来越浓厚的敬重。所有女人都无法与她比肩，也不敢与她比肩。她的出身虽然不高，但皇后之位，她当之无愧。除了她，再没有人能够让塞提产生爱意，能让埃及如此温顺。

他们吃了莴苣、黄瓜、一小块牛排、羊乳酪、一块蜂蜜圆蛋糕、几片小麦饼干，还喝了一点度数很低的绿洲酒。皇后不允许任何人打扰他们的午餐，不速之客也好，陈情者也罢，一概不见。厨师精心挑选的食物能让她恢复精力，位于中央水池的宁静的私人花园也一样如此。

"这趟西利西亚山之旅，你是怎么过的？"

"我当了一阵子采石工人和水手。"

"这两件事都没能让你停下来。"

"我父亲不希望我做这些。"

"作为主人，他非常严苛，他对你的要求会超越你的极限。"

"你知道他对我做出了什么决定吗？"

"你今天没有一点胃口。"

"一定要让我对发生的事一无所知吗？"

"你害怕法老吗？你信任他吗？"

"我心里从来就没有害怕过。"

　　"无论他让你做什么，你都要竭尽所能，永远往前看，不要后悔、愧疚，不要羡慕、嫉恨。你要以感恩的心与你父亲相处，珍惜每一分每一秒。至于其他的事，根本不值一提。"

　　"安全部门并没有认真去做我交代的事。"

　　"孩子，这个指控是很重的。"

　　"我没有胡说……"

　　"你找到证据了？"

　　"没有。我之所以找你帮忙就是因为这个。"

　　"那些事已经超出了我的权力范围。"

　　"你可以要求彻查，只要是你的命令，他们就会行动起来。买凶杀我的人是谁，制造假墨块然后以上等品的价格卖给书记员的人是谁，难道不该查一查吗？我的朋友亚梅尼找到了那家工厂，可是他差点死在那儿，随后凶手就清空了仓库。生活在那里的居民，没一个人敢指证这件事。他明显位高权重，以致老百姓根本不敢说话。"

　　"你认为是谁？"

　　拉美西斯沉默不语。

　　图雅做出承诺："我会调查的。"

15

　　法老的船向北方行进。它从孟斐斯起航，沿着尼罗河的干流航行，然后转入支流以三角洲核心为目的地。

　　拉美西斯一路走马观花。

　　这里看不到沙漠，上帝将宇宙和埃及交给荷鲁斯和塞特两兄弟共享：荷鲁斯掌管这片土地，塞特掌管这里的山谷。为了与干旱对战，河流生生楔入两个河岸之间，辟开了一条通道，谁能与水抗衡呢？未被开发的三角洲就像一个大沼泽，里面有各种各样的鸟、一片片的纸莎草和成群结队的游鱼。这里只有几家住在山上的渔民，连乡镇都没有，更不要说城市了。

　　就像在山谷里一样，阳光的轨迹十分隐秘。在海风吹拂下，芦花摇曳荡漾，这是一片尚未被人类征服的辽阔区域，栖息着黑火鹤、鸭子、鹭鸶及其他鹈鹕类动物，蜿蜒的运河由此流入大海。

这里地形错综复杂，诡秘异常，好在船长对此地颇为熟悉，在他的带领下，舰队谨慎地以越来越慢的速度向前航行着。除了站在船头的国王，船上有大概二十名水兵。偷偷打量父亲的王子，陷入了深思。塞提代表着埃及，或者说他就是埃及，这民族有着上千年的历史，而他作为这个民族的传承者深知神明有多伟大，人类又有多渺小。人们认为法老神秘莫测，以布满星辰的宇宙为家，认为他是联结着世俗和幽冥之地的桥梁，人们只要通过他的眼神就能穿过空间之门走入另一个世界。没有他，未来就没有永恒的保障；有了他，蛮族就不会马上发兵河岸。

拉美西斯不知道为什么会有这次旅行，但他认真地记录了此次航行的经过。不管是他的父亲，还是船上的船员，都没有和他说过任何与之有关的话。王子有一种受到威胁的感觉，就像一只危险的船舰正在暗处蛰伏，随时会像一只猛兽攻击这只小船，甚至把它吃掉。

第一次旅行时，塞提就没给儿子留下与伊瑟和亚梅尼告别的时间，这次也一样。拉美西斯知道伊瑟一定会非常生气，亚梅尼一定会非常担心，可是爱情也好、友情也罢，都无法阻挡他的脚步，他要跟着父亲去他想去的地方。

河道的出现降低了航行的难度，在一个郁郁葱葱的小岛旁，小船停了下来，岛上建有一座怪模怪样的木质尖塔。王子跟在父亲身后，利用绳梯滑到船下。法老带着儿子，爬上城楼的最高处，那里树枝繁密，只能抬头遥望天空。

塞提专注的神情让拉美西斯心生怯意，他什么都不敢问。

塞提的眼睛忽然亮了起来。"拉美西斯，看啊，仔细看。"

一群排成"V"字的候鸟，划过高空，正在向南飞去。

塞提说："它们来自我们不知道的另一个世界，那是一个广阔的天地，在那里神祇时刻都在创造生命。在生机勃勃的海里，它们长着人的头、鸟的身体，以阳光为食物；在浩渺的天际，它们有时幻化成燕子，有时幻化成另一种候鸟。它们是我们重生的先祖，为了不让我们被阳光摧毁而向太阳提出请求。它们启迪着法老的思想，为他指引了一条世人看不到的路，所以你一定要注意它们的动向。"

夜幕降临，塞提指着闪烁的星星教儿子认识夜空。他告诉儿子这个是什么星座，那个又是什么星座；各个星球、太阳和月亮以什么样的规律不停地转动；黄道十二宫的含义是什么。法老的力量难道无法超越宇宙的界限，覆盖所有土地？

拉美西斯竖起耳朵认真聆听，敞开心扉接纳父亲赐予的每一粒"粮食"，然后彻底吸收，一点儿都没有浪费。可是天很快就亮了。

过多的杂草阻碍了皇家船舰的行进。塞提、拉美西斯和四个船员携长矛、弓箭、标枪，上了一艘轻便的纸莎草船，法老亲自负责掌舵。

拉美西斯发现自己进入了一个新世界，一个和河谷截然不同的世界。这里荒无人烟，高达八米的纸莎草大部分时间会将阳光挡在外边。小飞虫一群群地飞过，发出的声音几乎能把耳朵震聋，若非身上涂了一层厚厚的油脂，拉美西斯觉得自己一定会被咬得很惨。

这艘轻舟在划过一片水沼森林之后，进入了一个类似于池塘的地方。在这片池塘中间，耸立着两座小岛。

法老说："这是冕圣城和德贝圣城。"

拉美西斯惊讶地问："是城市？"

"这是自然形成的城市。它原本是海底的山峰，在海洋开始创造生命的时候，升到了海面以上。你不妨在心底把这里的两座圣峰演化成供诸神安居的唯一乐土。"

拉美西斯和父亲一起走入"圣城"，还在一座小庙前做了冥想。在一座芒草遍布的土丘前，他看到了一根棍子，顶端被削成了螺旋的形状。

法老说："它代表了责任，这是所有人都应该找到并守护好的东西，它比生命更重要。法老的责任不是变成暴君，而是成为诸神最重要的使者。"

他们被潜藏在身边的、无数惹人不安的力量搅扰得心浮气躁。在这种朦胧的状态下，所有人都要提高了警惕，只有塞提看起来镇定自若，就像这个变幻莫测的大自然已经被他征服了一般。拉美西斯还能在这片辽阔的纸莎草丛中保持心智不失，和他父亲眼中的淡定与从容有很大关系。

忽然，地平线出现了。小船划过深绿色的水面，岸边出现了渔户。全身赤裸、不修边幅的渔夫们生活在简陋的茅草屋里，他们用渔网、钓竿和捕鱼篓抓鱼，用长刀把鱼剖开、挖出内脏，晾晒鱼干。在这些人中，有两个人用棍子抬着一条尼罗河鲈鱼，这条鱼非常重，把他们的棍子都压弯了。

不速之客的到来让这些渔夫受到了惊吓，他们紧紧地靠在一起，充满敌意地舞动着手里的长刀。

那些人凶狠地瞪着走过来的拉美西斯。

"低头鞠躬，向法老行礼。"

他们放松手指，把长刀和武器扔到了松软的土地上，然后跪在国王面前，之后又拿出各种美食与国王分享。

水手们拿出两坛啤酒交给与他们谈天说地的渔夫们。看到大家有了一些醉意，塞提让儿子点起火把，以驱赶飞蚊和黄色的小虫子。"没有人比他们更穷了，在做了自己该做的事情之后，他们唯一的期待就是你的救助。消除贫困、保护寡妇、养育孤儿，为人民谋福祉，这是法老应尽的义务，就好像不分白天黑夜地巡视守卫是一个勇敢的牧人该做的事，保护民众是一面盾牌该做的事。如此人们会称颂这个神明选定的履行最高义务的人说：'他掌权时，大家都能填饱肚子。'孩子，世间最尊贵的工作就是成为埃及的法老、喂养全国的百姓。"

和渔夫、纸莎草收割工一起生活的那几周，让拉美西斯学会了很多东西，比如什么鱼能吃，什么鱼不能吃；比如如何制造轻型小舟。他打猎的技术也越来越好了，在地形错综复杂的运河和湿地里，他可以说沉就沉，说浮就浮。那些水性极好的人，可以在水下待好几个小时，抓很多很多的鱼，他认真地听着他们的故事。

他们并不想改变这种野蛮的生活方式，事实上，在他们眼中，那些生活在山谷里的人，日子是非常乏味的。他们只要在那个高度文明的地方偶尔待上一阵子就够了。他们会在享受过美味的食物和女人的温存之后，重新回到三角洲的沼泽里。

王子学习他们的能力，接受他们的建议，与他们融洽相处。就算身体再累，他也没有一言半语的抱怨之词，又一次，他忘了自己来自特权阶层。他的能力和技术越来越完美，三个经验丰富的渔夫都比不上他一个人。不要以为这种成功会让他得到多少赞美，事实上，人们更多的是嫉妒和排斥。

他都想舍弃自己出众的天赋，和普通人保持相同的水平，像采石工人、水手或渔夫那样生活了，可是塞提打破了他这份念想，把他带去了边疆。这些地方荒无人烟，直逼眼底的大海似乎正在展开吞噬大地的征程，法老让他远离童年的幻想，神志清醒地直面生命的真谛。

父亲走了，但在他出发的前一晚把通往王权的路告诉了王子。他的话不是说给别人的，就是说给拉美西斯的。他得到的只是一个梦和一点宠爱。塞提和风交谈、和水交谈、和漫无边际的三角洲交谈。他只把自己的儿子视为一个可以彰显出国王之尊贵的陪衬。他是为了打破拉美西斯的幻想和骄傲，才将其带到世界尽头的。拉美西斯的生活和国王并不相同。

可是拉美西斯又觉得自己离塞提很近，父亲的性格确实让人有些无措，不容易亲近，可是他想听父亲的训斥，想竭尽所能地向父亲证明自己的价值。不，父亲已经看到了他身上燃烧着的那种特殊的火焰，也在慢慢地将皇位的秘密展示给他看。

不会再有访客，是时候离开了。

天还没亮，拉美西斯和这些渔夫道别。他带了些鱼干，然后用两枝桨匀速地滑动着自己的纸莎草小船，朝正南方驶去了。他会观星，所以不会走错方向，他顺利地驶入干流，并骄傲于自己的能力。他感受着北风的吹拂，感觉有一丝疲倦，但仍一直在划桨，目标明确地向南前进，一路顺风顺水。

那里，孟斐斯的白墙就是三角洲的边缘。

16

炎热潮湿的天气分外难熬。大家的工作效率，不管是人还是动物，都变慢了。所有在法老的田地上被迫劳作的人都期待着洪水泛滥的那一刻，因为这意味着长假的到来。田地在收割后露出一副萧索的模样，而被染成栗色的尼罗河则昭示着为埃及提供财富的幸福之源即将开启。

城里的人四处寻找遮阴的地方，市场上的商人用木桩撑起大阳伞，躲在下边纳凉。每年年底的这五天是一年之中最危险的时日。按照埃及历法，一年有十二个三十天，这五天不在年历之内。塞赫迈特每年都会在相同的时间段，派手下掌管疾病和瘴气的宵小们袭击这个国家，到时候，那些恶棍、阴谋家和奸猾鬼也会涌入世间为非作歹。神庙祭司会昼夜不停地诵读祷告词以安抚塞赫迈特；法老也举行一个神秘的祭祀仪式，由他亲自主持，如果国王公正无私，国家就能转危为安。

这五天非常可怕，期间几乎没有任何经济活动，人们会延迟自己的计划，也不会出去旅行；各种船只全部停靠在岸边，田里的工作也都停了。有一部分堤坝必须进行最后的加固工作，有几个施工者正在抓紧赶工，生怕代表复仇女神的风暴以狂怒之势骤然来袭。邪恶肆意攻击着这个国家，若非有法老从中斡旋，还不知道会如何呢。

人们在等待中期盼着新年庆典的到来，到了那个时候，心中的恐惧将转变成无尽的欣喜喷涌而出，守卫孟斐斯皇宫的侍卫长也躲在办公室里等着这一刻。可是，他忽然接到了图雅皇后召见的谕令。平时他只能见到大皇后的内侍，此次召见非常诡异，他反复思量着的原因。

很多大臣都害怕图雅，他也不例外。她严格遵守着埃及皇室的行为准则，厌恶无能之辈。他不想惹她厌烦，那样会很糟糕。

在他出任皇家侍卫长期间，日子一直过得非常顺遂，虽然没多少赞誉，但也没多少斥责。他按部就班地一级一级往上爬。他知道怎么做才能悄无声息地坐稳自己的位置，上任之后，皇宫内院的平静从未被任何突发状况打破过。

这道召见令，是迄今为止他遇到的唯一的意外。

他手下有个人一直想抢占他的位置，难道对方诬陷他了？或者他有什么失误被抓到了？他不停地思考着这些问题，弄得自己头痛欲裂。

当这位侍卫长按照指令走进皇后的会客厅时，不由得浑身僵硬，双腿战栗，眼皮直跳。皇后虽然看着比他娇小，却给他一种威严的感觉。

他跪地行礼："皇后陛下。"

"起来！赐坐。"

大皇后让人给他搬了一把舒适的椅子，这位官员战战兢兢地坐下，头都不敢抬一下。

"若我所料不错，你应该知道拉美西斯差点被一个马夫杀死吧？"

"是的，皇后陛下。"

"那你知道我们正在找那个车夫吗？就是那个和拉美西斯一起去打猎，有可能策划了整个案件的家伙？"

"是的，皇后陛下。"

"案子查得怎么样了？有什么消息吗？"

"恐怕要等一阵子，这个案子很棘手。"

"'恐怕……'这种说法是不是太吓人了？你不敢查出真相吗？"

侍卫长像被蜜蜂蜇了一样，猛地站起身。"怎么会！我……"

"坐下，认真听我说。我认为有人私下动了手脚，想让这件事大事化小，变成一个简单的斗殴。拉美西斯差点儿被杀，凶手死了，主谋跑了。这样一个恶性事件，停止调查的原因是什么？我的儿子如此坚持，为什么一点儿进展都没有？不要告诉我，我们已经退化成了一个野蛮之邦，法律在这里毫无作用。"

"皇后陛下！调查从未停止……"

"那他们的效率未免太低了，这种情况不会持续很久吧？这可不是我想要看到的。谁敢妨碍调查，我就揪谁出来，说得更准确一点，就是让你去把他揪出来。"

"我去？可是……"

"迅速解决这种案件，不是你的分内之事吗？找到那个设计谋害拉美西斯的车夫，依律处罚。"

"皇后陛下，我……"

"你有不同看法？"

这名侍卫长像中箭了一样灰心丧气。他不知道要怎么做才能在不得罪人的前提下，平安顺利地完成皇后的命令。如果策划刺杀的幕后黑手地位极高，那图雅的态度弄不好还算是温和的……可是图雅也不是一个轻言放弃的人。

"不，怎么可能……但这件事情有点复杂。"

"说过的话就不用再说了。这件事只要照章办事即可，我专门找你过来，除了这个，还有一件事，好办得多。"

图雅说起走私墨块的事，以及窝藏那些墨块的秘密工厂。她根据拉美西斯给出的线索，指出了厂房的地址，让侍卫长查出谁是工厂的负责人。

"皇后陛下，这两件事情有什么联系吗？"

"不知道，或许有点吧！你若是够勤奋，我们就能知道答案了。"

"是。"

"我很欣慰。快去做事吧。"

侍卫长没精打采，头疼不已。要是没有奇迹发生，他怕是只有死路一条了。

谢纳正在应酬身边的那群人。

在皇宫的一个大厅里，这位法老的长子召见了数十位来自世界各地的商人。在这些人中，既有塞浦路斯人、腓尼基人、爱琴海地区的人，也有叙利亚人、黎巴嫩人、非洲人和黄皮肤的东方人，除此之外，还有面色惨白的、来自多雾地区的北方人。对他们来说，收到皇室的邀请函是一种荣耀，这也彰显了塞提统治下的埃及的国际地位。不过，赫梯国的代表并没有出席此次召见，事实上，赫梯国明显和法老处于敌对状态。

谢纳认为人类的未来取决于国际贸易的进程。来自克里特岛、非洲和远东的轮船在腓尼基、彼布罗斯、乌加里特的港口随处可见，埃及却以维持自身地位和传统为由，迟迟不肯推进此种交通运输方式。谢纳敬佩自己的父亲，但私下里并不认同父亲轻视外交和对外贸易的做法。遇到干旱时期，塞提会像他的祖先们那样将大多数三角洲地区变成耕地，并在地中海地区建立众多商业港口，他非常看重这两个地区的安全。可是相比于增强防卫体系、储备作战用具，更好的做法难道不是以赫梯人为起点，与好战的民族建立和平关系并促进其发展吗？

他要是成了国王，定会消除暴力。他不喜欢军队，不喜欢将军和士兵，对穷兵黩武的思想及其统治更是尤为厌恶。在他看来，想要长久地保持君王的权力，靠这些东西是不行的。统治者早晚会被落败的民族打败。与之相反，若对敌方进行经济制裁，就能迅速瓦解一切反抗思想，因为懂得操控和抵制经济制裁方法的人，其实是非常少的。谢纳生来就是国王的长子和王位继承人，他对自己的命运充满感激。而拉美西斯这种无能之辈再如何上蹿下跳，也阻止不了他实现宏伟目标的脚步。在文明世界里，他将成为商业领域唯一的王者；他会在保护自身利益的前提下和其他国家结成同盟，让埃及成为唯一没有地方主义和保守心理的国家⋯⋯

外国商人以前从未被邀请到皇宫，现在塞提的继承人不仅盛情款待他们，还强调了他们带给他的好处，勾勒出了一个近乎完美的未来。塞提不是一个容易说服的人，不过作为一个国王，除了要遵守玛亚特准则，也该学会审时度势，不是吗？谢纳的口才相当不错。

这是一场成功的招待会。外国商人们表示会拿出本国艺术家雕刻的最完美的花瓶，作为礼物送给他。如此一来，他的藏品的声名就会更加响亮了，事实上，他在收藏方面在整个近东地区，甚至克里特岛都是很有名气的。他要拿什么去换那件线条优美、颜色诱人的上等佳作呢？占有的喜悦在他的眼中迸射出来，谢纳只有在看到自己的收藏时，才会有这种无与伦比的幸福感。

谢纳和一个来自亚洲的批发商正聊得口沫横飞，一位传令官忽然走过来打断了他们的对话。

传令官轻声说："出了点状况。"

"什么状况？"

"您的母亲认为调查结果有问题。"

谢纳做了个鬼脸："发了点火吗？"

"更严重一些。"

"她要自己查？"

"她让皇家侍卫长去查。"

"那个家伙可没什么本事。"

"他在无路可走的情况下，或许会给我们惹些麻烦。"

"让他查，不用管。"

"他要是查出什么……"

"这不可能。"

"需要盯着他吗？"

"不要节外生枝，那些蠢货是没那么聪明的。再者说，他也找不到有用的东西。"

"您的意思是？"

"随时跟进，并向我报告。"

传令官悄然退场，谢纳回去继续招待客人。此时，他心中虽然火冒三丈，脸上却带着笑。

17

　　海关警察不分白天黑夜地对孟斐斯北港入港的船只进行着严密的监控，为避免走私事件的发生，过往所有船只都要进行登记。所有船只都要严查，海关若查得太久，大家就只能耐心等待，先去看看入港停靠的位置被安排在哪儿了。

　　到了午饭时间，海上交通较为舒缓，所以大运河的警卫在精神上也比较放松。灼热的阳光将海警巡防的白塔映衬得十分渺小，一位海警骄傲地注视着尼罗河、运河，以及那边郁郁葱葱的平原，三角洲正是以那片河口的开阔处为起点的。现在距离天黑还有不到一个小时，到那时他就可以下班回家了。他家在郊区南边，在陪家里的孩子玩闹之前，他会先睡一会儿养养精神。

　　为了安抚饥饿的肚子，他吃了一片蔬菜饼，里面的蔬菜还是今天早上现摘的。事实上，他的工作要求注意力高度集中，所以非常辛苦。

忽然，他看到了一件怪事。

他一开始还以为是夏天的阳光在碧波如洗的河面上形成的幻影，他放下吃的仔细打量才发现那是一艘小船。它出现得非常突兀，现在已经驶入了两艘平底驳船中间，这两艘驳船一艘装着双耳尖底瓶，一艘装着粮食。那是一艘纸莎草小船，这一点确定无疑……船上的那个年轻人摇桨的速度非常快。

这种小船通常只出现在三角洲以内地形复杂的水域……不过更关键的问题是，在当天获准出行的船只中，可没有它的名字。这名海警用镜子传讯给紧急应对小组。

经验丰富的舵手驾着三艘小艇，以极快的速度冲向那艘不请自来的小船，然后两名海警押着拉美西斯下了船。

伊瑟暴跳如雷。

"拉美西斯不肯见我，为什么？"

亚梅尼回道："我不清楚。"他还是有点头疼。

"他生病了？"

"我希望没有。"

"你跟他说是我要见他了吗？"

"没有。"

"亚梅尼，你真应该多话一些。"

"那不是一个机要秘书该做的事。"

"明天我还会来的。"

"可以。"

"你为什么不善解人意一些呢？你若肯让我进去，我一定会奖励你的。"

"我觉得自己的薪水已经不错了。"

年轻的姑娘耸了一下肩膀，转身走了。

亚梅尼心里有些慌，拉美西斯从三角洲回来之后，一直闭门不出，连话都不说一句；朋友给他送去的饭菜，他只是勉强吃几口，剩下的时间，不是研读卜塔的格言集，就是站在阳台上望着城中心发呆。

亚梅尼不知道要怎么做才能让拉美西斯开心起来，只好汇报了一下自己的调查结果。初步资料显示，那家有问题的工厂里有不少手工匠人，其所有者无疑是某位达官显贵。不过亚梅尼遇到了阻碍，他无论如何也冲不过去。

主人的归来让夜巡十分兴奋，它紧紧地跟在主人身后，期待着主人的抚慰。它小心翼翼地守卫着拉美西斯，拉美西斯的心里话也只会告诉它。

在除夕夜和洪水节的前一夜，耐心告罄的伊瑟终于不顾情人的意愿，到他和狗相伴的阳台——就是他沉思的地方——来见他。夜巡竖起耳朵，龇牙咧嘴地呜呜吠叫着。

"畜生，给我闭嘴！"

拉美西斯冷冷地看着伊瑟，不让她靠近。

"出什么事了？求你了，说话。"

拉美西斯板着脸转过身去。

"你怎么能这样对我……我爱你，担心你，你看都不想看我一眼吗？"

"别管我了。"

她跪下来求他："一个字，你和我说一个字也好啊！"

夜巡看上去没那么排斥她了。

"告诉我该怎么做？"

"伊瑟，看看尼罗河。"

"我能过去吗？"

他沉默不语，伊瑟勇敢地走上前去，夜巡没有挡在他们之间。

拉美西斯说："明天，天狼星将和太阳一起在东方的天空上升起，预示着洪水的到来。"

"年年如此，不是吗？"

"难不成，你不知道今年和往年不一样？"

他的口吻太过严肃，伊瑟被吓了一跳，连谎都不敢说了。

她温顺地靠着他的手臂，说："我们又不是敌对关系，你无须这么深不可测的。在三角洲，发生什么事了吗？"

"我的父亲让我直面自己。"

"怎么说？"

"逃避无济于事，我该直面问题的。"

"拉美西斯，无论你以后如何，我都相信你。"

他轻抚着她的头发，她神情专注地看着他：在北方遇到的考验，已经让他发生了彻底的改变。

这个少年已经成了一个充满魅力的男人，她对他心醉神迷、爱之若狂。

监测尼罗河的专家准确地估算出了孟斐斯河岸遭遇洪灾的

日子。

庆典即将开启。伊希斯女神经过漫长的寻找终于找到并复活了奥西里斯，这个流言甚嚣尘上。连接大运河和城市堤坝的水闸，一直处于闭合状态，在天亮之后，很快就会开启，到时河水将以迅猛之势涌入城内，而民众则会将数千座象征尼罗河的丰饶和力量的小雕像丢进河里，以防止洪灾的形成。这种雕像外形像是一个头顶纸莎草丛、乳房下垂的男人，他手捧着的托盘里装满了食物。每家每户都有一只彩色的瓷葫芦，葫芦里装着河水，意寓五谷丰登。

皇宫里人流涌动，还有不到一个小时，游行就要开始了。法老将带领游行队伍走到尼罗河畔，亲自主持祭祀仪式。在这种公开场合，所有人都要按照官阶身份找到自己在队伍中所处的位置。

谢纳在房间里走来走去，问侍卫说："我父亲还没决定好我的位置吗？"

"是的。"

"太奇怪了！去找祭司问问。"

"国王会在游行队伍的最前方，命令也由他亲自下达。"

"这件事众所周知！"

"抱歉，我只知道这些。"

谢纳拽了拽他的亚麻长袍以抚平上面的褶皱，然后又调整了一下脖子上那串足足绕了三圈的玉髓珍珠项链。他比过去更崇尚奢华了，好在他还知道不能超过自己的父亲。传言说塞提打算改变典礼进程且皇后也首肯了，传得和真的一样。可是他却没有得到任何消息。如果国王和皇后将他的位置排在后面，那就是在向人们宣布他失宠了。要说有谁在里面搞鬼挑事，一定是那个狼子野心的拉美西斯。

谢纳自忖，难不成小瞧了自己的弟弟？这个像毒蛇一样的家伙躲在暗处不停地诬陷他，给了他致命的一击；图雅被拉美西斯蒙蔽，于是说动了她的丈夫。

对，拉美西斯就是这样打算的，他要在一个重要的典礼上取代其兄长的位置，公开站在国王夫妇身后，向世人宣告他的哥哥被舍弃了。

大皇后正在两位女祭司的服侍下整理着装，她头上的双羽皇冠羽毛很长，代表她是来自宇宙的风和为生命提供力量的水源，干旱会随着她的出现而消失，农业生产将得到恢复。

谢纳向母亲行礼问安，接着说："对于我的安排，有什么可犹豫的吗？"

"你为什么会有这种抱怨？"

"尼罗河的祭典，比我地位高的，应该只有我父亲吧？"

"这得看他怎么想。"

"他怎么想的，您不知道吗？"

"你在怀疑你父亲。以前最先称赞他行事睿智果决的人，可一直是你。"

谢纳沉默下来，他觉得自己这次有些鲁莽了。他无法坦然地面对自己的母亲。她不强势，却非常精准而可怕地一语中的，将他的铠甲直接刺穿了。

"您放心，我会一如既往地遵从他的安排。"

"既然如此，你还有什么可担心的？塞提无论做什么都是为了埃及的利益，还有比这更重要的吗？"

拉美西斯不想自己因为无事可做而备受折磨，于是把智者卜塔的格言一条条地抄在莎草纸上。王子被这些智慧深深感染着，就像是跨越时空在和作者直接交流。

不出一个小时，就有一位辅祭来告诉他游行队伍中他所在的确切位置。如果他所料不错，应该就是谢纳之前一直占有的那个位置。如果塞提足够冷静，就会严守旧有规则。可是在这场即将在尼罗河岸公开举行的神圣游行中，他偏偏在密谋着什么，他为什么要这么做？法老准备让拉美西斯取代谢纳，然后让人们大吃一惊吗？

国王是选长子作为皇位继承人，还是在贵族中挑选一位皇位继承人，在法律上没有任何的硬性规定。不少法老和皇后都不是皇室中人，比如图雅，她之前就是个乡下人，日子过得并不富裕。

回想和父亲相处的那些画面，拉美西斯发现所有的事都是安排好的。塞提让他通过一次次的试练，从幻想中走出来，看到真正的自己。拉美西斯认为自己命中注定要成为统治者，就像狮子天生就是狮子一样。命运之路已经铺就，塞提的责任就是一步都不让他走错。

从皇宫到大河，路上到处都是围观的民众。这个庆典一方面是为了庆祝新年，另一方面也是为了祭祀再次泛滥的尼罗河。同时，这也是人们为数不多的能够同时看见法老、皇后、他们的子女，还有众多达官显贵的机会。

谢纳透过房间的窗户遥望着那些好奇的民众，几分钟之后，他们就会看到他是如何变成一个弃子的。他连为自己辩白的机会都没有，更不要说向塞提证明拉美西斯不配当法老了。

有很多贵族都是谢纳的支持者，支持拉美西斯的大臣不多。不少臣子会在谢纳的煽动下站出来反对拉美西斯，这股力量，就是塞提本人也不敢小觑。不要说谢纳会在拉美西斯犯错时趁势而起，就算拉美西斯一点错都不犯，谢纳也会使些手段陷害他。

游行即将开始，按照大祭司的意思，国王的长子应该跟着自己，拉美西斯应该跟着辅祭。

从宫门口到神庙区的出口，游行队伍蜿蜒绵展。国王和皇后所在队伍的前列是一些负责撒花、开路的姑娘，王子被引向这支队伍的前排。当那些身穿白袍、头顶锃亮的神父们，看到从面前经过的塞提的幼子时，不由得要对他的仪表心生赞叹。人们意识到他已不是一个只知游戏、玩闹的孩子，他追求的也绝非是宁静而朴素的生活。

拉美西斯一路向前，从几位颇有势力的高官和锦衣华服的贵妇前经过，小王子此前从未在公众面前露过面。这是梦吗？不，当然不是。就在新年的这天，他的父亲让他走到了和王位更近的地方。

但是，希望忽然中断。

辅祭让他跟着大祭司卜塔，那里离国王夫妇很远，离总在炫耀自己是王位继承人的谢纳也很远。

18

拉美西斯已经连续两天滴水未进了，他一句话都不说。

亚梅尼知道自己的朋友有多绝望，所以沉默地待在一边，悄无声息地照顾着王子，并不开口去打扰他。当然，拉美西斯以后可以名正言顺地和其他达官显贵一起出席各种国家大典了，可惜他只是一个最普通的配角。所有人都认为谢纳才是王位继承人。

夜巡没有让主人带它去散步，或者陪它玩，因为它可以感觉到他的难过。它的信任让王子从自我封闭的牢笼中走了出来。他喂夜巡的时候，终于把机要秘书给他准备的食物吃了下去。

"亚梅尼，我太自负了，又没什么本事。我父亲狠狠地教训了我，这没什么不好的。"

"你为什么要伤害自己呢？"

"这会让我长点儿记性，变得聪明一些。"

"权力就那么重要？"

"重要的不是权力，是我想要证明自己的价值！我坚信自己就是为安邦定国而生的。父亲没想让我继承王位，我对此居然一点儿感觉都没有。"

"你准备认命了？"

"我的命运是什么呢？"

亚梅尼怕他伤害自己。强烈的失望感，弄不好会影响拉美西斯的神智，让他不停地折磨自己。时间是减轻失望感的唯一良药，可王子通常不会把忍耐这种美德放在心上。

亚梅尼轻声说："刚刚接到萨力的邀请，他想让我们一起去钓鱼，你想不想去放松一下？"

"无所谓。"

亚梅尼强忍笑意想，拉美西斯要是能像过去一样玩乐，痊愈起来也就没那么难了。

一众年轻的学术精英在拉美西斯的前家庭教师及其夫人的邀请下，聚集到一起。这是主人家推荐了一项优雅的娱乐活动——在养满鱼的池塘里钓鱼。大家每人分到了一把三脚椅和一枝洋槐木钓竿，赢得比赛的高手将获得一卷讲述冒险家西努耶生平事迹的精美的莎草纸，这本古典小说一直备受历代专家学者喜爱和称赞。

亚梅尼很喜欢这种新兴的娱乐活动，拉美西斯便把位子让给了他。王子不知道燃烧他灵魂的欲望之火为什么如此炽烈，连友情和伊瑟的爱情都无法将其扑灭。这道烈焰胃口太大，并不会随着时间的流逝而减弱，它耗费的燃料只会越来越多。无论命运如何安排，他都不会让自己去过平庸的日子。他只在乎他的父亲和母亲，也就是法老王和皇后，并不在意其他人如何想。

萨力搭着学生的肩膀，一副非常热情的样子。

"这种游戏在你看来没什么意思吧？"

"你组织得很好。"

"你要是参加一定能赢。"

"你在嘲讽我，以前你可不爱这么做。"

"我不是这个意思，现在谁也动摇不了你的地位了。你在游行时表现得不错，不少大官都这么想。"

萨力说得很直白，也很真诚，他将拉美西斯带到凉亭里，拿了一些鲜啤酒招待他。

他兴奋地说："说起来，再没有什么工作比皇家书记员更惹人羡慕的了，你不仅可以得到国王的倚重，还能涉足财库和谷仓之地，占有祭祀之后的供品。你可以穿锦衣华服，还能养些马匹，弄一艘小船。你可以在华丽的别墅里生活，巡视丰收的田地，你的衣食住行都有忠实的仆从照料准备。你的手臂不用出苦力，双手将一直白嫩柔软下去；你挺拔的脊背不会被重物压弯；你不用扛锄头，也不用挥十字镐，那些徭役更是与你无关，没有人敢对你的命令敷衍塞责。有了写字板、芦苇笔和莎草纸卷，你自能出人头地，变成一个富裕的、备受尊敬的人。你可能要问我，荣耀又将如何？你会得到它的。人们忘了自己的先祖，却还在颂扬那些作家，那些与其先祖同时代的睿智的书记员。"

拉美西斯平静地背诵道："我是书记员，书比一切建筑物都更能完整地记录你的名字，因为它比石碑或者金字塔更有深度。书记员以自己的智慧进行传承，那些主持葬礼的祭司所诵读的悼词，正是出自他们之手。他们创作的石板就是其子孙后代，他们的妻子就是写满象形文字的石头。再坚硬的建筑也有风化的一天，可是书记官的文章却能万古长存。"

"太棒了！"萨力喊道："我教给你的东西你全都记得。"

"是我们的先祖教给我的。"

"对，对……不过，确实是我和你说的。"

"请接受我的感谢。"

"我为你骄傲。好好当你的书记员吧，不要想太多。"

还有其他客人需要男主人招待。拉美西斯百无聊赖地看着那些在谈天说地、喝酒钓鱼、闲话家常的人，他不知道这些人为什么如此热衷于平庸的生活和使用特权。

他的姐姐挽着他的手臂，神色温和，问："高兴吗？"

"你觉得我高兴吗？"

"我这样装扮漂不漂亮？"

他放开手，打量了她一番。她穿着带有浓重异域风情的艳丽长袍，带着繁复的假发，看上去确实比平时精神。

"作为女主人，你非常美丽。"

"能得你一句赞美，真不容易！"

"所以越发可贵。"

"你在尼罗河祭典上的表现非常不错。"

"我什么都没做，连句话都没说。"

"正因为这样……才无可挑剔，大家都很吃惊，要知道皇族的设想可不是这样。"

"那是哪样？"

杜兰特眸光闪烁，带着某种敌意。"反抗，甚至是诉诸武力的反抗。你在大失所望的时候，做出来的事远没平时那么克制。一头狮子怎么会成了羔羊呢？"

若非握紧了双拳，拉美西斯怕自己的巴掌已经扇在她脸上了。

"杜兰特，你以为我要的是什么？"

"属于你哥哥的，且永远不会属于你的那些东西。"

"不是，我没有嫉妒他。我的想法很单纯，就是要找到真正的自己。"

"假期一来，集中到孟斐斯的人会非常多，我们准备去度假，地点是尼罗河三角洲的别墅，怎么样，和我们一起吗？我们去游泳、钓大鱼，你还可以教我们怎么划船。"

"我有工作……"

"拉美西斯，别推脱了。现在事情已成定局，你为什么不关心你的亲人和朋友，感受一下他们的深情呢？"

赢得钓鱼比赛的人兴奋得又叫又跳，女主人上前向他道贺，男主人则送上了讲述西努耶冒险记的莎草纸卷。

拉美西斯向亚梅尼使眼色。

亚梅尼坦白道："鱼线断了。"

"我们走。"

"这就回去了吗？"

"亚梅尼，比赛已经结束了。"

衣着考究的谢纳向拉美西斯走过来。

"抱歉，我迟到了，没看到你的精彩演出。"

"上场的是亚梅尼，不是我。"

"没力气了？"

"你想怎么说都行。"

"很好，拉美西斯，你会越来越有自知之明的。在这件事上，你是不是该谢谢我？"

"谢你什么？"

"若不是我的推动，你怎么有机会参加那种引人注目的游行？塞提很不放心你，一直想把你放逐到其他国家去。其实他这么想没什么不对，你确实做了很多不合时宜的事。好在你这次做得不错，保持下去，我们应该融洽相处。"

谢纳转身走了，身后跟着一大批追随者，看到这位不请自来的访客，萨力夫妇高兴地向他躬身行礼。

夜巡闭着眼睛，陶醉地享受着拉美西斯在其头顶上的轻抚。王子抬起头，遥望星辰。按照智者的说法，一旦去世的法老被神圣的法庭确认是公正的，它的心脏就会化作星辰。

伊瑟浑身赤裸地靠在他身上。

"我要嫉妒死了……可以先不要管这条狗吗？我们做爱吧，我要你！"

"你困了，可我并不想睡。"

"我有个小秘密要告诉你，但你得先亲我一下。"

"你这是勒索，我不喜欢。"

"经过我多番努力，终于得到了你姐姐的邀请。所以，你不用担心和家人在一起时会感到无聊了，另外我们即将结婚的消息，也会传得更真实。"

她太温柔、太妩媚了，王子怎能对她的抚触无动于衷呢？他抱着她穿过阳台一直走到床边，将她放到床上，两人缠绵起来。

拉美西斯恢复了食欲，这让亚梅尼非常开心。

他兴奋地说："该准备的都准备好了，行李我都亲自检查过，可以走了。度个假也许对我们有好处。"

"你是该放个假，你想休息一阵子吗？"

"我只要一开工，就停不下来。"

"到了我姐姐那，你也找不到事做。"

"我可不这么想，你眼下的工作有很多资料要看，再说……"

"你一定不知道什么是放松，亚梅尼。"

"主人是这样，我这个仆人自然也是如此。"

拉美西斯按住他的肩膀。

"不要说你是我的仆人，你是我的朋友。我劝你休息几天，听话。"

"我会试一下的，不过……"

"你遇到麻烦了？"

"走私墨块的事，还有那家有问题的工厂……我想弄清楚到底是怎么回事。"

"我们可以吗？"

"埃及有些脏事，我们不得不管。"

"以你的性格，能成为一个政治家吗？"

"我知道我们的想法是一样的。"

"我找过我的母亲,希望她能帮助我们。"

"这……这太棒了!"

"直到现在也没什么进展。"

"真相终有一天会浮出水面。"

"那些墨块和那家工厂我可以不管,可是那个想要害死你的人,还有那个幕后真凶,我一定要抓到。"

拉美西斯的态度居然如此强硬,这让他的机要秘书非常吃惊。

"亚梅尼,我的记性很好的。"

萨力租了艘帆船,看起来非常漂亮。他只要想到自己可以在汛期形成的大水面上航行,可以在长满棕榈树的山顶小屋中度过一个舒适的假期,就忍不住满心欢喜。这边的气候让人连气都喘不过来,那边可不是,而且那边的生活节奏也没这么快。

船长有点着急,他得起航了,刚刚海警已经下达了可以出发的通知。如果轮到他们起航的时候,他们还不走,就要再等两到三个小时才能走了。

拉美西斯的姐姐遗憾地说:"拉美西斯还没来。"

萨力说:"可伊瑟早就到了,已经在船上了。"

"他的行李到了吗?"

"太阳还没升起来的时候就送到船上了。"

杜兰特不住地跺脚。

亚梅尼一路小跑,到了近前,还没开口,先深吸了一口气。

"我找不到拉美西斯!"他说。

19

　　拉美西斯是带着夜巡走的，他背上是一个行李袋和一块绑着皮带的草席，左边的皮袋里装着一块裹腰布、一双凉鞋，右手拿着一根拐杖。休息时，他在树荫下铺好草席，然后在上面小睡一会儿，他忠诚的伙伴则会为他站岗放哨。

　　拉美西斯第一段旅行是在船上完成的，现在的步行是第二阶段。在离开海面之后，他沿着小路向山顶迈进，他走过不计其数的村镇，和为了恢复体力的农夫们一起吃饭。都市的生活让他厌倦，他发现了一个人间仙境，在这里他可以按照四季和节庆的顺序过着平静的生活。

　　拉美西斯谁都没告诉，包括亚梅尼和伊瑟。埃及人在走亲访友时，或者在汛期前往大部分已经开工的工地上工时，不都是独自上路的吗？他也想那样做。

　　他在一个小村子里雇了一个以给穷人摆渡为生的船夫。在开阔的水面上，船只渐多，大大小小有几十只。有些拉着小孩的船一直左摇右摆地晃动，孩子们为了在水里来一场游泳竞赛，故意失足落进水里。

　　埃及人民的呼吸，以及他们因为对法老充满信心而表现出的那种显而易见的愉悦和安稳，拉美西斯不管是在休息、游玩，还是在旅行……都能清楚地感受到。拉美西斯时常听到有人用尊重和赞美的语气提起塞提，这让他备感骄傲。他暗自发誓，就算自己只能做一个小书记员，只负责监督谷仓存储或者服从长官的命令，也绝不给父亲丢脸。

　　由鳄神索贝克统治的梅室是一个充满绿意的省份，它就在法尤姆的入口处。"伟大的爱"是梅室的皇家后殿的名字，有好几公顷大，由优秀的园丁负责打理。这片辽阔的地区是埃及人心中最美的地方，这里的运河网络十分发达、精巧。这里是贵妇们的养老之所，看到年轻貌美的姑娘成为纺织厂的员工，成为诗歌、音乐和舞蹈学校的学员，她们羡慕极了。珐琅大师在珠宝设计师身边努力地提高着自己的技术。无穷无尽的工作将后殿渲染得分外热闹。

　　拉美西斯现在的形象有些丢人，所以在靠近大门之前，他先是换了件裹腰布，然后又穿上了凉鞋，接着又把狗身上的灰往下掸了掸，直到把自己收拾得差不多了，才向一位贼眉鼠眼的守卫走过去。

　　"我来探访朋友。"

　　"小伙子，把你的推荐信拿给我看看。"

“我用不着推荐信。”

那守卫梗着脖子说：“你这么狂妄的理由是什么？”

“我是塞提的儿子，拉美西斯王子。”

“你玩我呢！王子出巡会没有护卫？”

“我有一只狗啊。”

“臭小子，滚远点，我没心情跟你开玩笑。”

“闪开，这是命令。”

这个守卫被他强硬的语气和尖锐的眼神吓到了，不知道是应该把这个讨厌鬼赶走，还是谨慎地周旋一下。

“告诉我你朋友的名字。”

“摩西。”

“等一会儿。”

夜巡在树荫下安坐，那是一棵波斯木，浓郁的香气在空气中飘荡。在后殿的树上栖息着几百只鸟，最甜美的生活也不过如此吧。

“拉美西斯！”

摩西一把推开警卫，朝拉美西斯跑过去。这两个朋友紧紧相拥，互相拉扯着走进门里。跟在他们身后的夜巡，扬起鼻子使劲闻了闻，看样子它很喜欢从警卫室飘出来的香气。

在无花果树丛里，一条用瓷砖铺就的小路蜿蜒伸展，摩西和拉美西斯走在这条小路上，其尽头的水房里长着枝叶繁茂、洁白如玉的荷花。在一张由三块石灰石并排砌成的石椅上，两人安然落座。

“拉美西斯，这太不可思议了，我太开心了，你要到这里来工作了吗？”

“不是，我想你了。”

"你自己来的？没带随从吗？"

"你吓了一跳吧？"

"这事也就你干得出来！我们的小集体散了之后，你做什么了？"

"我做了皇家书记员，另外，我以为我父亲会选我继承皇位。"

"谢纳答应吗？"

"只是个梦而已，不过我倒真的是百折不挠了。我父亲在众目睽睽之下戳破了我的幻想，不过……"

"不过？"

"不过那种让我备感无力的力量也在激励着我。我不想像无事可做的有钱人那样只知道混吃等死。可是摩西，我们应该怎样生活呢？"

"关键就在这里，你说得很对。"

"我不想泯于众人，可我不知道该怎么做？"

"你感到迷茫，我也一样如此。我给这座后殿的总管当助理，除我之外，他还有别的助理。我在一家纺织厂当监工，监督工人的工作情况。我有一栋房子，里面有五个房间和一座花园，我还能得到一份精心制作的餐点。好在后殿还有一座图书馆，让我能够吸收全埃及人的智慧！如此看来，我什么都有了。"

"你还缺一个美女。"

摩西笑着说："这里最不缺的就是美女，你有喜欢的人了？"

"或许吧。"

"谁？"

"伊瑟。"

"我听说过这个人，未来的国王对她志在必得。让人羡慕的家伙……可是你说'或许'，为什么？"

"她长得很美，和我处得也不错，可是我不知道自己是不是真的爱她。我对爱情的想象不是这样的，要更热烈、更疯狂、更……"

"'不要折磨自己了，你该享受当下。'晚宴时竖琴家在我们耳边唱的这句话，你还记得吧？"

"你呢，爱上谁了吗？"

"有几个情人，或许……可是没有我中意的。我也是，我说不清楚，感觉有一把火在燃烧，可是我不知道是应该忘掉它，还是让它燃起来。"

"摩西，我们要有选择。如果我们不想像倒霉的影子那样消失无踪，就不能逃避。"

"你觉得这是一个光明的世界吗？"

"这个世界上是有光明存在的。"

摩西抬起头，望着天空。

"它藏在太阳里面吗？"

拉美西斯按下朋友的脑袋。

"你要是不想瞎掉，就别盯着它看。"

"我会找出暗处的东西。"

他们的对话被一声惊叫打断了。两个纺织女工在与他们相对的另一条小路上飞快地跑走了。

摩西说："轮到我吓你一跳了，有个坏蛋快把那些倒霉鬼吓死了，我们去收拾收拾他。"

那个坏蛋根本没想跑，他单膝跪地，将一条美丽的墨绿色的蛇抓起来，放到袋子里。

"塞达武！"

御蛇巫师面无表情。在这里看到他，让拉美西斯非常惊讶。塞达武告诉他，后殿的实验室会向他购买毒液，这也是他的经济来源。另外，最让他高兴的是，能和摩西待几天。

"拉美西斯，闭上眼睛，我有几个绝招要教给摩西。"

王子听到可以睁眼的命令时，摩西正用右手捏着一根深褐色的细长的棍子，笔直地站在那里。

"这有什么稀奇的？"

塞达武嘱咐道："仔细看！"

那根棍子忽然扭动起来，是蛇！摩西一把将蛇扔到地上，塞达武马上捡了起来。

"这是个自然魔法，是不是很有意思？有点吓人，吓谁都行，包括国王的儿子。"

"教教我吧，我也要操控这种'棍子'。"

"没问题。"

朋友三人躲在果园里，塞达武将操控活蛇的窍门告诉了他的两个同伴。

离他们没多远，有一群年轻的姑娘正在练习一种和特技有些相像的舞蹈。姑娘们身上紧紧地裹着半长不短的裹腰布，胸前和后背的布带交叉着绑在一起。她们梳着高高的马尾辫，垂在脑后的辫子的末端还系着一颗木头珠子。舞蹈动作虽然复杂，不过大家的步调很一致。

塞达武并没有把心思放在舞蹈上，他只专注于寻找那些能让人生不如死的毒蛇，似乎这就是他的全部梦想。塞达武活得专心致志，摩西想过自己是不是也要这样过日子，可是他有太多公文要处理。他做事非常严谨认真，事实上，只要再给他一点时间，他就能轻轻松松地登上后殿主管的位置。

他向拉美西斯许诺："我早晚有一天会丢下这一切。"

"怎么说？"

"这很难解释，我只知道自己不喜欢这种生活，而且是越来越不喜欢。"

"我和你一起走。"

那些女孩在跳完舞之后，聚在淡蓝色的水池边分享某种小吃，并成功地邀请到了他们。面对那些关于皇宫、书记员的职责和他未来计划的追问，拉美西斯王子表现得极不耐烦，甚至有些粗鲁。那些找他闲聊的人失望地离开了，她们还有一项考验知识储备的诗词比赛要参加。

拉美西斯发现有个黑发碧眼的姑娘坐在一边一直没有出声，她看起来比其他女孩都小，长得也很漂亮。

他问摩西："那个人是谁？"

"妮菲塔莉。"

"她看起来很害羞。"

"她是最近才来后殿的，出身一般，布织得很好，事实上，她无论哪方面在这个团体里都是拔尖的，只是那些贵族小姐不愿意接受她。"

虽然有传言说拉美西斯王子即将迎娶伊瑟，可是考虑到国王的儿子或许会比普通男人更加博爱，所以有好几个跳舞的姑娘试图勾引这位王子。王子甩开她们，走到妮菲塔莉身边坐下。

"希望你不会因为我的出现而感到不愉快。"

听他这样说话，她便没那么警惕了。她抬头看了一眼拉美西斯，目光带了一丝忐忑。

"抱歉，我可能有点失礼，但你看起来很孤单。"

"那是因为……我在思考一些事。"

"遇到什么麻烦了吗？"

"关于卜塔智者的格言，我们必须选一首加以解读。"

"他的作品非常棒，你选了哪首？"

"我还没想好。"

"妮菲塔莉，你以后想做什么工作？"

"花艺。我希望每年都能在神庙里待很久，越久越好，然后为神明准备花束。"

"这种生活不是很苦？"

"我喜欢思考，喜欢把精力用在思考上。书上说：宁静可以让灵魂璨如花树，正是如此。"

下一节是文法课，舞蹈监察将她们召集到一起，让她们在上课前换好衣服。妮菲塔莉站起身，准备走了。

"等等……你能帮我个忙吗？"

"我们不能迟到，舞蹈监察非常严厉。"

"你选了哪首格言？"

她的笑容足以让最亢奋的战士平静下来。

"我们可以在石磨女工身上找到最完美的话语，尽管它藏得比绿色石头更隐蔽。"

她说完这句话，就灵巧地跑开了。

20

　　拉美西斯在梅室后殿待了一周，却只和妮菲塔莉见过那一次。至于摩西，他因为工作效率高，被上司安排了很多工作，忙得不可开交，根本没多少时间和朋友聊叙。好在短暂的交流似乎让双方都有了新的力量，他们彼此许诺将永远保持理智。

　　塞提小儿子来访的消息没过多久就传开了，那些贵族出身的老妇人无不想方设法地找机会和他闲话家常，她们的回忆和建议更是弄得他头昏脑涨。工匠和公职人员希望他能提供帮助，学院的负责人不停地以最高的规格向他表达敬意，只为了让他在塞提面前称赞一下他们的管理成绩。拉美西斯很少有机会能静静地躲在花园里翻一翻古书，他忽然觉得自己又被人扔到监牢里了，连喘口气都那么费劲。于是，他重新背起行李袋和草席，拿着拐杖，悄无声息地走掉了。他知道摩西并不会因此而误解他。

夜巡胖了，不过没关系，只要飞快地走上几天，它的身材就能像以前一样纤瘦了。

皇家侍卫长第一次如此努力地工作。他忙得脚不沾地，东奔西走，光主管就见了几十位。他认真分析了某些细节，将犯人提出来重新审讯，连刑讯逼供的手段都用了。

也不知道究竟是因调查被压制了，还是行政体系本身就有问题，他试着恫吓了某些高官，可仍没什么效果。然而皇后凶起来，却是比所有大臣都要恐怖。

最后，在他做了所有能做的事情后，他提出和图雅会面。

"陛下，我敢说自己已经竭尽所能。"

"我更想知道，你得出的结论是什么。"

"您让我调查真相，不问其他。"

"对。"

"恐怕您要伤心了，因为……"

"我会有自己的判断，说正题吧。"

侍卫长想了想说："我先声明一下，我的工作是……"

这位高官本想解释一下自己力有未逮的原因，不过皇后用眼神阻止了他。

"所以有两个坏消息，我准备向您汇报。"

亚梅尼在认真地抄写法律条文，这是每个书记员都要背熟的。拉美西斯并没完全信任他，他却坚信王子一定会回来，所以照常履行自己机要秘书的职责。

当夜巡蹿到亚梅尼膝盖上、用柔软的舌头在他脸上一顿乱舔时，他热情地欢迎拉美西斯，把所有的埋怨都抛到了脑后。

王子坦言："我果然没猜错，像你这么能干的人，办公桌上肯定什么都没剩下。这么多工作，我要是你肯定不干。"

"可是，我们每个人有每个人的职责，我接受上帝的安排。"

"亚梅尼，我很抱歉。"

"我发誓我会诚心诚意地对待你，我若背弃誓言，地狱恶魔可以割断我的喉咙。就像你看到的那样，我做事尽职尽责。你的旅行过得怎么样，高兴吗？"

拉美西斯和他说了后殿、摩西和塞达武的事，却没有说和妮菲塔莉的那次短暂的相遇。在他的记忆里，那次谈话虽然只有几分钟，却莫名的珍贵。

亚梅尼说："正好你回来了，皇后让你尽快和她见一面，亚夏也说请我们过去吃晚饭。"

亚夏款待拉美西斯和亚梅尼的地方，是他自己的宅邸——外交部最近分给他的在城中心的宅邸，距离他工作的行政区非常近。他虽然年纪不大，但已经有了成熟外交官的架势，他的行为举止亲切热情，说起话来诚意十足。他衣着考究，紧跟孟斐斯的潮流，古风古韵，又带着点意气风发的意味。他原本就气质高雅，现在又多了一种稳重的感觉。拉美西斯几乎要认不出他了，亚夏已经走上了他该走的路。

拉美西斯评判道："看样子你很喜欢自己现在的状态。"

"我在合适的时机做了正确的选择。人们认为我对特洛伊战争所做的分析是对的。"

"到底是怎么回事？"

"这场败仗和特洛伊人有很大关系。有些人认为阿伽门农的人不会下重手，我却认为他们将大肆劫掠，甚至屠城。不过，埃及和这场战争没有任何关系，所以我们不会插手。"

"塞提最大的目标，就是保持和平的状态。"

"所以他才如此忧心。"

拉美西斯和亚梅尼不约而同地问出心中的忧虑："你担心会发生冲突？"

"赫梯人蠢蠢欲动。"

塞提掌权的第一年，贝都因人就在赫梯人的怂恿下，进攻了巴勒斯坦，还建立了一个独立的国家，以致塞提不得不想办法平定叛乱。好在没过多久，那些乱臣贼子就发生了内斗。之后，法老御驾亲征平定了迦南之乱，将叙利亚以南的要塞和进出腓尼基的要塞拿到了手里。

塞提掌权的第三年，埃及和赫梯人必有一战的情况已经成了所有人的共识，可是双方的军队在摆好架势后，又各自收兵了。

拉美西斯问："还有什么消息吗？"

亚夏用右手的食指摸了摸自己剪得完美无缺的胡子，说："那些消息都是机密。你虽贵为皇家书记员，可惜还是级别不够啊。"

拉美西斯揣摩着亚夏的意思，不知道他是不是真这么想的。他马上就安下心来，因为他这位朋友眼睛里露出的是一丝戏谑。

"赫梯人准备搅乱叙利亚，而腓尼基有几个收了他们重礼的王子，已经成了他们的帮手。国王的军事顾问认为我们必须尽快出手干预，最新的消息是，塞提觉得兵贵神速。"

"你要上战场吗？"

"不。"

"你被扔出来了吗？"

"有点那个意思。"亚夏白嫩的面皮抽动了一下，看上去对拉美西斯的这个问题有点排斥。"我有别的事要做。"

"什么事？"

"这回真的不能说了。"

亚梅尼喊道："一次秘密行动，太刺激了，可是……会很危险吧。"

"为国尽忠。"

"一点都不能透露吗？"

"我唯一可以说的，就是我会去南方。"

夜巡也享受了一次来自特权的优待：在皇后的花园里尽情地享用美食。它用舌头温柔而热情地向图雅表达了自己的谢意，图雅愉快地接受了。拉美西斯拿着一根小树枝，无聊地嚼起来。

"调查进行得如何了？"

"皇家侍卫长的工作效率还不错，至少比我想象得快。调查有了些结果，不过是坏消息。他在孟斐斯南方一个荒废的粮仓里，找到了那个设计陷害你的马夫，不过找到的是尸体。而那家制造墨块的工厂的主人究竟是谁，他没查到，因为有人去档案室毁掉了记录厂主姓名的莎草纸。"

"这个阴谋，只有有权有势的人才能做到！"

"你说得对，位高权重的人能够买通一些人帮自己做事。"

"这个贪腐案真让人恶心……我们必须追查下去！"

"你觉得我会妥协？"

"母后！"

"我喜欢你这种不服输的劲儿，对于不公，永远不要低头。"

"现在要怎么办？"

"我准备换人了，毕竟皇家侍卫长已经招数用尽。"

"下令吧，您让我做什么，我都会奉命的。"

"你愿意为了查出真相，而牺牲性命吗？"

"如果那个想要杀我的幕后真凶是谢纳的话。"

皇后露出悲伤神情。"这个指控，太可怕了。"

"你为这样的怀疑感到伤心吗？"

"你是我的孩子，他也是。你们虽然性格不同，但我对你们的爱没什么不同。就算你们对各自的野心都心知肚明，你也不该把你哥哥想得这么坏啊。"

拉美西斯浑身颤抖，这种阴谋如此险恶，如果不是对掌政的渴望蒙蔽了他的双眼，他怎么会怀疑到谢纳身上。

"亚夏，我的一个朋友，说担心国家有危险。"

"他的消息可靠吗？"

"我父亲是不是做好了和赫梯人开战的准备？"

"他也是被逼无奈。"

"让他带上我吧。我愿意为了国家浴血奋战。"

21

　　谢纳的办公室位于皇宫的偏殿，现在正在重新装修。他手下的员工们脸色凝重，负责装修的工人们谨小慎微、严格执行他的命令，不敢发出一丝嬉笑、交谈的声音，因此这里的气氛十分压抑。

　　临近中午时就有风声传过来了：说是要立即派两个团的精兵进行紧急救援。毫无疑问，这是要和赫梯人交战了。谢纳非常吃惊，在他的商业政策刚刚推进、第一批成果马上就要到手的时候，怎么能出现这种军事行动？

　　这种争端太蠢了，它催生出的新问题会严重影响和解进程。塞提现在骑虎难下，就像他的大多数先祖那样。人力、物力明明可以用在更有用的地方，却因为这种早就过时了的捍卫埃及国土、传承伟大文明的观念，白白浪费掉了。谢纳之前为什么没有提出罢免国王的军事顾问的建议，就是想让大家看看他们的行为将如何虚耗国力，这些崇尚战争的家伙，还以为自己的成就会得到所有国民的称赞呢。谢纳准备只要这些蠢货打了败仗，就把他们驱逐出宫。

如果法老、首相和大将军都在外边，国政自然要交由皇后图雅处理。虽然她和谢纳想法不同，有时还会大吵一架，可是他们对彼此的爱是毋庸置疑的。既然图雅什么都知道，还劝解塞提和谈，那就必须和她开门见山地说清楚，是时候该这么做了。所以就算她日程表排得非常满，谢纳仍极力要求尽快和她见一面。

午后，图雅在会客室召见了谢纳。

"我没猜错的话，你找我应该是为了公事。"

"您从未猜错过，让人钦佩的第六感。"

"作为儿子，你没必要刻意奉承自己的母亲。"

"我知道您不喜欢战争。"

"没人喜欢。"

"我父亲的决定未免太草率了？"

"在你眼里，他是一个会草率行动的人吗？"

"怎么会？可是眼下……赫梯人……"

"你更喜欢华美漂亮的衣服，是吗？"

谢纳看上去有些窘迫。"是的，不过……"

"来吧。"

图雅将长子带往边上的一间附属会客室。在会客室的桌子上分别摆着一顶带有长辫子的假发，一件宽袖子的衬衫，一条带有流苏的百褶长裙，一条可以系在腰上、垂至臀部的交叉领巾。

"很漂亮吧？"

"一件上等佳作。"

"这套衣服是为你准备的。这次出征叙利亚，你父亲准备让你做他的右旗手。"

谢纳面色惨白。

旗手，拿着一支镶有牡羊头——象征胜利之神阿蒙——的长杆，站在国王的右侧。法老要带着他的长子御驾亲征，冲在战场的最前沿。

拉美西斯坐立不安。

塞提此次出征会有一批皇室成员随行，亚梅尼去取随行名单的告示，可是不知道为什么，直到现在还没回来。王子迫不及待地想要知道自己将在哪支队伍里效命。他不关心自己即将得到的头衔会有多夸张，只要能参战就行。

"你怎么才回来？喂，快把名单给我。"

亚梅尼低着头。

"你怎么这么沮丧？"

"你自己看吧。"

按照这份皇家谕令，法老的右旗手是谢纳，至于拉美西斯，根本没这个名字。

孟斐斯城的军营无一不在备战。大军明天开拔，法老将亲自带领步兵团和马车队发兵叙利亚。

拉美西斯在军营总部的大厅里待了一天，直到傍晚，才看到父亲走出战略会议室。他赶紧走过去，毫无畏惧。

"我有个请求。"

"说。"

"我想和您一起上战场。"

"我的决定在政令上已经写得很清楚了。"

"只要能上阵杀敌,我可以不做军官。"

"这样看来,我的决定果然没错。"

"我……我不明白。"

"如果你的希望毫无可能,就没有任何意义。没有足够的能力,如何上阵杀敌?拉美西斯,这件事超出了你的能力范围。"

谢纳当然不会因为可以为自己增色的新职位而有任何的不满。实际上,每个想要成为国王的人都要具有作战能力。保家卫国和驱逐外辱,自底比斯王朝早期开始,就是所有国王都要首先证明的能力。这是一种可悲的传统,可是为了顺应民意,谢纳也只能接受。旗手所在的先锋营从拉美西斯面前经过时,他与拉美西斯四目相接,当从对方眼中看到懊恼的神色时,他忽然觉得这种传统也蛮有意思的。

所有特殊事件都伴随着宴会,军队开拔自然也不例外。民众休假一天,自然要趁此机会在啤酒里大醉一场,再说所有人都坚信塞提会成为胜利的一方。

就谢纳本身而言,他虽然赢了却也不是什么顾虑都没有,毕竟只要上了战场就有遇险的可能,再优秀的士兵,也一样如此。只要想到自己会受伤、生病,甚至残废,谢纳就心惊胆战。到了战场,他一定会保护好自己,至于那些危险的事,交给那些行家好了。

他这次运气不错,这场战争让他有了和父亲交流,进而为将来铺路的机会。就算为了这个前景，他也得好好努力一番，虽然离开宫廷舒适的环境，日子必定非常难熬。

另外，拉美西斯越失望，他就越开心。

巴肯不喜欢民兵。每次发生战争，那些渴望在遥远的边疆立下赫赫战功的志愿兵和未来的士兵就会来到这里参加训练，可是这些农村来的莽汉最远也就走到孟斐斯的郊区，之后就会逃回乡下种地去了。这位皇家马厩的管理者天生神力，方脸、短髭，也有份参与训练那些年轻的新战士。

他用低沉的声音扯着沙哑的嗓子下达指令：让他们把装满石头的袋子举到右侧的肩头，沿着军营的城垣跑，直到他下令休息为止。

很快就有人被残忍地淘汰了。大多数人体力不支，上气不接下气，只能把肩上的东西放下来。只剩五十几个候选者时，巴肯才在大家冲到他面前后，耐性十足地下达了测试终止的命令。

当他在新兵里看到一个熟悉的面孔时，被吓了一跳。那个家伙比大多数学员高了足有一头，一脸让人惊讶的从容不迫。

"拉美西斯王子！这里没有您的职务。"

"我需要一张可以证明我能力的证书，所以我来接受训练。"

"可是……没这个必要啊！您只要……"

"我不这么想，你也一样如此，我们不能纸上谈兵！"

巴肯无措地抚摸着自己二头肌上的那两个皮环——这两个手环让他看起来更加强壮了。"有点麻烦……"

"巴肯，你怕了？"

"我？害怕？归队！"

巴肯下狠手连着操练了这批男人三天，直到他们耗干了所有力气。最后，包括拉美西斯在内，他留下最彪悍的那二十个。

第四天是武器训练，有匕首、盾牌和粗硬的短木棍。在讲解了几个注意事项之后，巴肯让这些年轻人开始对战。

拉美西斯看到有人伤了手臂，就把自己的匕首放到了地上，他的同伴们看他这样做，也跟着学。

巴肯怒气冲冲地骂道："在干什么？要是不想继续练，就给我滚出军营！"

新兵们执行了教官的命令。所有胆小的、反应慢的一律惨遭淘汰。只有十二个获得了成为职业军人资格的志愿兵，获准加入先锋营。

拉美西斯坚持到了最后。密集训练了十天，他依然热情不减。

巴肯在第十一天早上宣布："我需要一位头领。"

候选人们先是用洋槐木弓箭射击五十米外的标靶，大家的成绩都差不多，只有一个人例外。

巴肯觉得这个成绩还不错，又拿出了一张正面镶有犀牛角的巨型弓箭，然后让人把铜靶后移，直到和射手拉开一百五十米的距离。

"靶在那儿，用这把弓箭试试。"

不要说射中铜靶，大部分人根本拉不开这张弓，能拉开这张弓的两个人射出的箭也没飞出一百米。

巴肯看着最后一个登场的拉美西斯，眼神中充满挑衅。拉美西斯和同伴们一样也可以射三次。

"既然那些比你优秀的人都没通过，那王子殿下的脸面怎么也保住了。"

拉美西斯专注地看着那面靶，就像其他东西都消失了一般。

这张弓的弓弦是用牛软骨做成的，对力量的要求非常高。拉美西斯强忍着肌肉撕裂的痛楚拉开弓弦。

第一箭射偏了，落在靶的左侧，巴肯发出一声冷笑。

拉美西斯长吸一口气，稳定心神又射一箭，再次落空，这次是射高了。

巴肯说："最后一次。"

王子闭上双眼，屏气凝神足有一分钟。那面铜靶在他心里浮现出来，他对自己说，靶就在前面，我现在是一支急欲与铜靶合二为一的箭。

第三箭以电闪雷鸣之势撕开空气，就像一只迅猛的大胡蜂，朝铜靶直扑过去。

其他新兵欢声雷动，恭贺他的胜利，巴肯从拉美西斯手中拿回弓箭。

他说："我要加一项测试，我们对打，不用武器。"

"有这个规则吗？"

"这是我加的。你和我，怎么，你不敢和我打？"

巴肯虽然个头不如拉美西斯高，但他更强壮，技术也更好，所以拉美西斯只能靠速度取胜。巴肯先发制人，王子闪身但没有完全躲开，左肩和巴肯的拳头有轻微接触。教官接连五次进攻都未能伤到拉美西斯，不由得火气上涌，他一把抓住对手踢过来的左脚，将其掀翻在地。巴肯用脚踹向拉美西斯的脸，后者闪身避开的同时，一个手刀狠狠地劈在了巴肯的脖子上。

拉美西斯自以为已经取胜，却不想巴肯恼羞成怒，站起来之后，低头一个急冲，直接撞上了王子的胸口。

伊瑟将一种特效药膏抹在情人的胸口上，这种药药效很快，极大地减轻了他的痛苦。

拉美西斯轻声说："我太蠢了。"

"那个怪物想置你于死地。"

"那是他的工作。我还当自己赢了，幸好不是战场，不然我就死了。"

伊瑟的手变得非常温柔，也非常放肆。

"你能留下来，我开心死了。我讨厌战争。"

"战争有时是逼不得已的选择。"

"你肯定不知道，我对你的爱有多深。"

伊瑟用莲梗般细滑的双手，痴缠着自己的情人。

"我难道不比战争和武力可爱多了，忘掉它们好吗？"

拉美西斯并未拒绝她带给自己的快感，而是沉醉于其中。可是，还有一件更让他感到快乐的事，拉美西斯没有同她说——他拿到了军官证书。

　　胜利的埃及大军得到了人们的热烈欢迎。大军出征曾让皇宫里的人忧心忡忡，可是黎巴嫩叛军只挣扎几天就投降了。他们信誓旦旦地表示忠于法老是他们永恒的信念，发誓将成为法老诚挚的子民。塞提向战败者索要的战争赔偿是大量的极品雪松，他将把它们变成竖立在神庙前的新旗杆和大批游行用的王船。黎巴嫩的王子们异口同声地表示，象征着太阳神的法老，是他们生命的赐予者。

　　敌方军队没想到埃及动作那么快，还没来得及拦截，塞提的部队就已经到了叙利亚。赫梯国王穆瓦靼力本就是一个喜欢浑水摸鱼的人，这次精锐军队还未调派，当然不会硬上。所以赫梯设施最完善的卡迭石城明明筑好了防御工事，却没有任何反抗。这座城市无法应对突如其来的持续性攻击。塞提只是在卡迭石城里竖了一根石柱，却没有摧毁它，他手下的将军们不知道他为什么要采取这种策略，所以批评声极大。

埃及军队刚一走远，穆瓦靼力就带着一个团的精兵夺回了卡迭石城，也就是说，现在卡迭石城还是在赫梯人手里。

此战后双方决定谈判。两国君主为防生灵涂炭，通过各自的驻外使臣签订协议：赫梯人不在黎巴嫩境内和腓尼基要塞寻衅滋事，埃及人撤离卡迭石城，停止向其内地进发。

这种和平虽然不会维持很久，但终究是和平。

谢纳不仅是王位继承人，也是此次战争的新将领，他邀请了一千多个人参加晚宴。人们一边品尝山珍海味，畅饮具有特殊含义的多年陈酿——这酒是塞提掌权后的第二年酿造的，一边欣赏赤身裸体的年轻姑娘在竖笛和竖琴声中的翩然舞姿。

国王只在宴会上待了一会儿，剩下的时间都由他的长子作为代表为这次胜仗庆贺。摩西、亚梅尼和塞达武都是贵族学校上一届的学员，个个前程无量，他们穿着拉美西斯赠予的华服，游走在众多宾客中。

亚梅尼还在坚持。他不停地向孟斐斯的一干显贵询问最近才忽然关门的那家墨块制造厂的事，可惜他的努力只是白费力气。

因为在放置牛奶瓮的储藏室里发现了一条蛇，塞达武忽然被谢纳的总管叫走了。塞达武在蛇藏身的瓮上敲出一个缺口，然后塞了很多大蒜进去，之后又在那个缺口上盖了一条鱼。如此，那条倒霉的蛇就被封在里面了。塞达武觉得自己做得不错，总管对他也挺满意的，可是这种满意很快就消散了，因为这位专家当着他的面拿出了一条红白相间的蛇。那位装腔作势的总管一看到它颌骨后的尖牙，就吓得落荒而逃。

"蠢货，"塞达武心想，"这种蛇很明显是不会伤人的。"

英气十足的摩西吸引了不少年轻貌美的姑娘，而拉美西斯则比他更有女人缘，不过后者被伊瑟盯得很紧。这两个年轻人的名声越发响亮：官员们相信摩西会成为高官，而普通人则认为被皇室拒绝的拉美西斯，能靠自己的本事在军中谋得职位，十分了得。

在两场舞的间隙，这两个朋友总算偷跑出来，在花园里见了一面。

"谢纳的演讲，你听了没有？"

"没听，我温顺的未婚妻有别的更重要的事。"

"你哥哥斩钉截铁地说，此次战争获胜，他居功至伟；要是没有他，埃及将损失惨重；最终取代暴力的，是外交。另外，他还说，塞提看上去非常疲惫，无法像过去那样执掌大权，委任他为储君的提案很快就会通过。他已经确立了掌权后的政策：避免一切武装冲突，全力推动国际贸易，与我们的死敌建立商业联盟。"

"他太让我失望了。"

"我和你一样认为他毫无人品可言，不过更让人侧目的，是他的政策。"

"摩西，如果向赫梯人出手，他们会斩断你的手臂。"

"战争解决不了任何事。"

"埃及若是落到谢纳手里，早晚会变成一个奴颜婢膝、任人蹂躏的国家。法老的土地是一个独立的王国，只要它有衰败、软弱的迹象，亚洲人就会发动攻击。我们必须有足够多的英雄主义者，才能将这种外敌赶出去，让他们远离我们的国境线。我们若不想亡国，就绝不能放下武器。"

拉美西斯激情勃发的言论，让摩西大为震惊。

"我不得不说只有元首才会说这样的话，可是这样的目标，没问题吗？"

"想要捍卫我国的领土完整，让神明长久地居住于此，只有这一条路可走。"

"神明……真的有神明吗？"

"你怎么会这么问？"

还没等摩西回话，一群年轻姑娘就挤到了他们中间，喋喋不休地询问他们的将来。伊瑟立刻走过来将自己的情人救了出去。

她幽怨地说："你哥哥坚持要娶我，总是缠着我不放。皇室言之凿凿，说塞提会正式推动让谢纳成为国王的计划，其他流言也是这个意思。他说让我成为他的大皇后。"

拉美西斯突然产生了一种奇异的幻觉，好像自己的灵魂出窍了，离开孟斐斯，到了梅室的后殿。在那里，他看到一位年轻姑娘正在油灯的微光中勤奋地抄写着卜塔的格言。

发现情人心神恍惚，伊瑟问道："你是不是生病了？"

他冷漠地说："你知道的，我从不生病。"

她在他的胸口捶了几拳，他一把握住她的手腕。

"拉美西斯，我爱你，我想和你在一起。你怎么就是不懂呢？"

"你再等等，我必须先弄清楚我想要追求的究竟是什么，然后才能成为丈夫和父亲。"

纷乱的脚步声不断逼近，歌舞工作者和那些年老的官员都已离席，准备退场了。人们在皇宫的大花园里或是沟通信息，或是筹谋着党同伐异、升官发财的阴谋。

一声惨叫从厨房的那边传来，打破了宁静的氛围。

第一个赶到的是拉美西斯，他看到那位总管正拿一根烧火棍猛抽一个老人，老人则用双手护着脸。王子伸手从后边紧紧套住攻击者的颈部，像要将其勒死一般用力，后者丢下凶器，受害者则马上跑到洗碗工身后躲了起来。

摩西说："你不是要勒死他吧？"

拉美西斯放开了脸色紫胀的总管，那家伙好不容易才缓过一口气。

他解释说："我必须狠狠地教训一下这个老家伙，他是赫梯战俘。"

"你就是这样对待工人的？"

"我只对赫梯人这样！"

衣着华丽的谢纳带着一大批人出现在门口。他推开好奇的围观者。"借过，让我看看怎么回事。"

拉美西斯大力地抓着总管的头发，将其按倒在地。

"我要控告这个无耻之徒，他滥用私刑。"

"好了，就这样吧，我亲爱的弟弟！这么较真干什么……偶尔，我的总管确实有些严厉，可是……"

"我会提起诉讼，并作为证人出庭。"

"你对赫梯人难道没有恨意？"

"他现在是你的工人而不是你的敌人，他为你工作，你没理由羞辱他。玛亚特强调过这件事。"

"这些冠冕堂皇的话就不用再说了。这不是什么大事，忘了它好吗？我会感激你的。"

摩西宣布："我也会以证人的身份出庭，这种违法行径会遭到所有人的抵制。"

"一定要把事情弄得这么严重吗？"

拉美西斯对摩西说："将那位总管带走，让我们的朋友塞达武看好他。明天我会提请紧急诉讼。"

"你没有权力扣押他！"

"只要你能许诺这位总管一定会出庭。"

谢纳妥协了。可以作证的关键人物太多……一场明显会败的仗，自然没有坚持的必要。这位行凶者将被放逐到沙漠绿洲中。

"你要是用这种方法治国，我会千方百计地与你为敌。"

"拉美西斯，别把话题扯远了，你对我的尊敬呢？"

"能让我尊敬的，只有我们的君主、统治上埃及和下埃及的人，以及塞提。"

"你要把握好冷嘲热讽的尺度，明天你就要听命于我了。"

"还要很久才到明天呢。"

"你一错再错，不会有好结果的。"

"你会像对待赫梯战俘那样对待我吗？"

谢纳失去耐性，忽然终止了对话，转身离开。

经过一番观察，摩西说，"你哥哥权势滔天，又很危险，你为什么要激怒他？"

"我也不知道。我的脑袋里总有些古怪的想法横冲直撞，撕扯着我，如果想要获得宁静，就必须先找出它们的奥秘。"

23

　　亚梅尼还在坚持。他是拉美西斯的机要秘书，经常需要在众多行政部门中行走，交一些对案情有帮助的朋友对他来说并不是难事。他核对了墨块制造厂的名单，并从中得到了一些线索。图雅皇后告诉拉美西斯，那家有问题的工厂的相关资料不知被什么人拿走了，事实确实如此。

　　亚梅尼发现这条线断了，只好像蚂蚁一样下些笨功夫：他先把那些和书记员行动有牵扯的贵族找出来，然后逐一核对他们的财务状况，希望能找到和那家工厂有关系的人。他每天都在调查，可是一直没有结果。

　　最后，只有对垃圾场——那个几乎让亚梅尼丧命的地方——进行排查这一个办法了。一位严谨的书记员，在把资料写在莎草纸上以前，通常会在石灰碎片上打好草稿。而这些碎片，通常会被扔到一个长期的、专门用来丢弃行政文件的大坑里。

亚梅尼连工厂负责人的证书是否存在副本都不知道，就开始这项调查了。无论成功的希望有多渺茫，他每天都会在这上面花两个小时的时间。

拉美西斯和摩西的友情，让伊瑟觉得十分碍眼。在她看来，摩西这个希伯来人不仅黏人，还很不安分，会带坏了拉美西斯。事实上，这位年轻的姑娘正按部就班地将自己的情人带入享乐的旋涡，她谨慎地隐藏起了结婚的计划。拉美西斯中计了，他游走在一栋栋别墅、一座座花园和一场场宴会中间，尽情享乐，过得闲散恣意，就像大多数贵族那样，他把所有的常规工作都扔给了自己的机要秘书。

埃及就像一场落入现实的梦，一个慈母尽心竭力创造出各种奇迹的天堂。如果你喜欢感受棕榈林荫、品尝椰枣蜜汁、倾听风的声音、欣赏莲的美态、细闻百合的清香，那在这里，你可以过得无比幸福，而且还有一位热情的美人相伴，简直不能再完美了。

看着兴高采烈、兴致盎然的拉美西斯，伊瑟相信自己已经赢得了他的心。他们不停地做着爱的游戏，被共同的快乐所包围。夜巡享用美食的能力在孟斐斯上等家庭私人厨师烹饪的山珍海味中，得到了充分的体现。

塞提的两个儿子显然命中注定要走不同的路：谢纳要与国家大事为伍，拉美西斯与平凡而华丽的生活为伍。而伊瑟则很好地完成了对这两种工作的协调。

某天早上，她张开眼睛，发现拉美西斯已经起床离开了，房间里只剩她一个，不由得大惊失色。她连妆都没化，一边往花园跑，一边喊着情人的名字。她急得发疯，却没听到任何回应。最后，她终于在井边找到了盯着鸢尾花丛发呆的拉美西斯。

她在他的身边跪下来，问："发生什么事了？我要吓死了！你又在烦恼些什么？"

"你想让我过的这种生活，并不是我想要的。"

"不，我们过得很快乐啊，难道不是吗？"

"这种快乐无法让我感到满足。"

"你若是对生活的要求太过严格，早晚会被它咬伤的。"

"看上去未来充满挑战。"

"难道骄傲是一种好的品质？"

"严格而超凡脱俗的骄傲确实是。我要去找我的父亲聊一聊了。"

批评的声音，在与赫梯人的战争结束之后已经没那么多了。既然形势尚不清楚，那么塞提选择暂时停战，看上去也没什么问题，虽然埃及的部队原本是有机会打败赫梯大军的。

谢纳虽然大肆宣扬只有他发挥了至关重要的作用，但人们并不相信，因为那些高级将领曾经说过，国王的长子除了躲在后方观战，什么事都没做。

法老非常忙，他要倾听各方的声音。

他知道如何倾听幕僚的建言，有些幕僚为人十分刚正，在得出结论前，会对各种消息进行辨识验证，并分析利弊。

在孟斐斯的大皇宫里，法老那间有三面大百叶窗的办公室朴素至极，只有一张大桌子、一把直背沙发椅——国王就坐在那里办公，几把待客用的铺着草席垫子的椅子和一个用纸莎草做的柜子，除此之外，再无其他装饰，四面墙也都是灰白色的。

两地之主就在这个既安静又孤寂的地方，筹划着这个世界最强大的国家的未来，他要让它在玛亚特——她代表着万能的法则——指定的道路上稳健前行。

一阵嘶鸣声从中庭传来，打破了宁静的氛围。那里停放着国王及其顾问的马车。

塞提透过窗户，看到一匹原本系在墙脚石柱上的马突然发狂了，扯断绳索后横冲直撞，攻击所有想要靠近的人。它先是扬蹄踢翻了一个安全部门的职员，后又踢倒了一个未能及时躲开的老迈书记员。

拉美西斯抓住这匹马停下来喘气的机会，猛地从一根石柱后面跳出来，一个翻身骑了上去，紧紧地抓住缰绳。这匹马疯狂地扬起前蹄，想把这个骑手甩下去，可惜未能成功。没过多久，它就被拉美西斯驯服了，气喘吁吁地安静下来。

一名皇家侍卫走向刚刚跳下马背的拉美西斯。

"你的父亲想要见你。"

能够进入法老的办公室，这对拉美西斯来说尚属第一次。他原以为自己会看到一个非常华丽的地方，却没想到这里简陋得几近空旷，看不到任何摆设，感受不到一点吸引力。国王坐在那儿，看着一卷打开的莎草纸。

拉美西斯和父亲大概有两米的距离，他手足无措地站在那里，法老没说让他坐下。

"这么做很危险。"

"危险，也不危险。我和这匹马很熟，它很好的，只是被阳光弄得有些暴躁。"

"还是太危险了，应该交给我的侍卫，他们完全可以制服它。"

"我表现得很好，不是吗？"

"你是为了获得别人的称赞？"

"可以这么说……让一匹疯马平静下来，还是有一些难度的。"

"如果我所料不错，这是你为了自己的目的，精心安排的一场意外。"

拉美西斯焦急而羞窘地喊道："父亲大人！您怎么猜到的……"

"法老必须懂得谋略。"

"您觉得这种谋略如何？"

"我原本以为以你的年龄，只会口不对心做一些不诚实的事，可是你的反应告诉我，你说的是真话。"

"我做这么多，只是因为想和您谈一谈。"

"谈什么？"

"您带兵去叙利亚时，不是斥责过我，说我连一个士兵都打不过吗？您外出征战的这段时间，我已经获得了军官证书。"

"我听说了，你费了很大的力气。"

拉美西斯一脸吃惊地说："您……您已经知道了？"

"所以，你已经是军官了。"

"我会骑马，会用匕首和标枪搏杀，也会用盾牌和弓箭作战。"

"拉美西斯，你喜欢打仗吗？"

"您觉得战争没有必要？"

"战争会造成很多痛苦，你希望这些痛苦变得越来越多吗？"

"除了战争，是否还有其他办法可以让我们的国家和平而繁荣地发展下去？我们不会主动攻打别人，但如果遭到攻击，就一定要狠狠地打回去，事情就是这样。"

"在现在这种情况下，你觉得卡迭石城是不是一定要毁掉？"

年轻人思索起来。

"我要依据什么来判断呢？对于这场战争，我唯一知道的就是：没有和平，埃及人民无法自由呼吸。随便插嘴并不明智。"

"你还有别的事想和我说吗？"

"等我年纪大一些，我是不是就能平静下来了？"

"除了你自己，谁都不要信，有时候，生命是慈悲仁厚的。"

"父亲，人生是什么？"

"这个问题，你只要认真想就能得到答案。"

塞提不再说话，低下头翻看桌子上的莎草纸。

拉美西斯躬身行礼。他刚准备离开，就被父亲沉稳的声音叫住了。

"你来的时机很好，本来今天我也准备召见你的。明天早上的祭礼之后，你跟我去西奈半岛的绿松石矿场。"

24

塞提掌政的第八年时，拉美西斯十六岁，他的生日就在去往位于东沙漠的著名矿场塞赫比埃尔·卡汀[1]的小路上度过了。安全部门的警备工作虽然做得很充足，可是这条路上仍旧充满危险。这里荒无人烟，少有访客，到处都是妖魔鬼怪和肆意横行的贝都因抢匪，这些家伙无论遭到怎样的抓捕和惩罚，都不会停止对行走在西奈半岛的沙漠商旅的劫掠。

这次长途旅行虽然和战争无关，但是一路上保护法老和矿工人身安全的士兵还是很多。这场旅行因为国王的参加而有了不同的意义。直到出发前一晚的晚祷仪式上，皇室才公布这一消息。国王不在，皇后图雅便暂时充当国家这艘巨轮的掌舵者。

[1] 现在依然保留着，在西奈半岛南部，距苏伊士湾160公里。

　　拉美西斯这次的职务是步兵总指挥，这是他人生中第一次担任要职，巴肯已经升任为远征军队长了，是他的直属上级。他们是在出发时才遇到的，场面尴尬极了，好在两个人都不想在国王面前发生争执。作为警卫，他们在工作期间必须和对方和谐相处，巴肯不想对头离得太近，便将拉美西斯派到了后勤。按照他的说法：新任指挥官首先得尽可能地保证自己随从的安全。

　　搬运绿松石的部队有六百多人。天神哈托尔将这片荒芜而干旱的土地视为自己的珍宝，并选择在这里降临人间。

　　这条路因为有人定期维护，道路平顺，且设有防御哨所和清水供应处，所以并不难走。只是它横亘在红山和黄山之间，这两座山巍峨耸立、异常险峻，第一次到此探险的人很容易迷路，所以有些人战战兢兢，生怕魔鬼会从山里忽然冒头，把他们的灵魂带走。不过塞提就在这里，拉美西斯也做了保证，这让大家安心了不少。

　　拉美西斯非常失望，他觉得工作太轻松了，他本想在遇到危险时好好表现，让父亲看到自己真正的价值。他的职位可以随意指挥手下的三十多个步兵。这些人听说了他高明的箭术和曾经驯服过一匹疯马的故事，都很希望能跟着他立下战功进而升职加薪。

　　亚梅尼接受了拉美西斯的建议，决定不再冒险调查。因为这种辛苦的劳作让他本就虚弱的身体受到了严重的挑战，而且他在那家有问题的工厂北边的垃圾场里找到了一块石灰石碎片，上面的文字非常古怪。现在还不能说这是一条有用的线索，因为亚梅尼还在努力分析。拉美西斯让他一定要万分小心，还留下夜巡保护他。如果有需要，他还可以找塞达武帮忙。靠着卖毒液给政府实验室和为某些富商别墅驱赶那些让人讨厌的眼镜蛇，塞达武已经攒了一些家底。

拉美西斯从未放松警惕。当初九死一生的经历，没有削减他对沙漠的热爱，但西奈半岛的沙漠，他无论如何都喜欢不起来，因为这里有太多沉默的石头、动荡的影子和模糊不清的地方了。虽然巴肯信誓旦旦地说贝都因人不敢来犯，拉美西斯却始终无法安心。为了埃及的众多百姓，他们当然要尽量不与别国发生争斗，可是如果有人胆敢寻衅滋事或者趁夜袭击营房，就要做好遭受反击的准备。忧心忡忡的王子提高了警戒，并要求手下严格遵守自己的命令。在和巴肯简短地争执了一番后，拉美西斯终于说服对方，让他来负责管理安全问题。

一天晚上，拉美西斯手下的兵丁吵嚷着说被伙房欺负了，一点酒都喝不到，让拉美西斯找负责人讨个说法。在离开后勤部队后，他沿着部队逆向穿行，一个个营地地走了过去，一直到了负责人的帐篷前。当他掀起帆布进到帐篷里时，不由大吃一惊：有个男人正借着油灯的光晕翻看地图。

"摩西！你在这里做什么？"

"这是法老的命令。他让我接手伙房，然后给这个地方画一张精细的地图。"

"我是后勤部队的指挥官。"

"巴肯真是半句话都不想提起你……我都不知道你在这。"

"我们的关系比以前好多了。"

"去外边吧，这里太挤了。"

两个男子的肩膀差不多宽，从后边看一样的结实健硕，再加上天生的才华，给人一种成熟稳重的感觉。这成年的躯体已经蜕去了少年的模样。

摩西坦言："这个意外真让人开心，我接到集合的诏令时，正好在后殿待得百无聊赖。要不是那里新鲜的空气，我怕都是要逃走了。"

"梅室不好吗？"

"我不觉得好。我不喜欢轻浮的女人，也不喜欢行政工作，还有那些工匠，从不谈及他们工作的秘密。"

"你如愿换了工作了吗？"

"换了不下千次！我爱上这里了，独一无二的高山，神秘莫测、引人入胜的景色。这里让我有一种无拘无束的感觉。"

"烧着你的那把火已经熄灭了？"

"说真的，没那么旺盛了。这里炽热的岩石和莫测的沟壑让我好了很多。"

"这种说法我接受不了。"

"这片土地在嘶吼，你听不到吗？"

"我只闻到一种危险的味道。"

摩西火冒三丈。"危险的味道？你这种反应和军人没什么区别！"

"你是伙房的老大，怎么能看不起后勤部队？连点酒都不给我的士兵喝。"

摩西大笑起来。"作为主管，我绝不会纵容他们，特别是现在我们必须时刻保持警惕状态，绝不能失去清醒的头脑。"

"少喝一点儿没关系，还能让他们保持斗志。"

摩西说："我们无法达成共识，这还是第一次，谁是对的呢？"

"我们都不对，应该只考虑军队的责任。"

"你选择逃避，用别人交给你的职务来掩藏自己。"

"你觉得我会做这么无耻的事？"

摩西看着拉美西斯的眼睛说："我可以给你酒，可是你要试着爱上西奈半岛的这些大山。"

"这又不是埃及。"

"我也不是埃及人。"

"不，你是。"

"你错了。"

"你在埃及出生，在埃及学习，你的未来也在这里。"

"这种狂妄的话是埃及人说的，不是希伯来人说的，我们的祖先并不相同，虽然他们都曾生活在这里……他们曾经的痕迹、他们的渴望和失败，我都摸得到。"

"摩西，相比于我自己，我更热爱埃及。我最珍视的就是我的国土。如果你觉得你已经找到了自己的追求，相信我，我对你的感受一清二楚。"

摩西在一块岩石上坐下来。"故乡……不，我的故乡不是这片沙漠。我对埃及的爱和你并无不同，它让我感到快乐，可是有其他的地方在召唤我，我听得到。"

"我们并肩而行，我们穿越其他沙漠。你早晚会回埃及的，因为那是唯一闪烁的光芒。"

"你凭什么如此笃定？"

"凭我在后勤部队根本没有思考未来的时间。"

两个人明朗的笑声，在西奈半岛的深夜里直冲天际。

大军和驴子一起以缓慢的步调向前进发，所有人都扛了一些适量的物资，都能分到足够的食物和水。为了让摩西画出精准的地图，国王数次命令远征军停止前进。为了确定新路标，减少专家们的工作量，这位希伯来人在几何学家的帮助下，踩着干涸的河床，攀爬陡峭的山坡。

某种淡淡的不安始终萦绕在拉美西斯心头，他怕那些贝都因匪徒袭击摩西，虽然摩西看上去人高马大完全能够保护自己，可是万一有陷阱怎么办，所以他带着三个经验丰富的步兵在周围不停地巡查。不过，什么坏事都没有发生，摩西完成了一项伟大的工作，大大降低了矿工和沙漠旅队出行的难度。

两个朋友吃过晚饭，坐在火堆边闲聊。鬣狗的奸笑和豹子的悲鸣已经无法影响他们了，对他们来说，这里虽然不像孟斐斯的皇宫和梅室的后殿那样舒适，但也并非无法忍受。他们同样期待明天的日出，相信只要看到它，就能看到他们一直苦苦追寻的那个奇异的新面貌。他们沉默而专注地倾听着夜晚的声音。它轻声告诉这两个人，一切困难都将输给他们的青春年少。

大军一动不动。这种情况出现在清晨，明显有问题。拉美西斯命令手下步兵放下包裹，做好战斗准备。

一个胸口带疤的士兵走过来说："安静，指挥官，恕我失礼，更合适的做法是平静地祷告。"

"怎么会这么安静？"

"因为我们到地方了。"

拉美西斯向边上走了几步，一座几乎难以通行的岩石山在烈日下浮现出来。

这就是属于哈托尔女神的塞赫比埃尔·卡汀——绿松石之王。

25

　　谢纳强压怒火。这是皇后第二次以塞提没有明确表态为由，驳回他想要直接参与国家治理工作的请求了。按照皇后的说法，他虽然是法老的继承人，可是还没有权力接触那些对他来说尚有难度的文件。

　　国王的长子无法违背母亲的谕令，只能藏起沮丧的情绪，可是他很清楚，只有扩大交际和信息圈才能真正挫败图雅。他不能干等着，必须一点点地为自己筹谋了。

　　他把几个重传统且在宫中说话很有分量的人请到一起，吃了个晚饭。他不再夸耀卖弄，全程都是一副需要指点的、谦虚受教的样子。他收起所有的骄傲自满，看上去就像一个以成为第二个父亲为最大目标的好儿子。很多人都对此种论调表示赞赏，谢纳赢得了很多支持者，他的未来已经确定。

可是，他发现自己在外交政治上仍然是个门外汉，他的主要目标就是和别国建立贸易往来，包括敌国。他要怎么做才能掌握外交关系的实际情况呢？看样子他要给自己找一个听话而精干的人才了。他发现商人不仅目光短浅，也领会不到执政者的深意，对他们百依百顺也没什么用处。

把塞提的某位外交官变成自己的人，这是最好的解决方案，可惜有些不现实。不过，想要推进自己的计划，在合适的时候让埃及的政治焕然一新，谢纳必须有自己的消息渠道。

"背叛"这个词忽然从他的脑中闪过，他觉得这非常有意思。传统和过去，就是他要背叛的东西吗？

当人们站在塞赫比埃尔·卡汀岩石山的顶峰俯视高山和河谷时，下方凌乱错落的景象会让人血气上涌、心浮气躁。只有绿松石矿山可以化解这种蕴含在混乱中的、显而易见的敌意，因为它会给人一种宁静平和之感。

拉美西斯往下一看，瞬间惊恐万分，一句话也说不出来：那些贵重的蓝石头并没有深深地潜藏在高原矿脉之中，而是几乎毫无遮掩地袒露在地面上。这种景象在其他地方是很难看到的。这里的人祖祖辈辈都是矿工，他们开凿了地下通道和坑道，然后在两次远征期间，会把工具藏在那里。由于绿松石不能在闷热的季节开采，不然宝石的颜色会变浅，真度也会下降，所以这里没有永久性房屋。

为了能够及早离开这个荒凉的地方，前辈马上带着后辈展开工作。晚上他们住在石头房子里，总算不是太冷。开始工作之前，在哈托尔的小庙里，法老亲自主持了祈求女神帮助和庇护的祭祀大典。埃及人到来是为了收集高山孕育的结果，并将其送往神庙，或做成珠宝以宣扬星辰之主的永恒和重生之美，不是来伤害高山的。

之后，连绵不绝的刻刀声、木槌声和凿子声，就和各小队矿工的吆喝声和谐地响了起来。为了鼓舞士气，塞提亲自到场巡查。而拉美西斯则被竖立在矿场的石碑吸引了。除了感谢天地神恩之外，人们竖立这些石碑还有一层意思，就是纪念几世纪以前，发现了这个矿藏的人，这里宝石储量丰富，他们因此功勋卓著。

作为伙房团长，摩西工作非常认真，他必须保证所有工人都能吃饱饭，所有祭坛都烧过香。神明将一块巨大的绿松石作为礼物，送给懂得感恩的信徒。

想要到达矿场所在的高原，必须先爬过陡峭的山壁，谁能避开岗哨的视线做到这一点呢？所以远征军遇袭的可能性极小，如此一来，拉美西斯的工作难度也就大大降低了。在最开始的那几天，他对纪律的要求还是非常严格的，可是他很快就发现，这么做毫无意义。他允许手下的士兵在保证安全的前提下，稍稍地放松一下，他们喜欢长时间午睡，拉美西斯也默许了。

他不喜欢无事可做，于是想给摩西当助手，可是他的朋友不愿意和他共事，只想独立完成工作。王子想帮矿工干活，可是他们总劝他早点离开坑道，最后巴肯怒气冲冲地下达了命令，让他只做法老交代的任务，禁止他参与别人的开采工作，影响工人们的工作进度。

拉美西斯别无他法，只能去关心自己的下属，他询问他们的工作和家庭生活，倾听他们的埋怨和牢骚，接受某些批评，反驳某些批评。因为离家乡太远，总是在艰苦的环境中工作，所以他们希望年老退休之后，能过上富裕安稳的生活，能对国家有更多的了解。他们所有人都有在采石场和大工地工作的经历，也都参加过这样的远征，但没几个人真正上过战场。工作虽然很辛苦，可他们仍然觉得能从事这份工作是一件非常美妙的事，更不要说还能在那些从未和法老一起旅行过的人面前，吹嘘一下自己的传奇经历。

拉美西斯认真地看着。他想要掌握所有工地每天的工作流程，他认为划分阶层的标准不应该是权力，而应该是能力，他支持区别对待勤劳的人和懒汉、稳健的人和鲁莽的人、沉默的人和长舌的人。他的视线最后一定会落在祖辈们竖立的石碑上，思索一个人要到达怎样的高度，才能像这座伟大的石碑一样，矗立在沙漠中央。

"它们是不是有种打动人心的力量？"

他被自己的父亲吓了一跳。

塞提的装扮和旧帝国时期的法老毫无二致，都是只系着一块简单的裹腰布，但这丝毫没有损伤其法老的威严。拉美西斯每次见到他，都觉得对方身上有一种莫名的力量。塞提的威仪不需要任何特殊装饰的烘托，只要他站在那里，就能显现出来。这种魔力只有他身上有，别人只能靠诡计和装模作样。只要塞提一出现，再混乱的局面也会马上有序起来。

拉美西斯坦言道："它们可以让我集中注意力。"

"这是一种有生命的语言。它们不同于人类的语言，既不会谎话连篇，也不会临阵倒戈。毁灭者的建筑难以留存，骗子的行径会被揭穿。玛亚特才是法老唯一的力量之源。"

拉美西斯听不明白，法老为什么和他说这些，难道他认为自己曾经做过毁灭、背叛的事，或者谎话连篇？他真想站起来飞奔到高原最远处，从山顶上跳下去，在沙漠中消失无踪。可是他做错了什么？他以为会有一项重罪落在头上，可是国王除了遥望远方，什么都没做。

谢纳……对，肯定是谢纳，父亲含沙射影说的是他！父亲知道谢纳有背叛君主之意，所以暗示拉美西斯要看清自己的位置。命运再次发生变化。王子相信塞提这些话说的就是谢纳，父亲的期望有多大，失望就有多大。

"你想从这次旅行中获得什么？"

拉美西斯想了想，这个问题不难回答，后边应该没什么陷阱。"将绿松石带回去献给神明。"

"对于国家的发展壮大，它们是否不可或缺？"

"不是，不过……它们如此美丽，让人难以割舍。"

"利益会腐蚀人心，让人拥有创造威望的特权。换句话说，就是它会影响人的品德和才华，所以我们财富的源泉，最好不是利益。你要找的东西应该带有举世无双这一特殊属性。"

拉美西斯有一种被光线直击内心的感觉，好像自己越发强大了，他将永远铭记塞提的话。

"我希望孩童能像大人那样，从法老身上得到力量。冷落了一个人，要考虑别人是否也会受此影响，要让人们相信与个人相比，集体更加重要。蜂群发展得好，单个的蜜蜂才能得到好的发展，蜂群是蜜蜂的后盾，它应该在其中尽忠职守。"

蜜蜂是法老的代号之一！塞提说的是如何执行这项重要的工作，他正把国王这项工作的秘密一点点地展示给拉美西斯。

塞提又说："生产非常重要，但分配更重要。如果庞大的财富只掌握在某个阶层手里，就会引起灾难和争端，可是对少量财富进行合理的分配却能让大部分人感到快乐。如果你能像打理节庆活动一样执掌政权，就不会有人吃不上饭。我的儿子，你要认真观察，不停地观察，你必须有足够的远见，才能领悟我话中深意。"

拉美西斯看着那条流淌在高原尽头的蓝色矿脉，一夜未眠。他向哈托尔祈祷，希望盘踞在心头的蒙昧无知能够彻底消散，再也感受不到一点儿，哪怕只是轻如麦秆的重量。

一个影子在天尚未亮时，从主坑道中跑了出来。虽然没有朦胧的月光照耀大地，可是拉美西斯相信自己确实看到有个鬼影急匆匆地跑进了另一条坑道。这个鬼影看着像是胸前抱着东西的人。

"谁？"

那个人停下脚步，回头看了一眼王子，就向高原最崎岖的路段跑了过去。在那个方向上，矿工们只设了一个小工棚。

"站住！"

拉美西斯紧紧地追在那个人身后，对方跑得更快了。他们的距离越来越小，还没跑到山顶，拉美西斯就追上他了。

王子向前一扑，抓住了对方的两条腿。这个小偷栽倒在地，仍紧紧地抱着怀中的包袱。他用左手抓起一块石头，去击打抓他的人。拉美西斯则用手肘去撞了小偷喉咙，用力之大几乎令他窒息。出人意料的是，那个人居然还有力气站起来，只可惜他一个踉跄摔到了山后。

接连两声惨叫，然后是一连串身体沿着陡峭的山壁滚落的声音，最后在斜坡的最底端，声音终止了。

拉美西斯追过去时，这个逃跑的家伙已经死了，那个装满绿松石的袋子仍被他紧紧地抱在胸前。

这个小偷居然还是熟人，他正是沙漠狩猎时，将拉美西斯引入陷阱的那个马车夫，他的死是罪有应得。

26

没有人认得这个小偷，他在这里一个朋友都没有。

偷窃绿松石是死罪，还没有哪个矿工敢做这种事。远征军里所有的人都认为这个不法之徒死有余辜，而且沙漠之法也做出了公正的裁决。这个马车夫因为犯了重罪，被就地掩埋了。

拉美西斯问摩西："这个人是谁雇的？"

摩西拿出名单翻了翻，说："我。"

"什么，你？"

"后殿的总管推荐了几个可以胜任这种工作的人给我，然后我在聘书上签了字。"

拉美西斯长出一口气。"还记得那个想要杀死我的马车夫吗？就是这个窃贼。"

摩西的脸立时白了。"你就不怀疑我……"

"我怎么会怀疑你，一秒都没有，你肯定是被人蒙蔽了。"

"难道是后殿总管？他是个胆小鬼，一点小事都能吓得他寝食不安。"

"如果有人想要控制他，不是难事。我想马上回埃及，查清楚是谁让这个人下手的。"

"你仍然想要获得权力吗？"

"这不重要，重要的是真相。"

"就算它会让你大失所望？"

"你手里的资料，有能起到关键作用的吗？"

"没有，相信我，真的没有……可是谁有这么大的胆量，敢对法老的幼子下手？"

"你会发现这样的人很多，而且是你意料之外的那些人。"

"除非这是意外，否则你不会找到策划者的。"

"摩西，你准备放弃了？"

"这件事太疯狂了，和我们有什么关系呢，你又不是塞提的继承者，杀了你有什么用？"

拉美西斯没有将父亲和自己说的话告诉这位朋友。他还有很多内容没有参透，不确定这是不是一个应该三缄其口的秘密。

"摩西，如果我需要你，你愿意帮我吗？"

"这个问题，你就不该问。"

塞提并没有因为这个意外而改变此次远征的行程，直到在山上采集了足够的绿松石，才下令返回埃及。

　　皇家安全侍卫长向皇后的会客室一路急行，图雅的传令官不敢耽误时间，立即将其带了进去，接受皇后的召见。

　　"陛下，我来了。"

　　"那件事你查得怎么样了……"

　　"已经查完了！"

　　"真的！"

　　"只查到了那些。"

　　"说说那个马车夫……听说他死了，你得到消息了吗？"

　　"唉，那个倒霉的家伙……"

　　"一个死人还有力气跑到绿松石矿场偷矿石？"

　　安全侍卫长吓得站都站不直了。"这……这不可能！"

　　"你的意思是，我在胡言乱语？"

　　"陛下！"

　　"你是拿了别人的钱还是能力有限，或者这两样你都占了。"

　　"陛下……"

　　"你胆子不小，敢搪塞我。"

　　这位高官跪在皇后面前："我保证，是有人跟我撒谎，我上当了……"

　　"我讨厌卑躬屈膝的家伙，你觉得蒙蔽你的人是谁？"

　　只要看到安全侍卫长吞吞吐吐的解释，就能知道他有多无能。在此之前，他一直用亲切的假面遮掩着这种无能。他想保住官职，所以一步不敢多迈。他觉得自己表现得还不错，求皇后能够放过他。

　　"去给我长子的别墅看大门吧，赶走几个不受欢迎的客人这样的工作，你总能胜任吧。"

皇后都离开会客室了，这位官员还在说着各种好话以表达自己的感激之情。

拉美西斯和摩西驾着马车，风一般冲向梅室后殿的行政办公区。这两个好友你赶一会儿马车，我赶一会儿马车，既要比技术又要比胆量。在去往后殿的路上，他们几次换马，驾着马车一路狂奔。

在如此喧嚣的声势下，这个部门哪里还有平静可言，连总管都放弃午睡赶来看了。

"你们是不是疯了？还是把这里当成了军营？"

拉美西斯说："我们在做皇后交代的工作。"

后殿的总管无措地将手放在浑圆的肚皮上。"啊……可是也没必要弄得这么吵吧？"

"任务紧急，不得不如此。"

"在这儿，我负责的这个地方？"

"对，在这儿，而且我们的紧急公务，针对的就是你。"

摩西点了点头，表示同意。后殿总管吓得连退两步。

"你们是不是弄错了？"

摩西说："跟我去绿松石矿场的人里有一个逃犯，这个人是你推荐给我的。"

"我？你不要信口雌黄。"

"向你推荐他的人是谁？"

"你们说的是谁，我不知道啊。"

拉美西斯提出要求:"我们要看看档案文件。"

"书面命令,这个你们有吧?"

"上面有皇后的印章,够了吗?"

这位高官放弃了反抗。可惜他那个偷绿松石的家伙的资料上,找不到什么线索,他记录在案的身份不是车夫,而是一个已经参加过数次远征的、在梅室教宝石工人切割绿松石的、有着丰富经验的矿工熟手。所以这个总管一听说摩西接到了召集令,就想着把这个专家派过去,为希伯来人带领的工作组服务了。

这个官员明显受到了蒙骗。现在马夫和车夫都死了,寻找幕后真凶的线索彻底断了。

拉美西斯一直在射箭,已经两个多小时了,不知射穿了多少个靶心。他必须集中精力,通过专注的工作转移怒气。肌肉的疼痛让他不得不换一件事做,于是他开始了一个人的长跑,横贯后殿花园和果园。他的脑袋里乱极了,什么想法都有,现在他只能通过身体的剧烈运动,来安抚疯狂躁动的内心。

王子不觉得累。他直到三岁还在喝奶妈的奶,他是她见过的最强壮的婴儿。王子从未生过病,不管是天有多冷或者有多热,他吃得香、睡得着。他从十岁开始,就坚持每天锻炼,所以他的身材非常好,像运动员一样。

在一条夹在两行柽柳之间的小路上,他似乎听到了某种和鸟鸣声截然不同的歌声。他停下脚步,竖起耳朵。

歌声充满快乐,歌者是个女人。他走过去看着她,一言不发。

妮菲塔莉坐在柳荫下,用一把来自亚洲的细弦琴弹着一首歌,她弹了很多遍，歌声像果汁一样甜美，似乎连温柔的风都在树叶间跳起舞来。这位姑娘的左手边放着一块写字板，上面满是数字和几何图形。

她太美了，几乎不像真的。拉美西斯恍惚间还问自己，是不是正在做梦。

"你怎么不过来……不是害怕音乐吧？"

他撩开挡在身前的灌木的枝叶，来到她跟前。

"你躲起来做什么？"

"因为……"

他不知道该怎么解释，她却被他的窘迫逗笑了。

"你刚才在跑步吗？一身的汗。"

"有个人想要杀我，我原本是来这里找幕后凶手的。"

凝重的神色取代了妮菲塔莉脸上的笑，她的神情让拉美西斯分外着迷。

"还没找到，是吗？"

"唉，是的。"

"再没有别的办法了？"

"恐怕是这样。"

"你会查下去的。"

"为什么这么说？"

"你不是一个轻言放弃的人。"

拉美西斯压低身体，看了看那块写字板。"你在学数学？"

"我要计算体积。"

"你想成为一个几何学家？"

"学习可以让人不必为明天烦恼，所以我喜欢学习。"

"你难道没想过玩乐？"

"我喜欢孤独。"

"这种选择会不会太辛苦？"

碧绿的眼睛变得异常严肃。

"抱歉，我不想冒犯你的。"

妮菲塔莉腼腆的嘴唇上，露出了一抹宽容的笑。"你要在后殿待一段时间吗？"

"不，明天我就回孟斐斯。"

"我猜你的意志坚硬如铁，准备去查出真相，对吗？"

"你觉得我不该这么做？"

"一定要冒这个险吗？"

"妮菲塔莉，就算有所牺牲，我也必须知道真相，这点永远都不会变。"

他从她的目光中看到了鼓励。"如果你来孟斐斯一定来找我，我很想请你吃个晚饭。"

"在回家乡之前，我会在后殿待几个月，学习更多东西。"

"在那里有等着你的未婚夫吗？"

"你太失礼了。"

拉美西斯觉得自己蠢死了。他不知道该如何对待这个稳重而矜持的年轻姑娘。

"妮菲塔莉，祝你幸福！"

27

能够为国家工作这么长时间，并且接连帮助三位法老尽可能地避免外交政策上的失误，这让这位老外交官备感自豪。塞提奉行的原则是如果无法从战争中看到希望，就不如把注意力放在和平上。对于这一稳健的作风，老外交官非常赞赏。

他很快就要退休了，可以到底比斯过几天安心日子，他的家和卡纳克神庙距离很近，不计其数的出行，让他很长时间都没关心过家里了。培养才华横溢的年轻人亚夏，是他最近找到的一个新乐趣。这个年轻人总能找到窍门，所以学东西很快。之前在大南方，有个情报工作非常棘手，他却完成得相当漂亮。这次回来，为了学习外交经验，他主动找到了这位外交官。老外交官马上把他当成儿子一般，又是教理论，又是教各种外交程序，还有那些只有真正经历过才能了解的交际手腕。某些时候，亚夏的观点更加先进，从他对国际形势的分析中，可以看出他对现实世界的观察非常敏锐，对未来又有某种憧憬。

当外交官秘书告诉他，一心向学的谢纳前来拜访时，他并未拒绝，对方毕竟是国王的长子和既定的王位继承人。虽然他有点累，还是款待了这位脸圆圆的、自以为高人一等的家伙。外交官是一个非常敏锐的人，他看着对方栗色的小眼睛，清楚地意识到不能低估这位来访的对手，不然会造成非常严重的后果。

"您的到来，让我这里蓬荜生辉。"

谢纳说："请接受我诚挚的敬意，所有人都知道我父亲所采取的亚洲政策与您密切相关。"

"这种夸奖，我可担当不起，这都是法老自己的决定。"

"您给出的信息非常有价值，不是吗？"

"外交这门艺术并不简单，我只是竭尽所能而已。"

"成果喜人。"

"这要感谢神明的帮忙。来杯淡啤酒怎么样？"

"再好不过。"

坐在葡萄棚架下的两个男人，感受着北风带来的丝丝凉意。一只灰猫跳到老外交官腿上蜷成一团，酣然入梦。

仆从在两个人的酒杯中注入有助于消化的淡啤酒，然后就转身离开了。

"我的贸然来访，没有吓到您吧？"

"说实话，我真有点被吓到了。"

"我们之间的谈话，我希望您能守口如瓶。"

"当然。"

老外交官满面笑容地看着神情凝重的谢纳，他接待过很多找自己帮忙的人，是提供帮助，还是予以拒绝，就要看具体情况如何了。不过，能被一个王子如此逢迎，确实让他有些自得。

"听说您打算退休了。"

"这没什么可隐瞒的，一两年之后，只要国王批准，我就告老返乡。"

"会不会很可惜？"

"我的年龄开始拖后腿了，精力跟不上啊。"

"您丰富的经验是一笔宝藏。"

"所以我要将它留给像亚夏这样的年轻人。以后外交工作就要交给他们来完成了。"

"您觉得塞提的所有决定都是对的吗？"

老外交官窘迫地说："你这是什么意思？"

"赫梯人现在已经不是我们的敌人了吧？"

"你不了解他们。"

"难道他们不愿意做我们的商业伙伴？"

"赫梯人的目标是占领埃及，他们坚定不移地执行着这个计划。对于他们，我们在国防上的政策只有一个，就是攻击。"

"如果我提出其他政策呢？"

"那你不该和我说，应该去找你的父亲。"

"我不准备找别人，只想和您谈。"

"为什么？"

"如果您能把亚洲各国的情况，一丝不漏地全都告诉我，我将非常感激。"

"会议中讨论的所有内容都是机密，我无权告诉你。"

"可我想听的就是这些内容。"

"你放弃吧。"

"您最好再考虑考虑，毕竟我将成为掌权者。"

老外交官涨红了脸。"你在恐吓我？"

"您还没有退休，您的经验对我很有用，而不久的将来我将成为政治的掌舵者，所以和我合作吧！相信我，这将是一个让你庆幸终生的选择。"

老外交官很少生气，这次却满腔义愤。

"这个要求我绝不答应，无论你是谁！作为法老的长子，你居然准备背叛自己的父亲，太荒谬了。"

"求您别生气。"

"不，我没法不生气。你做下这种事，还有什么资格做国王？你的父亲又怎么能对此一无所知？"

"别扯远了。"

"滚！"

"你是不是忘了我是谁？"

"一个卑鄙小人！"

"我命令你三缄其口。"

"绝不。"

"我不会让你说出去的。"

"我，真想……"

老外交官捂着胸口忽然僵直着身体倒在了地上，停止了呼吸。

谢纳立即把自己的手下叫过来，将这位高官放到床上，然后找了一位医生过来，证明老外交官死于骤然发作的心脏病。

谢纳运气不错，他用下作的手法达成了自己的目的，且没有被拆穿。

伊瑟在和拉美西斯置气，打着身体太累、气色不好的旗号，把自己关在父母的别墅里，不肯见他。这次他又是匆匆离开，然后好久都不会回来，她非要治治他不可。她藏在二楼的窗帘后，偷听王子和侍女的谈话。

拉美西斯说："请告诉你的女主人，我祝她早日痊愈、恢复健康，以后就不过来了。"

年轻姑娘不由得高声喊道："不！"

她一把掀开帘子，飞奔下楼，抱住自己的情人。

"你看上去好了很多。"

"别走。你要是走了，我就真的病了。"

"国王的命令，你觉得我能反抗？"

"我烦死那些远征了……看不到你，我非常难过。"

"你可以去参加宴会啊。"

"不要。那些年轻贵族总是围过来，我还要一个个地赶走，你要是在场，他们就不敢烦我了。"

"人们有时是为了达成某种目的才去旅行的。"

拉美西斯侧身取出一个小盒子，交给这位年轻的姑娘。她一脸惊讶的表情。

"打开看看。"

"必须看吗？"

"爱看不看。"

伊瑟将盒盖打开，里面的东西让她欣喜地放声大叫。

"送给我的？"

她高兴地抱住他。"帮我一下，给我戴脖子上。"

拉美西斯接受了她的要求。绿松石项链让这位年轻姑娘开心极了，她的绿眼睛里满是愉悦的光。现在她战胜了所有情敌。

亚梅尼翻查垃圾场的工作一直在继续，他固执得堪称坚忍不拔。前天晚上他找到了几个碎片，本以为将它们拼在一起就能找到工厂地址和厂主名字的相关信息，可惜又失败了。上面的文字支离破碎，根本看不出来是什么。

这项查找工作看起来毫无希望，但年轻的书记员并没有因为它损害其机要秘书的本职工作。需要拉美西斯处理的信件越来越多，每一封都得客客气气地妥善回复。他对王子名声极为重视，连远征绿松石矿场的报告都写完了。

拉美西斯："有很多关于你的传言。"

"我可不想听那些嚼舌根的话。"

"他们说现在的职位委屈了你。"

"我想为你工作，没有任何其他想法。"

"亚梅尼，想想你的未来。"

"我的未来早已注定。"

拉美西斯很高兴自己能拥有这种永恒不变的友谊，可是他知道要怎么做才能不辜负它吗？王子若是按照亚梅尼的意思生活，恐怕是无法平庸度日的。

"你的调查有什么收获吗？"

"没有，但我会坚持下去。你怎么样？"

"什么重要线索都没有，虽然皇后已经介入了。"

亚梅尼说："怕是因为那个人的名字无人敢提。"

"虽然听起来很有道理，可是你要知道，没有依据的指控也是重大过失。"

"你能这么说，我开心极了，知道吗？你和塞提越来越像了。"

"我们是父子。"

"谢纳和他一样是父子……可惜人们总觉得他是其他家族的人。"

就在摩西即将出发去梅室后殿的时候，忽然收到了宫里的传召，这让拉美西斯非常担心。他的朋友在远征时不仅一点错处都没有，还博得了矿工和士兵的赞赏，所有人都认为这个年轻的伙房团长出类拔萃，值得其同僚学习。不过各种诽谤和污蔑也是一直都在，难道是哪位高官看摩西风评太好，嫉妒了？

亚梅尼心平气和地写着字。

"你不为摩西担心吗？"

"有什么可担心的。他和你一样，不会被任何考验打败，不仅如此，还会越来越强大。"

他的话并没有让拉美西斯感到安心。摩西是个非常正直的人，但这种品性相比于尊重，更容易招来嫉妒。

亚梅尼提议说："不要干等着了，看看皇室的新规吧。"

拉美西斯看了看，但集中不了注意力。有两次，他直接站起来走上了阳台。

将近正午的时候，他终于看到结束召见的摩西从皇宫里走了出来。他再也等不了了，飞奔到楼下，冲到摩西跟前。

摩西看上去很累。

"什么事？！"

"他们让我去一个皇家工地当工头。以后我的工作就是修建皇宫和神庙，为了按照工匠师傅的指示对那些项目进行监控，我要走访很多城市。"

"你答应了？"

"是，我受够了后殿乏味的生活。"

"这么说，你是升官了！亚夏和塞达武都在城里，我们今晚好好庆祝庆祝。"

28

　　这天晚上，贵族学校的这些同窗们过得热闹非凡：职业舞女、烈酒、烤肉、糕点……所有的东西都非常棒。塞达武讲了他利用蛇来英雄救美的故事，他说他会把蛇放在姑娘们的私宅里，在她们吓得花容失色的时候，就跳出来解救她们，从而得到美女垂青。他说这种做法虽然有点缺德，但有个好处，就是省了那些不必要的寒暄。

　　所有人都讲了讲自己的事：拉美西斯在军事上表现优异，亚梅尼成了优秀的书记员，亚夏在外交方面收获颇丰，摩西成了公共事业上的大忙人，塞达武专注于研究学习他那些可爱的爬行动物。不知道他们下一次兴高采烈、意气风发的会面，会发生在什么时候。

最先离席的塞达武，带走了一位眼神火辣的、漂亮的努比亚舞女。塞提准备在卡纳克建一个大工地，摩西想在出发前先补个觉。亚梅尼酒量不好，很早就倒在绵软的靠垫上睡着了。这个夜晚的香味格外浓郁。

亚夏对拉美西斯说："这个城市居然能如此安稳，太奇怪了。"

"难道它不该这样吗？"

"去过亚洲和努比亚之后，我已经没那么傻了。我们所处的环境并不是真的那么安全。随时准备劫掠我们财产的、多少有些可怕的民族，不是只存在于北方，南方也有。"

"北边是赫梯人，南边是谁？"

"你不是把努比亚人忘了吧？"

"他们早就臣服了，不是吗？"

"我之前也是这么想的，可是我去那儿做了一次侦察。语言可以揭露很多东西，比如我听到的某些私人交谈。我不相信宫里描绘的那种情况，因为它和我亲眼看见的情况不符。"

"你简直深不可测。"

优雅而敏锐的亚夏居然能走那么远，去那些野蛮的地方做事。可是他从容不迫，轻声细语，平静地接受了各种考验，所有看轻他的人都为他强大而机敏的内心感到吃惊。拉美西斯此刻很清楚，亚夏的所有意见他都应该严肃对待。亚夏文质彬彬的形象颇具迷惑力，很多人只以为他是个上流社会的公子哥，却看不到隐藏在这一形象后的自信和坚决。

"我们说的是国家机密，你知道吧？"

拉美西斯刺了他一句："这是你的特长啊。"

"明天早上，谢纳会以顾问委员的身份出席法老召开的会议。我看在我们是朋友的份上向你透露这件事，让你比谢纳提前一个晚上知道，有一个很重要的原因，就是这件事和你有很大关系。"

"你把自己知道的秘密告诉我了？"

"我不是背弃自己的国家，只是我相信这件事你必须插手。"

"你能说得明白一些吗？"

"我觉得那些专家说得不对。事实上，是我们的一个努比亚省将发动叛乱。这是一次真正意义上的叛乱，而非寻常的抗议活动。埃及如果不想遭遇重大损伤，就必须马上派兵干预。"

拉美西斯吓了一跳。

"你的这个设想太可怕了。"

"为了阐明观点，我已经写好报告交上去了。我知道自己几斤几两，没想做预言家。"

"努比亚王和将军们会对你提出控诉，说你信口雌黄！"

"我说的是真的，我的报告，法老和他的顾问们也会看到。"

"他们会认同你的观点吗？"

"我们统治者的原则是实事求是，而我的报告说的就是事实。"

"对，可是……"

"不用多想了，你自己做好准备。"

"我准备什么？"

"如果法老准备平定叛乱，总要带一个儿子在身边，他难道放着你不选，去选谢纳？如果你想成为一个真正的军人，就抓住这次机会。"

"你要是弄错了呢……"

"不可能，是时候去皇宫了。"

皇宫的偏殿里弥漫着一股不同寻常的气息。在那里，法老正在和顾问团成员召开会议，包括"九位特殊的朋友"、将军，还有几位部长。国王在签署重要文件之前，一般只和首相交换意见。可是那天早上，这个扩大顾问团忽然就接到了召集开会的谕令，事前没有听到任何风声。

拉美西斯找到首相助理要求觐见法老，首相助理让他不要着急，再等一会儿。塞提说话向来言简意赅，他主持的会议通常结束得都很快，可是这次却不一样。午饭时间都过了，一直到了下午，会议还没结束。看样子参会人员有严重的意见分歧，法老也无法马上选出一条确定的路，因此未做最后裁决。

直到太阳偏西，那群人才走出会议大厅，所有人的脸上都带着凝重的神情，将军走在后面。之后又过了十五分钟，首相助理找到了拉美西斯。

来见他的是谢纳，而不是塞提。

"我要见法老。"

"他忙着呢，你想做什么？"

"那我一会儿再来。"

"拉美西斯，你有什么可以问我，我有作答的权力。你要是不肯和我说，那好，我写份报告给父亲，看他会不会认同你的做法。别忘了，你对我要有最起码的尊重。"

拉美西斯已经做好了撕破脸的准备，才不会被吓到。

"谢纳，或许是你忘了，你还是我哥哥。"

"你我在地位上……"

"我们各走各的路，再也不用惺惺作态。"

"所以……你要走哪条路？"

"我要从军。"

谢纳轻抚着下巴。

"说真的，在那里你会有不错的表现……你见法老的目的是什么？"

"我要和他一起去努比亚参战。"

谢纳大吃一惊。"努比亚的战事？谁和你说的？"

拉美西斯镇定地说："我不仅是皇家书记员，也是高级将领，只是没有人正式保举我上战场而已。你可以给我这个名额。"

谢纳站起身，来来回回走了一会儿，最后坐在椅子上。"不可能。"

"为什么？"

"不安全。"

"你会在乎我的生死？"

"你是王子，是皇家血脉，没必要冒这种风险。"

"法老都要御驾亲征。"

"放弃吧，那不是你的路。"

"不，就是我的路！"

"我已经决定了，你反对也没用。"

"我会找父亲帮忙。"

"拉美西斯，不要闹了。除了和别国交战，国家难道就没有别的难处了？"

"谢纳，你拦不住我。"

谢纳浑圆的脸孔彻底沉了下来。

"你没有资格指责我。"

"我提名的事被批准了，是不是？"

"还要看国王怎么说。"

"你觉得……"

"我要想一想。"

"那快点想。"

亚夏打量了一下周边的环境：房间很宽敞；两扇安装得恰到好处的窗户刚好可以保证空气的流通；在墙上和天花板上，有用小巧的花形木板和红蓝几何图形木板做的装饰；另外，屋里还摆了几把椅子、一个小巧的茶几、几块上等草席、一些收纳箱和一个纸莎草柜子……这间办公室是他刚刚分到的，非常棒，配得起他的身份。像他这么年轻的公务员，很少能拥有这么舒服的办公环境。

亚夏先是对自己的秘书口述了信件的内容，然后又接待了一些想要见识一下他这位备受部长称赞的才子的同事，再之后，他又见了见那个希望与每一个前途无量的新官员结交的谢纳。

"你的办公室怎么样？"

"比我想象的好。"

"国王对你的表现非常满意。"

"希望我的功劳永远能被认可。"

谢纳关上门，小声说："我对你的表现也非常满意。要不是你，拉美西斯怎么会毫不犹豫地往陷阱里跳。他唯一的想法，就是去努比亚参战！当然，为了让他更执着，我还欲擒故纵了一下。"

"他的提名通过了？"

"法老答应带他去努比亚了，这将是他的第一场战斗。拉美西斯不知道努比亚人打起仗来有多凶，而且抗议现在已经变成叛乱了。去了一趟绿松石矿场，他就飘飘然起来，还以为自己成了能征善战的老将。他根本不知道这次他去的是真正的战场。亲爱的，所有的事都在掌控之中，对吗？"

"但愿吧。"

"亚夏，我们可以说说你了。我这个人最懂得知恩图报，你这位年轻外交官的能耐，我也已经看得很清楚了。你先等一等，只要再写上两三份精彩绝伦的报告，就能迅速升迁。"

"我只想为国尽忠。"

"我也一样。不过你应该有一个更高的官阶，这样才能尽展所长。你喜欢亚洲吗？"

"它是我国最合适的外交活动区。"

"你这么有用的专业人才正是埃及所需要的。好好磨炼自己，去学习、去倾听，只要你对我忠心，我就不会让你对今天的选择后悔。"

亚夏躬身行礼。

埃及人虽然不喜争战，却也没有因为塞提发兵努比亚就忧心忡忡。在他们看来，那些黑人部落无论如何也不会是一支组织严密的强军的对手。这次出征不像是一场战争，更像是一次平叛。只要处罚得严一些，叛军就会消停一段时间，努比亚也会重新变成一个安分守己的省份。

　　若非亚夏在报告中示警，谢纳怎么会知道埃及遇到了一个劲敌。拉美西斯太年轻了，还什么都不懂，一心想证明自己有多勇敢，却不知道努比亚人曾经用弓箭和斧头杀掉过不少自以为胜券在握的将士。拉美西斯要是倒霉一点，弄不好也要步他们的后尘。

　　谢纳看到了命运的笑脸，他手里的筹码足可以让他在权力的游戏中大获全胜。法老因为行程过密身心俱疲，很快就会将自己的长子推上王储之位，然后慢慢地交出权力。现在成功的关键是自制和耐心，然后伺机而动即可。

　　运动并不是亚梅尼的长项，他一直在跑，只是跑得很慢，终于跑到了孟斐斯最大的港口。有很多人来为远征军送行，他又推又挤，好不容易才到了前边。就在刚才，他在一处新的垃圾场里找到了一个重要线索，有可能会发挥决定性的作用。

　　"王子的船在哪儿？"

　　一位军官回道："走了。"

29 /

塞提掌权第八年冬天的第二个月第二十四天，埃及大军离开孟斐斯，向南极速行进。军队在阿斯旺靠岸，之后又继续前行，顺着湍急的河流越过第一瀑布的险滩。尼罗河的水位在这个季节正是高的时候，即使是最危险的航道，船只也能轻松渡过，不过法老更喜欢那种能沿着河流逆向驶往努比亚的帆船。

被任命为军队书记员的拉美西斯非常开心，他所在的远征军直接受命于塞提，而且他和塞提就在一条船上。这是一艘新月形的船，两端翘起，与水面相距甚远。船的右舷和左舷各有一个舵，以便能又快又轻松地对船只进行控制。挂在单独一根长桅杆上的一面巨帆，装满了呼啸而来的北风，船上的工作组时刻注意着缆绳的压力。

　　位于船中间的大船舱被分成了几个小房间，船长和两位舵手分别住在靠近船头和船尾的小舱室里。

　　和其他舰艇一样，皇家舰艇上也满是愉悦的氛围，没有哪个将军会告诉那些水手和战士这次旅程其实很危险。军队不能攻击平民，征兵以自愿为原则，行事要光明磊落，抓捕要有根有据，国王的规定人所共知。违反这些规定的人，将受到严惩。

　　这次旅行中，拉美西斯一直站在船头，他太喜欢努比亚的风光了：沙漠高山、花岗岩小岛、盘踞在沙漠上的长形绿洲，在蔚蓝天空的映衬下形成的美妙图景；在险峻的岸边酣然入睡的牛群，在河中戏水的河马，在棕榈树间嬉戏的狒狒及从它们头上飞过的冠鹤、红鹳和燕子。拉美西斯马上就被这片蛮荒之地吸引了，它身上有一种自然的、桀骜的热情，就像他自己一样。

　　埃及军队从阿斯旺行至第二瀑布期间经过了一段较为平顺的路途，之后他们在一个宁静的小镇附近扎营休息，当地民众给他们送来了不少食物和用具。方圆三百五十公里的娲瓦娲瓦特省极端炎热，长期以来一直平和安静。拉美西斯有一种做梦般的愉悦感和幸福感，他觉得自己可以听到这片土地的声音。

　　布衡是狙击努比亚偷袭的最重要的要塞。当拉美西斯睁开眼睛，一座难以描述的建筑出现在他面前，那是布衡的一座由砖块砌成的巨型堡垒，它的城墙有十米高、五米宽。埃及哨兵正站在长形尖塔上监视第三瀑布及其周边的情况，众多圆形小路有序地围绕着这座尖塔。布衡的长驻士兵有三千多名，他们通过邮件运输车和埃及保持联系。

　　这座要塞的正门正对着沙漠的方向，塞提和拉美西斯由此进入堡垒。将堡垒和外界隔开的是一座木桥。所有心怀恶意的偷袭者都会死在疾风骤雨般的弓箭和标枪下，不然也会被投石器投出的石头砸死。为了形成密集的交叉射击网，每个窗洞上都凿了三个射击孔。

在堡垒下边有一些小型村镇，部分部队被安排到那里驻扎。这里的生活因为一座军营、几栋漂亮房子、几座仓库和厂房、一个市场，以及若干卫生设施而变得非常舒适。在进驻努比亚的第二个省库什之前，远征军有几个小时的休息时间，截至目前，他们的军纪都非常严整。

在布衡富丽堂皇的大厅里，指挥官接待了国王和拉美西斯，首相允许他在此审理案件。侍从将生啤酒和椰枣送到尊贵的客人面前。

塞提问："努比亚王怎么还没到？"

"陛下，他应该会按时到达的。"

"或者，他去了别的地方？"

"不，陛下。他只是去了第三瀑布以南的伊兰，想亲自了解一下那里的局势。"

"局势……你指的是一场叛乱吗？"

指挥官不敢看塞提的眼睛。"呃，说叛乱就大了，其实没那么严重。"

"只是几个毛贼，就能让一个国王千里迢迢地赶过去？"

"不，陛下，那里完全在我们的控制之下。而且……"

"你们的报告接连几个月都把事情尽可能往小了说，为什么？"

"我只是想描述得客观一些，伊兰的努比亚人虽然有点儿不安分，可是……"

"两个沙漠商队遇袭，一位传令官遇害，一口井被盗匪占据……在你看来，就只是不安分？"

"陛下，比这严重的情况，我们也见过不少。"

"你说得对。不过这次必须予以严惩，且要切实地做出判决，将惩罚落到实处。你们没抓到凶手，结果他们产生了即使犯错也不会被追究的想法，已经准备来一场真正的叛乱了，这件事你知道吗？"

指挥官辩解道："我的职责只是防守，我们的要塞防线从未被任何一个努比亚暴徒突破过。"

塞提火冒三丈："你的意思是库什和伊兰的叛乱，我们可以不管了？"

"陛下，一分一秒都不能耽误！"

"那就说实话。"

拉美西斯觉得这位高官懦弱得让人恶心，根本没资格为埃及效命。要是可以，他真想把这个软骨头撤了，送到前沿阵地去。

"虽然有些骚乱破坏了我们的宁静，可我觉得还没严重到非派军队镇压不可的地步。"

"我们死了多少人？"

"暂时没有，我也希望不会有。我们的长官带着一支能征善战的巡逻队赶过去了。那些努比亚人只要看到他就会投降的。"

"我最多等三天，三天之后，我会再回来。"

"陛下，不用这么麻烦。能款待你们是我的荣幸，今天晚上，我准备了一个小宴会欢迎……"

"我不会去的，照顾好将士们的食宿。"

这里的地势和第二瀑布相比，会更凶险吗？在巍峨耸立的悬崖峭壁之间，尼罗河以强大的冲力生生挤出了一些狭窄的通路，在和巨大的玄武岩、花岗岩石块对抗的过程中，它的一部分被击碎成大片的泡沫和浪花。河水呼啸奔涌着，凶猛地击打在障碍物上，之后又毫不迟疑地继续向前。远处，在险峻的河岸边，满是天蓝色的石块和赭红色的沙子。长着两个树干的埃及姜果棕榈随处可见，让大地变得绿意盎然。

拉美西斯能感受到尼罗河每一次涌动的生命力，他和它一起冲击岩石，和它一起享受胜利。他与河流已经合二为一。

拉美西斯走遍营区各个角落，发现所有军人都没有意识到可能要爆发的战争。他们酣然入梦，在宴会中饮酒作乐，和俏丽的努比亚姑娘缠绵。他们沉迷赌博，大谈回到埃及之后的事，却没有将兵器擦亮。

可是，去了伊兰的努比亚王还没回来。

拉美西斯发现，人们就是为了逃避现实才把自己封闭在幻象中的。他们乐于用虚化的幻影来美化存在巨大压力的现实世界，以为这样就能从枷锁中摆脱出来。

在军营最左侧的沙漠里，有个人蹲在地上，像要埋藏宝藏一般挖着沙子。

拉美西斯握着匕首，满心戒备地走过去。

"你在干吗？"

"闭嘴，安静一点！"那个人命令道。他的声音非常轻，很难让人听清楚。

"回答我。"

那个人站了起来说："唉，你怎么这么笨！它跑了吧。"

"塞达武！怎么是你？你什么时候入的伍？"

"我怎么会入伍……我只是在这个洞里发现了一条黑色的眼镜蛇。"

塞达武还是穿着他那身怪模怪样的、有很多口袋的外套，在月光的照射下，可以看到他浓密的黑发和满是胡茬的、晦暗的脸，和军人真是没有一点相像的地方。

"某些厉害的巫师告诉我，努比亚毒蛇的毒液品质特殊，所以我跟着远征军出来，看能不能弄到些意料之外的好东西！"

"这是战争，你就不怕有危险吗？"

"战场上的厮杀与我无关。这些士兵每天无事可做，除了吃就是睡，蠢得要死。他们的工作有什么危险的。"

"这种平静很快就会消失。"

"你说的是真的还是胡乱猜的？"

"如果只是单纯的旅行，你觉得法老会带这么多人出来？"

"没关系，我只要能抓蛇就好了。它们体型优美，颜色也漂亮。如果有生命危险，你最好不要犯傻，和我去沙漠吧，我们会有不小的收获。"

"我会跟着我父亲的命令走。"

"我只听自己的。"

塞达武往地上一躺，马上就睡着了。从没有哪个埃及人像他一样，对晚上爬出洞穴的蛇类没有一丝惧意。

拉美西斯看着湍急的河流，感受着尼罗河无尽的力量。天亮了，他感觉到身后有人靠近。

"儿子，怎么没睡觉？"

"我要看着塞达武，刚刚有几条蛇爬到他身边停了一会儿，又爬走了。他连睡觉的时候都在磨炼自己的能力，更何况君王呢？"

塞提说："努比亚王回来了。"

拉美西斯看着父亲，说："伊兰的动乱解决了？"

"死了五个人，重伤十个人，只有一个人因为跑得够快，平安回来了。你的朋友亚夏说对了。这个男孩有敏锐的观察力，能从收集的资料中总结出正确结论。"

"虽然有时候我觉得他不太讨喜，可是他的才智和能力是毋庸置疑的。"

"和他持相反意见的顾问有很多，可惜他们都说错了。"

"要打仗了？"

"是的，拉美西斯。就是战争，最让我厌烦的战争。可是姑息暴动和骚乱的主导者，只会引发更大的暴乱，让所有人都陷入灾难之中，所以法老必须采取行动。埃及在北边已经控制了迦南和叙利亚，不用担心外敌入侵的问题；在南边只有懦弱的努比亚国王，他只会如阿肯那顿那般把国家带入绝境。"

"我们会发兵吗？"

"只要努比亚人不犯傻。你哥哥貌似非常相信你的能力，极力说服我答应你的请求。可是我们的对手极其凶残，只要狂性上来，就不死不休，根本不在乎造成多少伤亡。"

"您觉得我打不了仗？"

"我只是觉得这太危险了，你没必要这么做。"

"请给我一个任务，我一定会完成的。"

"你的命不值钱吗？"

"怎么会？但背弃誓言者不配活着。"

"好，如果叛军不肯投降，就去战斗吧。你要足够凶猛，就像一头野牛、一头狮子和一只鹰一样；你要足够迅速，就像暴风雨一样让人猝不及防，不然，落败的就会是你。"

30/

　　大军被迫从布衡出发，穿越第二瀑布。在穿过边城堡垒的防御线——一座水坝——之后，部队进入库什。库什的动乱已经平息下来，城中都是以骁勇闻名的、高大魁梧的努比亚人。没过多久，大军就到了萨伊岛——努比亚王的第二居所，沙亚特的防御堡垒就在这座岛上。拉美西斯发现在下游的几公里处还有一座名为阿玛哈的岛屿，岛上秀美的原始风光格外迷人。如果此次出征得胜而归，他准备求父亲在这座岛上建立一座纪念努比亚之美的小庙。

　　沙亚特到处都是难民，这些人逃出伊兰丰饶的高原，却成了叛军的俘虏。努比亚王不懂得居安思危，自以为胜券在握，居然只派了几个老兵出战，结果很快就被打败了。现在已有两个部落的暴民穿过第三瀑布朝北进发了。

沙亚特最先失守。

塞提让手下传达警讯，一个枪眼配一名弓箭手，派几名哨兵在塔顶站岗，让步兵以壕沟和城墙为掩体，在暗处和角落里藏好。

之后法老带着自己的儿子开始和边防指挥官沟通意见，垂头丧气的努比亚王陪在一边，一言不发。

指挥官坦言："都是坏消息，一周之内，暴乱席卷了大片地区。这些部落以前根本不愿意结盟，总是吵个不停，可是这次他们却达成了协议！我已经和布衡方面说过这件事了，可是……"

指挥官觉得当着努比亚王的面批评他不合适，只好把后面的话咽了下去。

塞提命令道："接着说。"

"如果我们早点插手，在这场暴动刚开始的时候，就能把它压下来。可是现在，我觉得只有撤退才是明智的选择。"

听了这话，拉美西斯觉得脑袋"嗡"的一声，一个埃及的指挥官居然能说出这么怯懦和短视的话。

他问："那些部落就这么恐怖？"

指挥官说："那是一群没有痛感、不怕死的野兽。他们喜欢杀戮、战斗，要是有谁听到他们冲过来的嚎叫声拔腿就跑，我甚至不会多加指责。"

"逃跑！这不是叛国吗？"

"你见过他们就会明白。想要消灭他们，必须有一支装备精良的庞大军队，可是现在我连对手有几百人还是上千人，都不知道。"

塞提下令："你和你们的大王随难民一起去布衡吧。"

"你们需要援军吗，我是不是必须派兵？"

"视情况而定，我的传令官随时会联系你们。截断尼罗河，让所有有作战能力的将士做好战斗准备，我们要守护边疆了。"

努比亚王生怕受到别的责罚，所以走得悄无声息。

两个小时后，做好撤离准备的指挥官率领一支纵队长龙向北走去。只有法老带着拉美西斯和一千名士兵在沙亚特留守。将士们的斗志瞬间低落下来。有传言说，会有一万名黑人攻打这座城堡，他们极为残忍暴戾，预备杀掉所有埃及人。

塞提让拉美西斯慎重地把实际情况和军人说一说，可是拉美西斯认为，只把真相告诉大家，拆穿各种流言蜚语还不够，必须把大家捍卫国家的责任感和胆量激发出来。他说的话通俗易懂、简单明了，很多人都被他的激情所感染。听说王子放弃一切特权，将和他们一起上战场，这些士兵又有了新的希望：塞提战术精妙、拉美西斯勇敢无畏，只要跟着他们就一定能冲破困局。

国王决定带兵南进，先发制人。在他看来这是一种比较合适的战略，如果敌军人数众多，他们被迫撤离，起码也能知道对方有多少人。

拉美西斯陪着塞提研究了一整夜的库什地图，并默默记下了各种地理标志的含义。他学得快极了，并下定决心要记住所有细节。拉美西斯发现法老其实信心十足，他不知道以后会如何，但确信明天绝对会迎来荣胜。

在边疆重地之内，有一个房间是专门为国王准备的。法老回那个房间去了，拉美西斯则在一张小破床上躺了下来。他正做着取胜的美梦，忽然被隔壁的笑闹声和喘息声惊醒了，他连忙起身，一把推开了那间有问题的房间的门。

塞达武正趴在床上，享受一位身材火辣、浑身赤裸的努比亚姑娘玩笑般的按摩。这位姑娘长得非常漂亮，皮肤又黑又亮，身形看起来不像黑人，倒像是底比斯的女贵族。看着塞达武非常享受的神情，她被逗得咯咯直笑。

御蛇巫师说："这是莲花，今年十五岁，她的手指似有无穷的魔力，能让人彻底松弛下来。你要不要试试她的本事？"

"要是从你身边抢走这样一位美丽的尤物，我怕自己会悔不当初。"

"她即使和最危险的毒蛇在一起，也能毫无惧意，事实上，她时常接触毒蛇。我们采集了很多毒液，感谢天神，我们运气不错。这次远征棒极了……我没道理放弃这个好机会。"

"看守城门的工作，明天就交给你们了。"

"怎么，你要上战场？"

"我们要继续前进。"

"好，我和莲花负责巡视，还会抓十来只眼镜蛇。"

冬天的早上非常冷。直到努比亚的太阳让步兵们的血液暖起来，他们才脱下套在外边的长衫。拉美西斯驾着一辆轻型马车，他的前边是侦察兵，后边是埃及大军。塞提在贴身护卫的保护下走在军队中间。

一声哀号打破了草原宁静的氛围。在下达了停止前进的命令后，拉美西斯跳下马车，和侦察兵一起去查看情况。

发出哀号的是一个长着长鼻子的庞然大物，一支标枪插在它的长鼻子的末端。它正竭尽全力想要摆脱这支让它备感痛苦的标枪。埃及南部的象岛，顾名思义就是因它而得名的，不过那是很久以前的事了，现在那里已经看不到这种动物了。

王子以前从未看过大象。

一位侦察兵说："一头公象，它可真大，自卫时，他的每一下拍击都有八十公斤的力量。我们得离它远点。"

"可是它受伤了！"

"想要杀它的是那些努比亚人，我们让他们跑了。"

说话间，它朝这边走了过来。

一位侦察兵跑去找国王汇报情况，拉美西斯则走向大象。在和它相距大概二十米的时候，他停下来凝视它的眼睛。这头有伤在身的动物安静地看着这个矮小的家伙，像在猜测对方是谁。

拉美西斯伸出手，大象似乎明白这个两条腿的人没有恶意，便抬起了鼻子。王子慢慢地走上前去。

若非被同伴及时捂住嘴巴，有一位侦察兵就惊叫出声了。大象谨慎地靠近法老的儿子。

拉美西斯完全没有害怕的感觉，因为这头四条腿的动物深沉的眼神已经告诉他，它知道他想做什么，这是一个非常聪明的家伙。他又往前走了几步，现在和受伤者只有一米的距离了，它开始左右摇动自己的尾巴。

王子抬手，庞然巨物垂下了鼻子。

他说："会有点疼，但这是免不了的。"

拉美西斯抓着标枪的手柄。

"可以吗？"

大象巨大的耳朵回应一般上下扇动着。

王子骤然发力，一把将那个武器拔了出来。获得自由的庞然巨物发出一声大吼，用流着血的鼻子的末端紧紧地缠住了拉美西斯的身体。这一举动吓坏了那些侦察兵，只要几秒，它就能将他撕碎，然后再撕碎他们。必须马上逃走。

"你们看，快看！"

王子的声音听起来非常兴奋，这让他们不由得停下脚步，转回身查探究竟。那头庞然巨物竟然用自己的鼻子轻轻地把王子放在了它的头上。

拉美西斯喊道："我在这座山上可以清楚地看到敌人的行动。"

王子的战利品让军队士气大振。很多人都说王子有超越自然的力量，可以收服最强大的生物，并为此赞叹不已。人们用浸过油和蜜的棉塞为大象疗伤，效果非常好。王子和大象，一个连说带比画，一个晃动鼻子和耳朵，顺利地完成了沟通。这个"大家伙"保护和引领着战士们沿小路一路毫无阻碍地走进了一个村庄，这里的房屋墙壁都是用干泥巴砌成的，屋顶盖着棕榈叶。

放眼望去，都是老人、孩子，还有女人的尸体，他们有的被割开了肚子，有的被刺穿了喉咙。那些不肯屈服的男人的尸体被扔到了更远的地方，几乎找不到一个完整的尸身。所有的粮食都被烧掉了，所有的牲畜也都被杀死了。

拉美西斯非常难过。战争就是这样，用无穷无尽的血和暴力，把人变成了最可怕的强盗。

一个老兵突然大喊："古井的水不能喝！"

可是他说晚了，两个口渴的年轻人已经喝下了井水。不过十分钟，就在骤然发作的如火烧一般的腹痛中死掉了。凶徒在井里下了毒，借此来惩罚当地百姓和他们的准备效忠埃及的亲朋好友。

塞达武叹道："我在这场灾难中真是一点忙都帮不上，我对有毒的植物一无所知，好在还有莲花，我可以跟她学。"

拉美西斯吃惊地问："你怎么在这儿，我不是让你守城吗？"

"那个工作没什么意思……哪比得上眼前的大自然，这里更精彩，也更丰富，不是吗？"

"全村的人都被杀了，你觉得有趣？"

塞达武抬起一只手，按着老友的肩膀。

"我为什么更喜欢和毒蛇在一起，原因就在这里。它们杀人的方式没那么粗鲁，还能给我们提供一些对抗疾病的特效药。"

"难道人类只会做这种可怕的事？"

"也没那么糟糕，喝杯青草茶吧，莲花调的，它可以让你再无敌手。"

塞提的神色非常严肃。他将拉美西斯和一些高级将领召集到自己的帐篷里。

"说说你们的想法。"

一个老兵提议："继续前进，穿过第三瀑布，直取伊兰。如果我们想要取胜，就必须迅速行动。"

一个年轻的军官说："这种战术我们常用，努比亚人也很清楚，会不会已经设好了陷阱。"

法老说："没错，所以为避免落入圈套，我们得知道敌人到底在哪儿。我准备发动一次夜袭，需要几个志愿者。"

那名老兵非常谨慎，说："这太危险了。"

　　"是的。"

　　拉美西斯站起身，说："我去。"

　　那名老兵说："我也去。我再推荐三个和王子一样勇敢的
战士。"

31/

　　王子摘掉头饰、脱掉凉鞋和华美的裹腰布，他要进入努比亚的萨王纳稀树草原，所以用木炭涂抹全身，随身只带一把匕首。他在出发前去了一趟塞达武的帐篷。

　　御蛇巫师正在熬药，那是一种黄色液体。莲花立即给拉美西斯端上了一杯红色的木槿草茶。

　　塞达武兴奋地说："我太幸运了，就在我的草席底下，有条黑红相间的蛇，是新品种，我以前没看到过。感谢神明，拉美西斯，努比亚简直是个天堂，这里究竟藏了多少蛇啊？"

　　他抬起头盯着王子看了很长很长时间。"你怎么这副打扮，要去哪儿？"

　　"去敌军大营查看情况。"

"怎么去？"

"一路向南，总能找到的。"

"去不是关键，回来才是。"

"我觉得自己运气还行。"

塞达武点了点头。

"一块喝点卡咖茶吧，尝尝威猛是什么味，起码在你被黑人抓到之前试一下。"

那种红色的饮料喝起来像某种水果，凉丝丝的非常解渴，拉美西斯一连喝了三杯，莲花负责为他续杯。

塞达武说："我觉得你这么做非常傻。"

"我尽忠职守。"

"啰唆！你不管不顾地一味往前冲，有一点成功的可能吗？"

"正相反，我……"拉美西斯摇摇晃晃地站起来。

"你生病了？"

"没有，不过……"

"先坐下。"

"我得走了。"

"你都这样了。"

"我没事，我……"

拉美西斯一头栽到塞达武怀里晕了过去。塞达武把他放到一张离火堆较近的草席上，独自走出帐篷。他早就知道法老会来，但看到塞提的身影还是印象深刻。

"塞达武，谢谢你。"

"莲花说那种麻醉剂效力不大，拉美西斯明早就会醒来，而且会神清气爽、精神焕发。他的任务你不用担心，我和莲花会替他完成，莲花会为我带路。"

"你们有什么需要的吗？"

"您只要保护好自己的儿子，尽量保证他的安全就行了。"

塞提走后，塞达武感到非常骄傲，毕竟没有多少人能让法老亲口说一句"谢谢"。

拉美西斯被一抹溜进帐篷的阳光叫醒了。他混混沌沌地想了好几分钟，都弄不明白自己在哪儿。忽然，他明白了：他被塞达武和那个努比亚女人弄晕了。

他火冒三丈地冲出去，要找塞达武算账，结果他的老友一边嚼着鱼干，一边书记员一样端坐在那儿。

"这个教训可以让你更聪明一点儿。"

"你怎么敢拦我，我有任务的！"

"你可以亲一下莲花，好好谢谢她。我们能找到敌军大营，她居功至伟。"

"可是……她和他们不是一伙的吗？"

"那些人戮村的时候，杀了她的家人。"

"她，信得过吗？"

"你不是一直非常热情、非常乐观吗？现在倒疑神疑鬼起来了。是的，她信得过。她之所以帮我们，一方面是因为那些暴徒不是她的族人，另一方面，是因为纳西人在努比亚最丰饶的地方没干好事。把牢骚收一收，好好洗刷一下，吃点东西，换身王子的装扮去见你父亲吧，他等着你呢。"

埃及大军由莲花做向导向前进发，拉美西斯高高地坐在大象头上走在最前方。这个大家伙的步调在前两个小时里一直非常沉稳，看上去没有一点烦恼，饿了就啃啃树枝来吃。

没过多久，它的态度开始发生变化，眼神凝滞，走得越来越慢、越来越轻，它的四肢落地时轻得出奇，几乎没什么声响。忽然，它的长鼻子在一棵棕榈的树梢上一卷、一扔，一个带着投石器的黑人便被拽下来，撞到了树干上，当场折断了腰。

这是敌军的哨兵，希望他还没来得及向族人示警。拉美西斯转回身等待指示，法老当即下令：分散队形，准备出击。

大象继续向前。

当它从挡在面前的一小丛棕榈树中穿过去之后，拉美西斯看到了数百个努比亚战士。他们一身黑色的皮肤，剃着半边的光头，只有脑后有头发且是很短的卷发，扁平鼻子，嘴唇外翻，耳朵上的圆环金光闪闪；他们头上插着羽毛，脸上画着线条。战士们的皮质裹腰布很短，上面画着斑点图案。将领则一身白色长袍，腰上的腰带是红色的。

这些人一看到大象和埃及军队的先锋就开始拉弓射箭，根本不理会埃及军队发出的投降警告。埃及的先锋营在发动攻击时，步调始终从容、坚定，这些努比亚人在遭遇突袭时却乱成一团、各行其是，这种反击加速了他们的失败。

塞提的弓箭手站在战圈之外，对努比亚手忙脚乱的射击队进行射击，标枪手从侧面攻击营帐，攻击那些使用投石器的黑人。步兵则用盾牌拼命阻挡敌人的斧头，用短剑斩杀敌军。

　　一些侥幸没死的努比亚人，沮丧地放下了手中的武器，跪在地上乞求埃及人的宽宥。

　　几分钟之后，塞提举起右手，战斗立时终止。获胜者很快就把俘虏们反剪双手捆了个结实。

　　大象还在继续战斗，最大那栋房子的屋顶被掀翻，房子中间的隔板被拆掉，露出了两个努比亚人：一个身姿挺拔威风凛凛，身上挂着厚重的红色丝带；一个又瘦又小，卑微怯懦，在篮子后面躲着。

　　那个瘦小的家伙就是用标枪刺伤大象的凶手。大象像摘去熟果子一般，用鼻子的前端一下子缠住那家伙的身子，高高地举了起来。它缠得很紧，那个小个子声嘶力竭地叫着，拼命挥动手脚，想要从这个"虎头钳"中挣脱出去，可惜徒劳无功。当"大家伙"放下他时，他还以为没事了，刚做出要跑的动作，"大家伙"的大脚掌就将他的头踩了个稀碎。

　　拉美西斯朝那个高大的努比亚人走过去，对方双手交叉放在胸前一动不动，看起来非常平静，眼前的一切似乎对他没有任何影响。

　　"你是他们的头领吗？"

　　"对。但是会用这种方法攻击我们的一定不是你，你太年轻了。"

　　"这是法老的功劳。"

　　"这么说他是御驾亲征了……巫师说我们必败无疑，原来是因为这个。我不该无视他的忠告。"

　　"你的同伙呢？藏到哪儿去了？"

　　"我可以告诉你，还可以帮你劝降他们，但我希望法老能饶他们一命。"

"这就要看法老自己的意思了。"

塞提没有给敌人留下任何喘息之机，当天又攻下了两个营地。被俘虏的那位首领虽然对这两个营地的人做了一些劝降的工作，可惜毫无效果。但努比亚人在战斗时总顾念着巫师的预言，且亲眼看到了塞提和他火一般燃烧着的眼睛，战斗力大打折扣，无法竭尽全力并肩作战。事实上，他们的眼睛早就露出了败象。

其他部落在第二天早上纷纷放下武器，表示投降。人们只要谈起国王的儿子，就一脸的惊慌，他们说那头公象是王子的养子，已经杀了几十个黑人了。所有人都放弃了与法老为敌、继续作战的念头。

在塞提抓到的六百名俘虏中，有五十四名年轻男人和六十六名年轻女人，以及四十八名孩子会被带回埃及学习各种知识，将来等他们返回努比亚，一方面可以像种子一样进行文化上的传播和补充，另一方面也会努力促进本族与强大邻国的友好往来。

国王清楚伊兰的危机已经彻底解决，这片曾经被暴徒侵占的丰饶土地的居民现在可以返回自己的故乡了。为防止出现新的暴乱，库什的国王以后每个月要来这里巡视一次，聆听百姓的需求，并予以满足。如果遇到了重大案件，则交给法老亲自处理。

拉美西斯觉得自己生病了，他爱上了努比亚，不想离开这里。他觉得努比亚王这一职位是为他量身打造的，可是他不敢和父亲说。父亲和他谈话时，他脑袋里一直想着这件事，可是一看到塞提的眼神，他就生了惧意。国王将自己的计划告诉了他：暂时不动努比亚王的王位，让他继续工作，但再不能有任何差错，否则马上罢免。

大象用自己的长鼻子轻轻地碰了碰拉美西斯的脸。虽然很多士兵都想将它带回孟斐斯，让大家看看这个"大家伙"在街头漫步的风姿，可是王子并不同意，他希望它能在自己故乡过着自由自在的快乐生活。

拉美西斯摸着它的鼻子，上面的伤口已经愈合了。大象像在邀请王子和它一起似的，指了指萨王纳稀树草原的方向，可是这个"大家伙"和王子终究走不到一起。

拉美西斯非常难过，好长时间都缓不过来。能遇到这个战友虽然只是一个巧合，但它的离开让他心酸极了。他真想和它一起去开辟新的道路，去记载它的事迹……可是他必须坐船回北方，这一切终究是梦。王子发誓，总有一天会回到努比亚。

埃及士兵们兴高采烈地收拾行装，并高度称赞塞提和拉美西斯这两个让此次远征转危为安的大功臣，连当地居民点燃的迎接他们的篝火都没熄灭。

王子走过一片小树林时，忽然听到一阵呻吟声，有人受伤了，竟然没有人救他吗？

在推开一层一层的树叶之后，他看到了一只右脚明显有些肿胀的小狮子正不停地哀鸣，它双眼滚烫，呼吸都有些困难了。拉美西斯抱起它时，可以感觉到它的心跳非常混乱。这头小狮子若是没人照顾，怕是很快就会死掉。

拉美西斯赶紧抱着受伤的小狮子去找塞达武，运气不错，对方还没上船。

塞达武说："它被毒蛇咬了，情况非常不好……仔细看，这里有三个小孔，这两个是毒蛇的两个大钩牙，这个是毒蛇的备用钩牙，而这些齿痕对应的是毒蛇的二十六颗牙。所以，咬伤它的是一条眼镜蛇。这头小狮子很特别，不然早死了。"

"很特别？"

"你看它的脚掌，它还这么小，脚就已经这样大了。这头野兽要是能活下来，以后一定会长得非常大。"

"你救救它吧。"

"现在是冬天，眼镜蛇的毒液扩散得不会太快，可以说季节帮了大忙，它的运气好就好在这里。"

塞达武拿出一截来自东沙漠的蛇木，将它的根泡在酒里磨碎了，喂给小狮子喝，然后，他又将小灌木的叶片在油里仔细捣碎，用它涂抹、揉搓小狮子的身体，增强它心脏的活力，改善它呼吸状况。

一路上，拉美西斯都在陪伴照顾这头小狮子，每天喂它喝牛奶，奇怪的是它的身体却越来越弱了。不过，每当王子抚摸它的身体时，它都会感激地看着他。

他对它保证："你不会死的，我会和你成为朋友。"

32

夜巡先是不断后退，然后又慢慢地向前走去。这只黄狗看上去有些怯懦，却又胆大包天地到那只大病初愈的小狮子身上闻了闻，弄得对方像是看到了什么诡异的生物一般惊慌失措。这头稚嫩的野兽虽然还很羸弱，却起了贪玩好动的心思。它扑到夜巡背上，压得夜巡几乎背过气去。黄狗高声吠叫，左躲右闪，可还是被对方划伤了臀部。

拉美西斯将小狮子抓过来，训了它很长时间，小狮子支棱着耳朵乖乖听训。王子给夜巡上了药，幸好只是破了点皮。之后两个小伙伴又玩闹了一会儿，夜巡出于报复给了小狮子一巴掌。小狮子现在叫"屠夫"，这个名字是塞达武取的，因为它打败了毒蛇的毒液和紧追不舍的死亡，塞达武认为这个名字符合它旺盛的生命力，也希望能给它带来好运气。塞达武想：一头大象、一头雄狮……看来拉美西斯钟爱强悍、奇异的生物，喜欢照顾脆弱、可怜的生命。

狮子和狗很快就掌握了彼此的性情，屠夫开始约束自己，夜巡也不再寻衅滋事。它们建立了深厚的友情，一起享受游戏和疯跑的乐趣。晚饭过后，这条狗酣然入梦，它的背就靠在小狮子身上。

拉美西斯的战利品在宫里备受瞩目。人们相信只有拥有非凡神力的人才能收服一头狮子和一头大象，伊瑟对此非常骄傲。谢纳却非常气恼，觉得这些贵族真是太幼稚了，谁能和猛兽做朋友？拉美西斯不过是运气好而已，等到哪天狮子野性大发，还不把他撕个稀碎？

可是作为国王的长子，他认为自己必须和同胞兄弟保持友善的关系。谢纳先是和所有埃及人一样称颂了塞提的功绩，然后他又开始夸耀拉美西斯在这场与努比亚叛军的战争中的作用，他说自己的弟弟作为军人表现得非常出色，希望他的这种能力能够得到官方认证。

国王让谢纳主持亚洲退伍战士的授勋仪式，谢纳表示希望能私下和自己的弟弟聊一聊。直到典礼结束，拉美西斯才走进谢纳的办公室。这个办公室刚刚重新装修过，墙上画着有彩蝶翻飞的百花图。

"很漂亮吧？我喜欢华美的环境，因为它可以减轻工作带来的压力。我这有些新酿的酒，要不要尝一尝？"

"不了，谢谢。这些社交活动没劲透了。"

"我和你观点一致，不过这些活动还是有用的，毕竟我们的战士也想得到人们的称赞。他们和你一样冒着生命危险守护了我们的安全，不是吗？你在努比亚做得非常好，大家都应该向你学习，不过当时的情况很危险吧。"

谢纳又胖了。对美食的喜爱和对运动的厌弃，让他看起来颇像那种乡下的胖财主。

"这场战斗的指挥者是我们的父亲，敌人一看见他就吓得望风而逃了。"

"对，自然是这样……不过你的功劳一样不小。听说你很喜欢努比亚。"

"是，那个地方太迷人了。"

"对于努比亚王所做的那些事，你是怎么看的？"

"卑鄙无耻，应该予以处罚。"

"可是，法老没有罢免他……"

"该怎么安排，塞提自有打算。"

"如此严重的错误，努比亚王不会只犯一次，形势很快就会发生变化。"

"这次错误还不足以让他得到教训吗？"

"我亲爱的弟弟，有个词叫作本性难移。人们很难改掉自己的小毛病，我保证，这个家伙也一样如此。"

"那也是他的命。"

"他的失败或许会影响到你。"

"什么意思？"

"装什么傻啊，你不是喜欢努比亚吗？我努力一下让你来当努比亚王如何？"

拉美西斯的沉默让谢纳意识到，对方有些不安了。

他继续说："如果你成了努比亚王，就不会发生暴动了，你会忠于国家，让那里过上幸福快乐的生活。"

拉美西斯以为自己已经忘了这个梦：和他的狮子还有狗，在努比亚漫无边际的沙漠中漫步，尽情倾诉自己对尼罗河、岩石和金色沙漠的爱……还有比这更美好的事吗？

"谢纳，你在嘲笑我。"

"这个职位正适合你，我会向国王证明这一点。你的能力如何，塞提亲自验证过。只要我一提，很多人都会支持，这件事一定能成。"

"我等着。"

谢纳一边恭喜自己的弟弟，一边暗自庆幸：拉美西斯要是去了努比亚，他的处境就不会这么窘迫了。

亚夏有种百无聊赖的感觉。

上级交给他的行政工作，不过几周他就干腻了。他只喜欢实际工作，对官员和公文毫无兴趣。事项交接、为各种各样的人提供直抒胸臆的机会、揭穿谎话、挖掘大大小小的机密、找出被人隐藏起来的真相，这才是他喜欢做的事。

他知道怎么蒙骗自己遇到的那些阅历丰富、沉默寡言的人。他不用恐吓威胁，只要摆出一副礼貌、儒雅的样子，就能得到他们的信任，建立起紧密的联系，没有人会厌恶他。时间长了，有些机密文件的内容，他用不着亲眼看到就能知道内容。为了得到外交部某些官员的认可，他会刻意雕琢自己的语言，然后适当地说些逢迎之词，说些有分量的赞美的话，或者提几个合理的问题。

很多人对年轻的亚夏的评价都不错，听到这些话，谢纳深觉和亚夏联手是自己做过的最正确的一件事。他们时常私下见面，亚夏会将那些位高权重的主管正在做的事告诉他。谢纳认真权衡一番，再和自己从别处得到的消息进行印证，就这样，他每天都在按部就班地准备着，以便自己能早日登上王位。

塞提从努比亚回来之后，总给人一种非常疲惫的感觉，他的顾问们纷纷建议让谢纳出任储君，为他分担一些工作。他们说既然没有人对这件早已定好的事提出质疑，就不要一直拖着了。谢纳很聪明，只说自己年轻没有经验，且相信法老的智慧，除此再无多余的动作。

亚梅尼在外边折腾了一圈，准备向拉美西斯证明一下，自己的调查并非没有收获。这个年轻的书记员工作太拼命了，这对他的身体造成了很大的损害，可是他仍旧认真而勤勉地工作着，而且只要工作效率跟不上，他就会愧疚不已。拉美西斯从未指责过他，可他自己会有很深的负罪感，如果无缘无故就一整天都不做事，他会觉得做了天大的坏事。

他向拉美西斯承诺："每个垃圾场我都翻过了，还找到了一份证据。"

"你确定要用'证据'这么严肃的词？"

"两块石灰碎片：一个写着那家有问题的工厂的名字，一个写着厂主的名字，虽然碎了有些可惜，但可以完美地拼合在一起，而且最后几句话还能看出些破绽。这条线索应该和谢纳有关。"

发生在努比亚之行以前的一系列惨剧，马厩管理员的事、马车夫的事、走私墨块的事……拉美西斯好像都忘了，所有这些在他眼里貌似都成了很久以前的小事。

"亚梅尼，我应该恭喜你的，可是这些证据的分量明显不够，没有哪个法官会因此立案的。"

"这不是我所期待的结果……但我们可以试试啊。"年轻的书记员低垂着眼睛说。

"绝不会成功的。"

"一定还有别的证据，我会找到的。"

"太难了。"

"你不要被谢纳骗了，他是为了把你赶走，才帮你争取努比亚的位置，好让你忘了他的恶行，这样他才能彻底掌控埃及。"

"亚梅尼，这些我都知道，可我想去努比亚。我们一起去吧，那是一个宫廷的阴谋诡计和尔虞我诈触及不到的崇高的国家，你只要去了就会知道。"

亚梅尼没有说话，他很清楚，谢纳故作好心只是为了设下另一个陷阱。除非他离开了孟斐斯，否则必定追查到底。

拉美西斯和他的姐姐杜兰特见了一面。天气炎热，杜兰特刚在澡盆里沐浴过，接下来要敷油、按摩，在此之前她要喘口气休息一下。自从萨力升了官，她每天无所事事，越来越提不起精神了。

她的皮肤之所以还能保持光滑细嫩，是多亏了医师的药油。她也想好好修养一阵子，可是那些社交活动太耗费时间了，那些由埃及上流阶层举办的宴会和典礼，她无论如何都不能错过，除非她想错失那些数都数不清的宫廷秘闻。

杜兰特这几周很有些郁郁寡欢。谢纳的党羽貌似对她产生了怀疑，觉得她一定会传消息给拉美西斯，已经开始对她保密了。

她解释道："你们的矛盾既已化解，他会重视你的意见的。"

"你想让我干吗？"

"我怕谢纳做了储君，手握重权，会彻底无视我。人们也会慢慢地不再与我联系，不久之后，连个乡下的财主都比我强。"

"我能做什么？"

"让谢纳注意到我，让他知道我的人际关系以后会对他非常有用。"

"他只会嘲笑我，且毫无避忌。在我哥哥眼中，我已是努比亚王，远远地离开了埃及。"

"你们只是看起来和好了。"

"每个人要走什么路，谢纳分得很清楚。"

"被放逐到黑人世界去，难道你就不反抗？"

"我喜欢努比亚。"

杜兰特火冒三丈，一点都不累了。"算我求求你，反了他，行不行？你怎么能摆出这么让人无语的态度。我们结盟，你和我一起打败谢纳。只有这样，那个怪物才会知道自己还有一个需要重视的家庭。"

"亲爱的姐姐，很抱歉，阴谋诡计让我畏惧。"

她气愤地站起身来，说："你不能丢下我不管。"

"你自己也能做到，我知道的。"

　　哈托尔神庙气氛凝重，晚上，图雅皇后在举行过祈祷仪式并聆听过女祭司的吟唱后，低下头开始冥想。

　　皇后和自己的丈夫谈了很久，她说谢纳恐怕没有足够的能力执掌政权，塞提认真地听着她的每一句话，就像从前一样。拉美西斯曾遭遇过刺杀，幕后黑手至今仍逍遥法外，若非牵扯到那个死在绿松石矿场的马车夫，他恐怕现在还不知道这件事。谢纳就算已经不恨自己的亲弟弟了，他的罪孽也不会消失。没有切实证据就心存此种怀疑，虽然看起来很残忍，可是在权力面前，有多少人还能保持人性呢？

　　塞提问清了所有细节，相比于那些支持谢纳、逢迎君主的臣子，他当然更重视他妻子的意见。塞提和图雅决定先观察两个儿子的行为，然后一起做一张评估表。

　　研究和选择这样的工作虽然由理智来承担，但做决定的却不是它，而是神，是上下两代法老之间的某种直接的心灵感应，它才是未来之路的决策者。

　　亚梅尼拉开为王子预留的花园大门，惊奇地发现有一张漂亮的洋槐木床摆在那里。要知道埃及人大多睡在草席上，一件这样的家具可不是一笔小数目。

　　那位年轻的书记员惊讶得连忙去叫醒熟睡的拉美西斯。

　　拉美西斯也很意外："一张床？不会吧。"

　　"你自己去看，绝对出自某位大师之手！"

　　亚梅尼说得对，王子也觉得那位木匠肯定是位非常优秀的手工艺大师。

亚梅尼问："我们要把它搬到屋里去吗？"

"不不不！你帮我看着它。"

拉美西斯翻身上马，朝着伊瑟父母亲的别墅一路狂奔。年轻的姑娘非要精心地打扮了一番，涂好胭脂和香水才肯出来，王子只好耐心等待。

拉美西斯无法抵挡她的美貌。

她满面含笑："我准备好了。"

"伊瑟……那张床是你派人送过去的吗？"

她一把抱住他，开心地说："除了我，谁敢这么做？"

如果王子接受了伊瑟的床，他就必须回赠一张更华丽的、有结成百年之约意味的床给她。

"我的礼物，你收好没有？"

"没有，我还没把它搬进去。"

她自言自语似的轻声说："这对我来说是一种很大的羞辱，求你看看我的心啊。"

"我不想受拘束。"

"你说谎。"

"你愿意和我在努比亚生活吗？"

"努比亚……太可怕了！"

"我的命运就是如此。"

"你可以拒绝！"

"我不会。"

她一把推开拉美西斯，独自跑掉了。

　　塞提拟订的新阁员名单即将公布，拉美西斯和很多高官一起去听消息。大厅里有很多人，那些老官员一脸镇定自若、信心十足的表情。与他们相比，年轻人就显得太过激动了，还有不少人生怕受到塞提的责罚。塞提喜欢精明强干的手下，不喜欢听无能者辩解时的夸大之词。

　　典礼还有几周才会召开，可是人们的情绪已经完全被调动起来了，为了保全自己和盟友的利益，所有官员都表示非常看好且完全支持塞提的政策。

　　文书长开始宣读国王谕令，公布任命名单，全场立时鸦雀无声。拉美西斯看上去非常平静，他前天晚上刚和长兄吃过晚饭，他的命运已经定下来了，所以这时他倒有闲心去研究别人的反应了。有些人兴高采烈，有些人面沉似水，有些人撇着嘴角一脸的抵触，可是谁敢驳斥法老的命令呢？

　　只有少数人关注了一下努比亚的任命，考虑到近来发生的那几件事，还有谢纳反复强调的态度，拉美西斯有很大可能会被任命为新的努比亚王。

　　可是，出人意料的是，塞提扣下了这个提案，根本没有做出相关任命。显然，拉美西斯要和亲爱的谢纳一起，继续在埃及生活了。

33

　　拉美西斯没有当上努比亚王，伊瑟为此满心欢喜。王子会像之前一样做一些名义上的工作，不用离开孟斐斯了。这种机会可不多见，这位年轻的姑娘知道该怎么借此用感情捆住拉美西斯，她就是喜欢他反抗的样子。

　　伊瑟的父母让她答应嫁给谢纳，可是她只喜欢拉美西斯。这个男人从努比亚回来之后变得更加俊朗了，他本就挺拔、匀称的身形，现在更健硕了，整个人英姿勃发，英雄气概十足。他比大多数男人要高一头，本身的贵族气质和他傲人的身高，给人一种难逢敌手之感。

　　能和他共享生命、感情、愿望……这太奇妙了！她是无论如何都要嫁给拉美西斯的，谁都阻挡不了。

人事任命公布几天后,她一大早就去王子家敲门了,尽管这个时间有点不太合适。现在,拉美西斯已经没那么沮丧了,伊瑟将成为最能给他慰藉的人。

接待她的亚梅尼看起来颇为守礼。可是她并不喜欢这个病恹恹的、弱不禁风的男人,她不知道王子怎么会相信这种每天只知道和写字板打交道、根本不会享受生命的家伙。总有一天,她会让自己未来的丈夫找一个更健壮的人把他换掉。这种凡夫俗子怎么能入拉美西斯的眼?

"跟你的主子说一声,我来了。"

"很抱歉,他不在这里。"

"他什么时候走的?"

"我不知道。"

"到哪儿去了?"

"我不知道。"

"你在戏弄我吗?"

"岂敢。"

"那么你说明白,他走了多久了?"

"法老昨天早上来过,拉美西斯和他一起坐着马车去了码头那边。"

帝王谷是法老绚烂的灵魂重生的天堂,它安身于宁静的矿脉中,智者称此处为"伟大的草原"。在底比斯的西海岸下船之后,法老与拉美西斯直奔这一圣地,入口处有警卫不分昼夜地把守。悬崖峭壁间有一条小路曲折蜿蜒,法老和他的儿子就走在上面。山峰女神鑫温像金字塔的塔尖一般矗立在帝王谷,守护着这座宁静的山谷。

拉美西斯四肢无力。

除了在位的法老和为法老修筑永久居所的工匠,再没有人能进入这一秘地,可是父亲却把他带来了,为什么?要知道为了守卫墓地和里面的大批珍宝,弓箭手只要看到生人连话都不必问,就可以射击。无论是谁,只要意图盗墓,都会被处以死刑,这是危害国家安全的大罪。传说这里有守护神看守,只要闯入者答不出他们的问题,就会被一刀砍倒。

当然,有塞提在没什么可担心的,可是拉美西斯不喜欢来这个恐怖的地方,他宁可去努比亚上阵十次。在这里他的力量和勇敢对自己毫无帮助。他觉得自己没有武器,随时都会被某种他无法抵挡的诡异的力量击败。

帝王谷好像容不下任何生物,无论是草,还是鸟,或者虫子……唯一能看到的,只有那些证明死亡胜利的石头。塞提的马车越往前走,他们离那道巍峨而恐怖的墙就越近,炎热的空气让人呼吸困难,与人类世界的隔绝让人心惊胆战。

一条小径在前方出现,两边站着带着武器的侍卫,尽头是一扇岩石大门。马车不再前进,塞提和拉美西斯走了下来。守卫向他们行礼,法老每隔一段时间,就会来自己的墓地查看进度,将自己想要在墓地墙上看到的内容告诉雕刻师,所以大家都认识他。

走过那扇门,拉美西斯差点闭过气去。

这片"伟大的草原"简直是个火炉,温度太高了。这里看不到地平线，穿过红色山崖的顶端只能看到蓝色的天空，为了让法老的灵魂能在宁静的环境中沉睡，山峰女神鑫温创造了一种近乎完全无声的世界。王子现在不害怕了，但觉得天旋地转，帝王谷的阳光既给王子一种压入地底的感觉，又给他一种被抬得很高的感觉。在这个神秘而伟大的地方，他只是一个卑微的小人物，他从眼前的冥土中看到的不是毁灭，而是孕育。

塞提走向一扇用岩石打造的正门，拉美西斯紧随其后，他推开那扇金色的雪松木大门，沿着一条斜坡走进一个小屋子，房间中央摆着一座石棺。国王点起无烟火把，拉美西斯被墙上绚丽而华美的装饰惊呆了，金色、红色、蓝色和黑色的饰品光华璀璨。他被那条代表黑暗魔鬼和光明死士巨蛇阿波菲斯所吸引。他喜欢由灵感直觉之神西亚神驾驭的那艘太阳船，唯有此神能在黑暗中辨明方向；他喜欢那个年轻英俊、带着传统头饰和黄金项链、围着一条金色裹腰布的法老，因为对方追逐的是人身鹰头的荷鲁斯、人身犬头的阿努比斯，还有在天堂恭迎宇宙公义的玛亚特；除此之外，还有很多细节引起了王子的注意，比如一篇晦涩难懂的讲述冥土世界的文章。可惜塞提没等他满足自己的好奇心，就让他到石棺前跪拜行礼了。

"拉美西斯，在这里沉睡的国王和你同名。他是我朝的第一位国王。这位先祖放弃了宁静的生活，把所有的精力都献给了埃及。他耗尽心力，掌权的时间连十年都不到，可是他对得起头上的皇冠。'在这两块土地之上，这位严格遵从玛亚特的人在神圣的光明的指引下来到了这个世界。神圣光明以稳重为力量之源，按照造物者的规则做出权衡和解释。'这个睿智而谨慎的男人就是我们的祖先。我们要尊重他，在他的引导下开阔眼界；我们要敬畏他，让他的名字更加显耀，永远不能忘记他。祖先是我们的领路者，我们要紧跟他们的步伐。"

王子似乎又看到了开朝始祖的英灵。写在石棺上的那行字"生命的赐予者"，散发出柔和的如太阳般可以感触的光芒。

"拉美西斯，起来吧。你第一站的行程到此为止。"

这里到处都是金字塔，其中最宏伟的莫过于法老吉萨的那座，它的台阶很大，层层叠叠云梯般直冲天际。拉美西斯跟随父亲走进了另一个墓穴——无垠的萨卡拉，在那里长眠的都是古王国时期的法老及其忠实的仆人。

这里是沙漠高原的尽头，塞提站在此处遥望前方的棕榈树林、田地和尼罗河。距此一公里之外，连绵不绝的大墓茔像皇宫一般矗立在那里，这些坟冢是用生砖块建造的，长大概五十米，高度在五米以上，艳丽的颜色让人一看就心情大好。

其中有一座坟冢外边装饰的，居然是三百个用黏土烧制而成的、插着真牛角的野牛头。拉美西斯看得目瞪口呆，这些牛头把坟冢变成了一支可以打败一切恶势力的强大的军队。

塞提说："在此长眠的法老叫吉德，该名字为永恒之意。围绕在他身边的是我们最古老的祖先，第一王朝的其他国王。在这片土地上，他们是最先推行玛亚特准则，并赋予它平息混乱之能的人，每一位统治者都应该在他们生长的这片土地上坚守，永不退缩。你挑战的那头野牛，还记得吗？这里就是它出生的地方，我们文明和力量的根源也都在这里。"

在看过所有牛头之后，拉美西斯发现它们的表情各不相同。

塞提等他研究过这些神奇的雕塑，又带他登上了七马车。

他们先是驾车向北走，然后又骑马在绿绿油油的田间小路上走，最后在一个小镇上停了下来。法老和王子的来访，让整个小镇一片沸腾。此地是尼罗河三角洲的边缘，位置偏僻，不成想居然能迎来如此尊贵的客人，不过当地民众似乎对国王并不陌生。军队维持现场秩序的手法非常温和，塞提将拉美西斯带进一座潜藏在黑暗中的小神庙里，他们在石板上相对而坐。

"阿瓦瑞斯这个名字，你听说过没有？"

"所有人都听过吧。它是西克索统御的魔城的首都。"

"这里就是阿瓦瑞斯。"

拉美西斯大吃一惊。"可是……它被毁了啊？"

"什么人能摧毁神性？统治此地的是掌控雷电和暴风雨的神祇塞特，也是他为我命名的。"

拉美西斯觉得非常恐惧，似乎塞提只要稍稍有所动作或者使个眼色，自己就会死无葬身之地。这是一个受到诅咒的地方，父亲带自己来这里干什么？

"害怕了？这很好，不知道害怕的人不是狂人就是傻子。有一种力量正是来源于令人恐惧的力量，恰可以压制恐惧，他就是塞特。塞特这位法老正是由那些独一无二的个性之王，比如暴风雨、天空中的雷和闪电，托生而成的。他会把国家带入深渊，让百姓遭受痛苦。可是你有对抗塞特的能力吗？"

一道光从顶棚射入神庙，照亮了一座雕像。那是一脸愁苦、长着两只大耳朵的人形立像，这张恐怖的从黑暗中浮现出来的脸的主人，正是塞特！

拉美西斯站起身，朝雕像走去。

一道透明的墙挡住了他的脚步，他又试了一次还是没有成功，然后他做了第三次尝试，终于穿过了障碍。雕像的双眼像两个火球一样发出红色的光芒，塞特的视线如有了形体，像一条炽热的舌头紧紧地缠在他身上，让他觉得像被火烧了一般越来越疼，可是他一步不退。是的，在塞特面前，他一定要坚持到底，就算有可能被杀。

这一刻至关重要，这场战斗虽然不公平，但他必须取胜。拉美西斯被火焰一般飞出眼眶的红色眼珠点燃了，他一动不动任由自己的头发被烧得干干净净，任由自己的心脏被烧得四分五裂。他被塞特的挑战高高抛起，一下子飞到了神庙的最远处。

暴风雨骤然降临，阿瓦瑞斯大雨倾盆，神庙的墙壁被冰雹凿得乒乓作响。红色的火焰消失无踪，塞特重返黑暗。这位法老没有子嗣，塞提便是他在人世间的子孙，这位法老认为自己的儿子必须有足够的才华，才可以成为塞特的传人。

塞提轻声说："你第三站的旅行到此为止。"

34

　　9 月中旬，皇宫里的所有人都赶去了底比斯，因为盛大的欧佩特庆典即将召开，届时法老将与隐藏者阿蒙神合二为一，并将其带入人间。所有的贵族都会在这座南方重镇度过总共十五天的假期。宗教典礼只允许教众参加，因此百姓只要尽情地饮酒作乐即可，至于那些有钱的商人，他们可以在自己华美的别墅里互相款待。

　　亚梅尼一点都不喜欢这次旅行，因为他的文具还有不少莎草纸都得带过去，这种搬迁打乱了他的工作习惯，他当然喜欢不起来。虽然心情极差，但为了让拉美西斯高兴，他还是尽心尽力为此次旅行做了准备。

　　自从上次回来，王子就像变了一个人，总是落寞地躲开所有人想着自己的心事。亚梅尼没有管他，只是每天帮他写一份活动报告。王子既是皇家书记员，又是高级军官，按理说每天都要处理大量行政方面的杂事，可是这些工作自有他的机要秘书帮忙完成。

亚梅尼总算可以躲过伊瑟的纠缠了，起码在开往底比斯的船上是这样。拉美西斯不在的那段时间，她每天都要找他打探消息，可惜他也什么都不知道。这个年轻的姑娘虽然漂亮，但影响不了他。事实上，他们看向对方的眼神都有些不善。伊瑟还想让拉美西斯换一个秘书，可惜被王子断然拒绝，他因为这个甚至好几天都没理她。王子发誓自己永远不会背叛朋友。

亚梅尼正坐在狭窄的船舱里写信，这些信件都要盖上拉美西斯的官印。王子坐到书记员旁边的草席上。

亚梅尼惊讶地问："太阳这么烈，你居然一点儿事都没有，还不到一个小时，我已经觉得自己快晕过去了。"

"我了解它，它也知道我；我敬重着它，它滋养着我。这就是我和它的相处之道。你要不要先把手里的工作放一放，看看风景？"

"我不做事就难受。你最后那趟旅行遇到什么麻烦了吗？"

"你在指责我吗？"

"你过得有点封闭。"

"你不就这样吗？我被你传染了。"

"不要笑话我，藏好你的秘密。"

"秘密……对，你说得对。"

"所以，你无法信任我吗？"

"恰恰相反，你是唯一可以理解我的人，即使我不说，你也什么都知道。"

亚梅尼双目圆睁："你父亲带你去做了神秘的祭祀？"

"不是，但是他带我去祭祖了……拜祭了他的每一个祖先。"

他说这句话时语气非常严肃。这位书记员被他说的最后那几个字吓住了，就在不久之前，王子经历了人生中最重大的事情之一，这毫无疑问。亚梅尼心中一直有个疑问，现在终于说出来了。

"法老为你指了另一条路？"

"他指给我的，是另一种真相，我看到塞特了。"

"而你……你居然没有死！"亚梅尼浑身发抖。

"你不妨摸摸我。"

"要是别人说自己见到塞特了，我肯定不会信，可你不是别人。"

亚梅尼把拉美西斯的手抓在手中，握得死紧，长出一口气，安下心来。

"你不会变成一个恐怖的魔鬼吧……"

"谁知道呢？"

"我知道，你和伊瑟可不一样！"

"你对她太严格了。"

"难道她没有试着砸掉我的饭碗？"

"我会让她知道，她的想法是错的。"

"我对她好不起来，你不用白费力气了。"

"对了……你有没有觉得自己有点孤僻，有点执拗？"

"女人都不好相处。我还是对自己的工作更感兴趣，在欧佩特庆典上，你也有自己的工作，上点心吧。你会穿着一件新长袍，麻料、有带皱褶的袖子，走在游行队伍的前半部分。我警告你，穿着它的时候身体要尽量挺直，动作一定要轻，它可没那么结实。"

"这种考验太没劲了，我能拒绝吗？"

"一个感受过塞特的神力的人,这些还不是小儿科?"

迦南之乱、叙利亚—巴勒斯坦之乱已经平息,黎巴嫩已被制服,贝都因人和努比亚人已被击退,赫梯人也从欧杭特撤了出去,现在埃及和底比斯可以放心大胆地举行庆祝活动了。世界上最强盛的国家已经控制了南北所有想要劫掠其财产的妖魔鬼怪。塞提经过八年的执政,已经变成了一个值得后世子孙敬畏的伟大的法老。

有些多事者谣传,塞提在帝王谷为自己准备了最华美、最宏伟的长眠之所。有几名建筑师正在卡纳克辛勤劳作,大工地的工程由法老亲自把关。用来歌颂塞提功业的、位于西岸的古尔纳神庙得到了人们的交口称赞,塞提的神力将永世流传。

对于国王不肯轻易和赫梯人开战,却耗费国家资产用神圣的石头来修建神庙这件事,那些持反对意见的老顽固,现在终于低头了。不过,谢纳告诉那些支持他的官员,这次休战对埃及的商业产生了不利影响,事实正是如此。

大多数高官因为和法老的长子见解一致,所以极希望他能尽快掌权。有些人非常抵触严肃、沉稳的塞提,因为他们的意见总会被驳回,而谢纳却是一个和蔼而有风度的人,他们在他面前可以直抒胸臆,他也能说出他们的心里话,且谁都不得罪。欧佩特庆典在谢纳眼里,是一个和阿蒙大祭司长及其各级顾问建立联系,并扩大自己影响力的良机。

拉美西斯也会参加庆典确实让他多少有点慌,可是在塞提驳回了拉美西斯出任努比亚王的提案后——他一直弄不明白塞提为什么这么做——那件让他畏惧的事终究没有发生。塞提没有给任何一个皇室子女特权，包括拉美西斯，看样子这位皇家书记员最大的指望就是永远过着奢侈而闲适的生活。

谢纳其实完全不用害怕拉美西斯，更不用把他当成对手。后者的精力和身高虽然容易让人误会，可是他哪有什么魄力，连安排他做努比亚王都多余，这么繁重的工作，他根本干不了。谢纳觉得马车队副队长那种名誉性的工作或许更适合他。到时拉美西斯骑着最彪悍的骏马，管着一群只有肌肉没有脑子的大老粗，伊瑟哪里还会跟他在一起，必定会主动选择家财万贯的自己当丈夫。

关键得让塞提在神庙里待得更久一些，慢慢把国家大事交给自己处理。国王或许会忌惮储君的特权，进而多加干预。他必须得说一些蒙骗国王的花言巧语，在不和国王发生直接冲突的情况下，让对方心安理得地把所有的心思都放在思考冥土上，然后一点点壮大自己的势力，在国王还没有来得及抵抗时将其扼杀，能够做到这一点的只有谢纳。

还有杜兰特，这个有着旺盛好奇心，既胆小又多嘴多舌的女人，她对他将来的政治前途不但毫无帮助，还会因为得到的职位不够高而心生怨怼，进而和几个有权有势的贵族携手与他为敌，所以必须除掉。谢纳倒是考虑过给杜兰特一幢大房子、一些家畜和仆从，可是她能放下那些鬼蜮伎俩吗？总之卧榻之侧，岂容他人酣睡，即使是亲妹妹也不能和自己分权。

这是伊瑟换的第五件长袍，她觉得这件太长、太宽、皱褶太多……还不如前四件，恼火地要求女仆去找别的裁缝店。她做这些都是为在庆典的闭幕晚宴上大放异彩，成为最亮眼的人，她要讥讽谢纳，引诱拉美西斯。

她的发型师跑了过来，整个人气喘吁吁的。

"快，快……坐下，我给你梳好头发，就戴那顶最华丽的假发。"

"这么紧张做什么？"

"古尔纳神庙将举行一场典礼，就在西岸。"

"典礼不是明天才开始？没人通知我啊。"

"现在城里所有的人都疯了，我们必须快点。"

伊瑟勉强换了件古典长袍，配了顶深色的假发，她对这身无法体现其年轻和高雅的装扮并不满意，可是这个约会的机会太珍贵了，她无论如何都不能错过。

古尔纳神庙建好后将承载塞提不灭的灵魂，因此要举办一个庆典来庆祝。正门处有些雕刻师还在忙碌，雕刻一些比如法老参加传统典礼的神秘部分。庙门口的露天广场也还需盖上塔门。此刻，那里挤满了达官显贵。天亮也没多久，太阳已经烤得人非常难受了，不少人在随着阳光变化而移动的长形遮阳伞下躲着。那些大人物们穿着一身宽袖的紧身长袍，头戴黑色假发，看起来非常刻板。拉美西斯一脸嘲讽地看着他们，这些人平时一副高高在上的样子，可是到了塞提面前，却又会露出一副奴才相。

有些大臣自认为掌握了可靠消息，说得斩钉截铁：在卡纳克举行完晨祷仪式后，国王会在古尔纳的船形大厅里祭祀阿蒙神。通过这样一场别具一格的祭祀仪式，国王的灵气将充斥整个天地，使他无所不能的神力将万古长青。国王的归期之所以晚了，就是因为这个。谢纳觉得，塞提是个缺少人道关怀的君主，而他自己，一定会充分利用人性的弱点，开辟一条与父亲截然不同的道路。

一位光头祭司穿着一身简单规矩的白色长袍，挂着一支长手杖，走出露天神庙。所有宾客都未见过这种仪式，一脸惊讶地让了一条路出来。

那个祭司走到拉美西斯面前，停住脚步，说："王子，请跟我来。"

不少女人悄悄地赞美起拉美西斯英俊的外表和他的飒爽英姿，伊瑟心中备感自豪，谢纳脸上带着微笑：那又如何，胜利依然掌握在他的手里，在欧佩特典礼上，他的弟弟会正式受封成为努比亚王，然后马不停蹄地赶往那个蛮荒之地。

拉美西斯疑惑地跟着那位祭司跨过露天神庙的门槛，向左边走去。

在他们身后，雪松木大门再次封闭，引路者将王子带到两根圆柱中间，他的对面是三座隐藏在黑暗中的庙宇。这时塞提庄严的声音从黑暗中传来。

"你是谁？"

"我是塞提法老的儿子，拉美西斯。"

"这是一个普通人无法进入的神秘之地，我们将在这里祭拜开朝先祖——永恒的拉美西斯。墙上刻有他的雕像，他永世长存。你是否愿意和我们一起祭祀他，并诚心敬拜他？"

"我愿意。"

"现在我是隐藏者阿蒙神。我的儿子，走上来。"

头戴阿蒙神王冠的塞提法老和头戴穆特女神皇冠的图雅皇后，分别坐在两个王位上。现在国王夫妻与神祇夫妇融为一体，拉美西斯与天神之子融为一体，日后伟大的三位一体将建立不朽功勋。

拉美西斯从未想过流传在庙宇里隐秘的神话居然会变成真的，他有些忐忑。他跪拜的两个人是谁？正是他的父亲和母亲。

塞提说："我挚爱的儿子，我将我的光明赐予你。"

法老和大皇后一起将双手放在拉美西斯头顶。

一种温暖的感觉瞬间充斥王子全身，某种难以描述的力量驱散了不安和压力，在他的身体每条神经中穿行。从今天开始，他的生命之源将是国王夫妻的灵魂。

人们恭敬地看着出现在神庙的门口塞提，法老头戴双冠，意寓北埃及和南埃及团结一心，站在他的右边是拉美西斯，头上也戴着一顶王冠。

谢纳一下子蹦了起来。

即使是努比亚王也没有这样的权利……太荒唐、太疯狂了！

塞提庄重而有力地宣布："我希望在我尚在人世时，亲眼看到我的儿子拉美西斯执行王权，所以我要封他为王，任命他为国家的储君。从今天开始，我的所有决定，都将有他的身影。他将学习治国之术，他将专注于国家的团结和百姓的福祉，他将成为民众的领导者，相比于自己的幸福，他将更看重人民的幸福。他将抵御外寇、对抗内敌，他要在强者欺辱弱者时挺身而出，他要让世人对玛亚特充满敬意。我给拉美西斯的爱是大爱，他将成为光明之子。"

谢纳咬着嘴唇想：塞提会改变主意的，拉美西斯只有十六岁，根本扛不起这么重的责任，他早晚会倒下的。法老命令祭司长为拉美西斯戴上王冠，挂在这个王冠上的用黄金打造的眼镜蛇，它的呼吸如火焰一般，将消灭储君也就是埃及未来法老的所有敌人，不管是明处的还是暗处的。

35

亚梅尼正在研究公文上的安排：这次游行的路线是从卡纳克到卢克索，拉美西斯要以缓慢的步调走在两个高官中间，还要走得庄重威严。看样子得让王子练习一下。

拉美西斯走进办公室的时候，忘了关门。一阵冷风袭来，亚梅尼不由得打了个喷嚏。

这个随时都在生气的家伙喊道："关门，你倒是一次都没病过，你……"

"站在你面前的可是埃及的储君，你这是什么口气？"

年轻的书记员看着自己的朋友，一脸的不可思议。"谁是储君？"

"如果我没有做梦，我的父亲确实在宫里当众任命我为王位继承人，他说得非常清楚。"

"你在开玩笑吗？一点儿都不好笑。"

"你的态度怎么这么冷淡，我要生气了。"

"储君，储君……想一想你的职责……"

"亚梅尼，你的工作变多了。让你做书记员，就是我的第一个任命。这样我看你怎么丢开我，不仅如此，你还得给我出谋划策。"

年轻的书记员靠着矮榻的椅背，垂下脑袋，只觉一阵天旋地转。

"书记员和机要秘书……究竟是哪个神让一个可怜的书记员受到这样的打击，太残忍。"

"再看看公文吧，我之前的位置应该是在游行队伍中间，现在可不是了。"

伊瑟怒气冲冲地嚷道："我要见他，立刻、马上！"

亚梅尼擦拭着一双漂亮的白皮鞋，这是拉美西斯出席重要典礼的装备，说："做不到。"

"他在哪儿？这次你总知道吧。"

"我知道。"

"告诉我！"

"我拒绝。"

"你一个小书记员，管得未免太宽。"

亚梅尼把凉鞋放在席子上。"小书记员？美丽的小姐，你或许应该换种说法，拉美西斯可不喜欢看不起别人的人。"

伊瑟努力压下自己想要扇亚梅尼一巴掌的冲动，这个男人虽然无礼但他说的话是对的。储君的器重已经让他成了一个她必须慎重对待的、有身份的官员。她强迫自己换了一种口气。

"请问储君去哪儿了，你能告诉我吗？"

"我之前和你说过我联系不上他，他和法老去卡纳克了。他们会在那里沉思，待上一夜，明天早上，他们将带领游行队伍去卢克索。"

伊瑟转身离开。拉美西斯不想见她吗？不，他们如此相爱。她凭借直觉，选了一条正确的路：远离谢纳，和新的储君在一起。她以后会成为埃及皇室的第一夫人和皇后。

这个想法忽然让她有些害怕。她想到了图雅，想到了这个职位的重量和皇后必须扛起的责任。她会选择拉美西斯，不是因为某种野心，而是因为她的喜好；让她疯狂的不是储君的名头而是拉美西斯本人。

拉美西斯将握有至高无上的权力……这是一个奇迹，可是这个奇迹对她来说，是好事吗？

在庆祝拉美西斯被提名的晚宴上，谢纳看到自己的妹妹杜兰特和妹夫萨力，为了能率先向新储君道贺而努力想要挤出人群。谢纳原以为他的那些支持者会急不可耐地投奔拉美西斯，可他们并没有这么做，但国王的长子很清楚，他们背叛只是早晚的事。

他明显被打败了，被扔到了一边，只能臣服于储君。他对拉美西斯能有什么希冀？给他一个虚头巴脑的名誉爵位吗？

谢纳接受现实，但他不会放弃，谁知道以后会如何呢？拉美西斯终究不是法老，储君比推举他们的国王早死的情况，在埃及的历史上不是没有。塞提的身体非常好，还能活很长时间，在这段时间里，拉美西斯就算可以行权，其权力也不会大到哪儿去，所以储君的日子怕也不好过。谢纳可以将拉美西斯孤立起来，逼他犯错，那种难以挽回的大错。

塞提亲自主持了卡纳克的开工典礼，当拉美西斯在这个大工地上看到自己的朋友时，不由得大喊一声："摩西！"凿石队的负责人摩西当即把手下扔到一边，向储君躬身行礼。

"祝……"

"摩西，不要多礼。"

他们互相恭贺对方，为这次重逢而满心欢喜。

"你的第一份工作就是这个？"

"这是第二份了。来这里工作之前，我在河左岸学了制砖和石雕。塞提想建一座宏伟的圆柱大厅，用纸莎草和含苞待放的莲花形状交叉装饰柱头，周围的墙壁呈波浪形，并用大地丰饶富庶的景象来装饰墙壁，铺洒在整个作品上的山川河流将一直蔓延到云层之中。"

"你喜欢这个方案吗？"

"这座神庙就像一座装着各种佳作的金杯，是不是？对，我喜欢当建筑师，我觉得这就是我注定要走的路。"

找到这两个年轻人之后，塞提说了一下自己的意见。那个由阿门霍特普三世打造的立满圆柱（柱高二十米）的开放式回廊，不符合卡纳克宏伟的氛围。塞提提议建一个真正的石柱森林，让所有石柱都挨在一起，把方形的窗子做得大一些，让投射出来的方形光影呈现出各种精巧的图案。圆柱上神祇和法老形象的石块在这座大厅建完之后，将成为容器，储存作为埃及生命之源的原始的光明。摩西说到材料的来源和硬度问题，国王表示他可以去左岸的"真理之地"公会找隐修院大师们，向他们请教，那是工匠大师教授秘技的地方。

夜色笼罩卡纳克，工人们收好工具离开，工地变得寂静而荒凉。天文学家和星象学家不用一个小时，就爬上神庙的屋顶去观星了。

塞提问拉美西斯："你觉得法老是什么人？"

"是让百姓获得幸福的人。"

"想要实现这一目标，只追求民众的幸福还不够，还得做一些对神祇、对那个不断创造和孕育的本体有益的事。为神明建造天堂般的庙宇。"

"'玛亚特'才是最重要的吧？"

"'玛亚特'是引路者，是操控群体大船的舵手，是王座的基础，它可以精准地评估人类的行为，并加以矫正。它对公理正义的伸张有着至关重要的作用。"

"父王……"

"你在烦恼些什么？"

"我怕自己扛不起这样的责任。"

"如果你不想被踩扁，就得努力向上长。这个世界能够维持平衡，和法老的行为、声音以及他主持的祝祷仪式有很大关系。如果人类傻到用贪婪毁掉了法老制度，那么那一天，玛亚特的统治也就走到了尽头，大地将被黑暗笼罩。人类会毁灭一切，连自己的同类也不放过，强者消灭弱者，邪恶打败正义，大地成了暴力和丑恶的俘虏，太阳就算挂在天上也只是失了主体的日轮，人类会一步步走向深渊。将折弯的手杖掰直，在混乱中不停地建立秩序，这就是法老的工作。这是唯一可以长存的国家形式。"

国王又耐心地回答了拉美西斯的很多问题。

夏天的夜晚过得非常快，如愿以偿的储君靠在一张石椅上，眼里映着天空中不计其数的星辰。

塞提宣布欧佩特庆典正式开始。在跨过神庙门槛之前，塞提和儿子一起向王船献花、祭酒以祭拜神灵，然后人们用帆布将神灵盖好，如此那些俗世凡人就看不到他们了。

这是汛期第二个月的第十九天，人们聚集到卡纳克神庙周围。金色木门轰然开启，人们一边欢呼，一边为国王和王子率领的游行队伍让出一条通道。神明降世意味着明年一年都会风调雨顺。

游行队伍共分两支：一支走陆路，从卡纳克开始，经斯芬克斯神道到卢克索；另一支走水路，从第一座神庙码头开始，经尼罗河到第二座神庙码头。在河上行驶的皇家王船镶满金银珠宝，在阳光下光华璀璨，成了万众瞩目的焦点。塞提带领船队，拉美西斯则带着另一支队伍走陆路，路两条边竖立着守护神斯芬克斯石像。

杂耍演员和女舞者随着喇叭、笛子、铃鼓、叉铃和细弦琴的韵律晃动着身体。尼罗河两岸，小贩正拿着各种美食、烤鸡肉块、糕点、鲜啤和水果向民众兜售。

在喧嚣的氛围中，拉美西斯努力屏气凝神，专注于自己将神明带往卢克索的祭祀工作。在给几座小庙献上祭礼后，游行队伍继续以缓慢的速度向前行进，最终在卢克索的门前与塞提的队伍相遇。

神明的王船被送往神庙内厅，这里民众是无法进入的，外边的庆典还在继续，庙内正在努力重生某种隐藏的力量——它是一切创造形式的根源。这三艘王船在之后的十一天里，将凭借神灵之灵的奥秘获得新的能量。

阿蒙神的女祭司开始奏乐、舞蹈、唱歌。女舞者们长发飘飘、曲线诱人，她们身上涂满了莲花味的油脂，头上戴着淡雅的芦苇花，舞动起来，姿态动人。

妮菲塔莉和女乐师们正在演奏细弦琴，她坐得有些靠后，正聚精会神地弹奏，看起来对外界全不关心。这样一个小姑娘是怎么做到如此严肃的呢？她虽然想泯于众人，却还是吸引了不少目光。拉美西斯凝视着她的眼睛，那双碧眼凝视的却是细弦琴的琴弦。妮菲塔莉的美丽并不受她的态度所影响，阿蒙神的其他女祭司虽然也很出众，在她的映衬下，却显得有些黯淡。

女乐师们在演奏结束后，纷纷走下舞台，一些人因为自己拿到的报酬而兴高采烈，一些人则急不可耐地聊起天来。妮菲塔莉低着头仍在思考，似在心中回味典礼的余韵。

直到那个白色的纤弱背影在夏日的阳光中消失无踪，储君才收回自己的目光。

36

伊瑟紧紧地抱着拉美西斯赤裸的身体，在他耳边轻声唱道："我愿意成为你的奴仆，对你唯命是从；我愿成为一双手，每日为你宽衣解带，为你梳理头发，为你疏松筋骨；我愿意成为你的女人，为你缝洗衣服，为你涂抹香膏；我愿意变成你贴身的手环和饰品，以闻到你的身上的味道。"这是一首所有埃及女人都会唱的情歌。

"这个歌词说的是爱人，而非情妇。"

"有什么关系……我想让你听，一遍遍地听。"

和拉美西斯做爱时，伊瑟也是同样充满激情，她像水一样温柔，像火一样热情。为了吸引她的情人，她总能想出新的更有激情的方法。

"你是储君也好，农夫也好，我根本不在意。我爱的是你这个人，你的力量、你的俊美。"

伊瑟的眼睛没有一点说谎的迹象，拉美西斯被她的热情和真挚打动了。这个十六岁的小伙子用他最狂野的一面来回应她，共享着融为一体的快感。

她提出建议："放手吧！"

"放手，什么意思？"

"不要做储君，以后也不要当法老……拉美西斯，我们为什么不能幸福地生活在一起呢？"

"我小时候想当国王，想得发疯，连觉都睡不着。后来父亲让我意识到这种野心的疯狂之处，然后我就把这个疯狂的念头扔到了一边。现在，是塞提想让我成为国王……我的生命被一道永不熄灭的火引燃了，可它的目标是什么呢？我并不清楚。"

"不要跳下去，你可以留在岸上。"

"这不是我能决定的。"

"我保证我会帮你的。"

"就算你再努力，我也是只有一个人。"

伊瑟泪流满面。"我不会认命的！我们结婚吧，做了夫妻，很多考验我们都能扛过去。"

"我将忠于我的父亲。"

"起码你得带着我。"

伊瑟不敢再提结婚的事，如果实在不行，她宁可无名无分地做个情妇。

塞达武战战兢兢地摆弄着储君的王冠和上面的眼镜蛇冠饰，

拉美西斯看着他，目光颇有些调侃的意思。

"这条毒蛇吓到你了？"

"要是被它咬伤，我可真是无能为力了，它的毒液无药可解。"

"你也觉得我不该出任储君？"

"我也？这么说持反对意见的不止我一个？"

"伊瑟不喜欢动荡不定的生活。"

"这不是什么过错。"

"你一个冒险家，难道指望过平静、寻常的日子？"

"你选了一条非常危险的路。"

"我们不是下定决心要找到真正的权力吗？你没有一天不是在用生命冒险，我自然也不会前怕狼后怕虎？"

"我的对手是毒蛇，你的对手却是比毒蛇恐怖得多的人。"

"储君可以建立自己的队伍……"

"我相信你，也相信亚梅尼。"

"摩西呢，你不相信他吗？"

"他对自己要走什么路一清二楚，你要是有什么工程项目大可以找他，我相信我们团结一致，应该能造几座金碧辉煌的庙宇。"

"亚夏如何？"

"我会找他聊一聊。"

"谢谢你的赏赐，但我不能接受。我和你说过吧，我选莲花做我的妻子。我也认为女人很危险，不过一个能帮上我忙的女人可不多见。拉美西斯，祝你好运。"

不到一个月，谢纳的朋友就少了一半，但这仍比他预期的好很多了，他本以为所有人都会离开，所以现在不算太失望。对于拉美西斯的前途，大多数官员都心存疑虑，尽管塞提最终选了他。当法老或者储君去世时，上位的很有可能是谢纳，毕竟他的经验更加丰富。

当然，谢纳还是非常恼火的。他这个既定的继承人居然被人说扔到一边就扔到一边，一句解释的话都没听到。拉美西斯一定是在父亲面前说了他很多的坏话，除此之外，还能怎么解释？

大家虽然没说，却开始有意识地把谢纳当成受害者！这对谢纳来说是一个意外之喜，他小心地利用这个优势，不停地散播谣言，表面上却是一副时刻准备着声援拉美西斯的豪爽的架势。新储君的办公地点在孟斐斯主厅，法老的身边。谢纳请求见一见新储君。

不过亚梅尼这关不太好过，他对拉美西斯忠心耿耿。怎么才能收买他呢？无论是美食还是美女都打动不了他，他每天除了工作就是工作，似乎唯一的嗜好就是为拉美西斯效命。可是，所有人都有缺点，早晚有一天，谢纳会找到它的。

谢纳走到亚梅尼面前，恭顺地赞美他把有二十几名书记员的新机构打理得井然有序。谢纳的阿谀之词完全无法打动亚梅尼，他甚至连招呼都没跟谢纳打，直接就将对方带到了储君的会客室里。

在国王御座下的台阶上，拉美西斯正坐在那里和他的狮子和狗玩儿。它们相处得很和谐，狮子总摆出一副威风八面的样子，大狗总喜欢捉弄人。这两个动物的个头比之前大多了。这头小狮子跟着夜巡，连怎么从厨房里偷肉不会被抓到都学会了；屠夫也把大黄狗当成自己的朋友，不允许任何人欺负它。

谢纳强压怒火。一个储君，地位仅次于法老的、整个国家的二号人物，就是这样一个人吗？一个身材堪比运动员，只想玩的小男孩儿！塞提犯了一个严重的错误，这会让他后悔终生。谢纳虽然满腔义愤，但强忍着没有发泄出来。

"不知道我有没有这个荣幸跟储君说几句话？"

"你我之间这么客气做什么？来这儿坐。"

那条黄狗四脚朝天地躺在地上，一副臣服于屠夫的样子，拉美西斯觉得它太聪明了：那头洋洋自得的小狮子根本没注意到，自己是毫无反抗之力地跟着这条狗的节奏走。它们的互动给了储君不少启发，在他看来，它们一个代表了力量一个代表了智慧。

谢纳犹豫了一下，坐在离弟弟较远的台阶上。小狮子低声吼叫。

"不用担心，除非我下令，否则它不会伤人的。"

"这头野兽太危险了，要是哪位重要的客人被他咬伤了……"

"没有这个可能。"

夜巡和屠夫明显不太喜欢谢纳，它们停止玩闹，盯着他看。

"我来给你打下手。"

"怎么敢。"

"你打算安排什么工作给我？"

"我从未接触过公职和国家行政，如何能给你安排工作？"

"可你是储君，不是吗？"

"这个国家只有一个国王，就是塞提。除了他，再没有人能在重要事项上进行决策。我的意见影响不到他。"

"可是……"

"我知道自己才能不足，事实上，第一个发现这件事的人正是我自己，对于执行官这一职务，我一点兴趣都没有。我的想法是：国王怎么安排，我就怎么做，这点永远不会变。"

"你应该主动做事！"

"那对法老来说是一种背叛。我很喜欢他交给我任务，我会全力完成的。如果我做不到，我会为自己的失职负责，让别人来做储君。"

谢纳沉默下来。他以为拉美西斯这个篡位者会摆出一副洋洋自得的样子，没想到他居然是一个温顺的、没有杀伤力的小绵羊！或者拉美西斯学聪明了？知道摆出什么表情才能摆脱对手？具体如何，他有个简单的方法可以试一试他。

"如果我没猜错，你对行政等级制度应该有些了解了。"

"想要弄清其中的关键，怕还要几个月，甚至几年的时间。我觉得那些东西没什么用。好在我有亚梅尼，他非常勤劳，帮我解决了很多冗长累赘的文书工作，要不然我哪有时间陪我的狗和狮子玩。"

拉美西斯就像真的对手中的权力无能为力一般，说出这些话毫无讽刺之意。亚梅尼确实很聪明、很勤勉，可他毕竟只有十七岁，皇宫里的秘密一时间怕也无法弄懂。除非拉美西斯愿意找经验丰富的人帮忙，否则他的处境会越来越糟，最后变成一个没有脑子的糊涂蛋。

看样子得有一场激战才行，谢纳先发制人。

"法老和你谈过我的工作安排吧？"

"是。"

谢纳绷紧神经，说实话的时候终于到了！他的弟弟之前一直在演戏，打算给他致命一击，让他失去公职。

"法老是什么意思？"

"他让你当礼宾司长，还做之前的工作。"

礼宾司长……这是一个很重要的位子。

谢纳将以筹备官方典礼、协助国王施行政务、监督律令推进为主要工作内容。他不但没有遭到打压，还得到一个要职。当然，这个职位和储君比还是有些逊色。

"你要监督我的工作状况？"

"我不会，但你要向法老汇报，这些事我又不懂，自然不会妄加评判。"

原来拉美西斯这个储君，只是提线木偶！塞提还是相信自己的长子的，不然一定会削减他的权力。

在圣城艾力欧，一座供奉着神圣光明神的瑞神庙巍峨耸立，神圣光明神是生命的创造者。11月的夜晚，天气有些凉，祭司们正为隐藏着的瑞神奥西里斯的庆典做着准备工作。

塞提对拉美西斯说："你已经了解了孟斐斯和底比斯，现在不妨去探访一下我们先祖的思想成型之地——艾力欧。这是一个值得光大的圣地，有时候我们把底比斯看得太重了。拉美西斯，我们王朝的缔造者认为，应该对艾力欧、孟斐斯和底比斯的祭司进行权力划分，以达到制衡的效果。我认为这种观点是对的，你最好也这么想。不要对任何一个官员卑躬屈膝，要把他们凝结在你身边，辅助你的统治。"

拉美西斯说："我时常想起塞特的城市阿瓦瑞斯。"

"如果成为法老是你既定的命运，那么等我离开人世，你一定会回到那里，融合那股神秘的力量。"

"你才不会死，永远不会！"

年轻的储君不由得大喊出声，这是他心底的声音，塞提微微一笑。

"如果我的观点能得到继任者的认可，那我或许真有这种运气。"

塞提将拉美西斯带入瑞神庙圣殿，在一个类似天井的地方，矗立着一座宏伟的方尖形纪念碑。它顶端嵌金，直冲云霄，代表着破除一切邪恶力量的入侵。

"它象征着那块天地初开时，在初始海洋出现的原始之石，创造力能够被传递，很重要的一个原因就是它能现身于人世间。"

更出人意料的是，接下来，拉美西斯居然被带到了一棵大洋槐树下。这棵树是由两位代表伊希斯和妮芙蒂斯的女祭司一起供奉的。

塞提说："就是在这棵树下，无形之神创造了法老，它用星辰的乳汁哺育他，为他起名。"

让储君惊疑不定的事还有很多，比如一座大神庙里有一座金银相间、两米长、两米半高的天平，摆在一块刷了灰泥的木头上。在这座天平的上方，还有一个金狒狒，它是主宰象形文字和度量衡的透特神的转世。

"艾力欧的天平能够称出所有人、所有事的灵魂和心灵的重量，它的一个表现形式就是那个不断启迪思想和行为的'玛亚特'。"

光明之城这一旅程的最后一站是一处工地，塞提将拉美西斯带到此地时，所有的工人都已经下班了。

"建筑工程无休无止，这里会建起一座新的神庙。法老最重要的一个任务就是建造庙宇，因为神庙是他统治人民的工具。拉美西斯，跪下来，把第一件作品做完。"

拉美西斯从塞提手中接过一把木槌、一根凿子，储君在父亲的帮助下，在唯一一座方尖碑的庇护下，开始打磨一块石头，这将是这座未来建筑物所用的第一块石头。

37

　　亚梅尼再钦佩拉美西斯，也不敢说他毫无缺点，比如有人恶意攻击他，他说忘就忘；再比如走私墨块那件悬案，他也不会想着追查到底。年轻的亚梅尼作为储君的书记员有着超强的记忆力，现在他要好好利用新职位带来的某些新便利。

　　他在那二十多个书记员面前把这件事从头到尾讲了一遍，所有细节一丝不落。书记员们盘腿坐在地上，听得非常认真。亚梅尼的口才虽然一般，但还是引起了听众的注意。

　　一位职员问："需要我们做些什么？"

　　"去我进不去的档案室搜查。记载着那厂主姓名的原文件的副本，一定还在。你们要是找到了，不要和别人说，马上交给我。储君必有重赏。"

这种大规模的调查一定能成功，到时他会把证据拿给拉美西斯看。办完这件事之后，他将对雇佣马车夫和马夫的人展开调查，把所有凶手绳之以法。

拉美西斯当上储君后多了很多追随者，他收到的信件不计其数。在过滤掉一些无关紧要的信件后，亚梅尼会逐一回复所有信件，并在上面加盖塞提儿子的官印。为防储君遭到抨击，这位机要秘书会认真研读每一封信，尽管这会损耗他本就不多的健康，他也不会遗漏哪怕一封。

亚夏虽然年仅十八岁，但他经验丰富、见多识广，看起来和成年男人并无二致。他是一个敏锐而优雅的人，每天都换新的长袍和裹腰布，总是走在孟斐斯流行风尚的最前沿。他把皮肤打理得非常好，每天喷香水，用贵重的假发遮盖自己天生的卷发；他浓密的胡须被剪得整整齐齐；他精致的脸孔上浮动着来自老牌世家的贵族气息，对此他甚感骄傲。

所有人都觉得这个年轻人的前途不可限量，外交官们总是说他如何如何优秀，并对国王没有指派他去某个大使馆担当要职感到奇怪。亚夏没有表现出一点不满的意思，行事作风和过去毫无不同，他对外交部走廊里的秘密一清二楚，机会早晚会来，他对此深信不疑。

可是，他没想到储君会来看他，有一种做坏事当场被抓的羞愧感。为此，他立刻迎上去，向拉美西斯躬身行礼。

"埃及的储君，我很抱歉。"

"我的朋友，你有什么可抱歉的？"

"我未能恪尽职守。"

"你喜欢现在的工作吗？"

"也还好，只是我不太喜欢长时间待在一个地方。"

"你想去哪儿？"

"亚洲。那里会对未来世界有决定性的影响。如果埃及得到的信息不全，后果非常严重。"

"你认为我们的外交政策有漏洞是吗？"

"我是这么想的。"

"那依你看，应该如何？"

"我们的盟友和敌人的政策如何，他们有什么弱点，军队实力如何，我们应该尽可能去当地深入调查，不能活在我们天下无敌的想象中。"

"你觉得赫梯人很可怕？"

"关于他们的流言，尤其是错误的流言，无处不在……没有人知道他们军队的人数和装备。双方截至目前都不想发生直接冲突。"

"这让你感到遗憾？"

"怎么会？可是稍作思考就能明了，我们尚处在迷雾之中。"

"你在孟斐斯过得不开心？"

"我家里不缺钱，房子宽敞舒适，仕途顺利，还有两三个情人……但这不表示我过得开心。算上赫梯语，我精通好几种外语，难道不该尽展所长？"

"或许我可以帮到你。"

"怎么说？"

"我可以向国王提出建议，把你送去亚洲的某大使馆工作，毕竟我是储君，不是吗？"

"太好了！"

"不要高兴得太早，行不行得看塞提的。"

"你愿意帮忙，非常感谢。"

"希望有用。"

杜兰特想借着自己的生日会宴请当朝的王公大臣。这样的场合塞提是不会参加的。自加冕典礼之后，他再没有参加过宴会，而是将筹备庆典的事宜全权交由谢纳来打理。这个宴会更像是为了亲近或结交权贵而开的，因此拉美西斯原本不想参加，可是亚梅尼这次非常坚持，他只好赶到宴会现场，此时晚宴还没正式开始。

大腹便便的萨力看上去满心欢喜，他推开那些想方设法要结交储君，尤其是求得好处的马屁精，走到拉美西斯面前。

"你能来，真是蓬荜生辉……我为我的学生感到骄傲，但是也有一点灰心。"

"灰心？"

"我恐怕只能教出这么一位储君了！如今贵族学校的那些孩子，和你相比，差太多了。"

"你准备换一份工作吗？"

"我得说我越来越喜欢管理谷仓一类的工作了，而且这可以让我腾出更多时间陪伴杜兰特。我知道你每天会收到很多请愿书，但是如果没忘记自己之前的老师，或许可以特别关注一下……"

拉美西斯点头答应。他的姐姐一脸浓妆地现身，让她看起来起码老了十岁，她向他跑过来。萨力走开了。

"我丈夫和你说了？"

"是。"

"你赢了谢纳，这让我太开心了！那个狡猾的家伙恶毒得要死，就想看我们受苦。"

"他伤害你了？"

"那不重要。他没有当上储君，你当上了。你要善用你的盟友。"

"你和萨力对我的能力判断得不太准确。"

杜兰特忽闪着睫毛，问："怎么说？"

"玩弄权术不是我的长项，我在以父亲为榜样，学习他的思想和治国之道。"

"不要异想天开了。你现在离无上的权力这么近，这多不容易啊，应该想办法巩固你的势力，多找一些盟友，比如我和我丈夫，我们的优势正可以帮到你。"

"亲爱的姐姐，你根本不了解我，更不了解我们的父亲，他是这样管理埃及的吗？当了储君之后，我看到了他处理内政的方法，从中学了不少东西。"

"这种无关大局的观点，我不感兴趣。这个世界，起决定作用的是权力。拉美西斯，不管是谁，包括你，如果不想被踩成泥，就必须遵循生存法则。"

在别墅门前，谢纳一个人站在柱子下方总结了一下刚刚收集到的信息。运气不错，他的朋友没有大面积缩水，拉美西斯的敌人也没有。不管怎么说，谢纳是塞提离世后继承法老之位的第一顺位，所以他们只要看到储君有什么行动，都会和谢纳说。储君没有任何自主行动，他对塞提忠心耿耿，唯命是从，这样看来，他不过是塞提的影子，只会听话办事。

有件烦心事让谢纳无法认同这种太过美好的设想，就是拉美西斯去了艾力欧，虽然时间很短。实际上，所有准法老都是在那里接受正式成为法老的祝福，埃及先王们的加冕程序也是如此。

某位口风不紧的祭司说，塞提对储君的判断力和他恪守"玛亚特"的能力大加赞赏。这个重要仪式虽未公开举行，以赋予其神圣价值，但这无疑表明塞提已经下定了决心。

让他当礼宾司长不过是个缓兵之计！塞提和拉美西斯想用一个安稳的职位麻痹他，让他慢慢忘了那个宏伟的梦，以便拉美西斯最后能顺利掌握国家大权。

所以，拉美西斯根本不像他表现出来的那么愚笨，不过是用一张温驯的皮来遮掩他的贪婪和野心。他在艾力欧的事已经暴露了，他的真实目的也就藏不住了，谢纳的存在会威胁他的地位，因此他会想方设法地除掉自己的兄长。谢纳觉自己有必要改变方针，把拉美西斯视为强敌，现在只是从内部瓦解已经不够了。谢纳心里忽然出现了一些奇怪的、连他自己都有些害怕的念头。

他复仇的心越来越重了。那个神秘的谋划，无论结果如何，他都会坚持到底。

一艘船扬着巨大的白帆在尼罗河上以高雅的身姿向前航行。船长控起船来游刃有余，他常来常往，对这里复杂多变的水流非常了解。谢纳坐在船舱里避开酷烈的阳光，这一方面是因为他不想被晒伤，另一方面则是因为他不想和那些乡巴佬一样有一张大黑脸。

亚夏坐在他对面，喝着角豆树的果汁。

"你上船的时候，没被人看到吧？"

"我谨慎得很。"

"你做起事来，确实很慎重。"

"尤其是好奇心也很重……我有必要这么谨慎吗？"

"在贵族学校念书时，你不是和拉美西斯处得不错？"

"我们是同窗。"

"他当了储君之后，你联系过他吗？"

"我想去亚洲大使馆工作，他觉得这个想法很好。"

"虽然失势之后，我无法兑现之前的允诺，但我保证会努力帮你树立名声。"

"还没有到'失势'这种程度吧？"

"拉美西斯对我心存怨恨，他在乎的只有他自己的前途，拥有至高无上的权力是他唯一的目标。如果我们不想陷入悲惨时代，就必须想办法阻止他。我得到了不少有理智的人的支持。"

亚夏神色不变，提出不同的看法："拉美西斯，我还是了解的，他不会成为你口中这种暴戾的独裁者。"

"他的表演精彩绝伦，看起来真像是塞提的乖儿子和忠仆，宫里人和民众最喜欢这种人了。有一段时间，我也被他骗了，可是他的目的只是掌控上埃及和下埃及。他在艾力欧被大祭司承认了的这件事，你知道吗？"

听到这些话，亚夏大吃一惊："现在走这个程序，还有点早吧。"

"拉美西斯对塞提产生了不好的影响，我认为他在劝国王及早退位，好让他掌权。"

"塞提怎么会听他的？"

"如果塞提不听他的，拉美西斯怎会当上储君？塞提的嫡长子是我，和他走的最近的、充当国家忠仆的人，也应该是我。"

"看起来，你已经做好颠覆传统的准备了。"

"那些东西早就过时了。伟大的贺罕赫勃那么理智的人，不也编订了新法典？那些太老套的东西已经不适合现在了。"

"你准备把埃及推上世界舞台？"

"对，我认为只有国际贸易能让国家走向富强。"

"你会改变想法吗？"

谢纳看起来有些忧伤。"考虑到拉美西斯以后的执政方向，我恐怕不得不修改自己的计划，我之所以希望我们的谈话成为秘密，原因就在这里。我要和你说的这件事非常严重：为了救国救民，我会想办法暗中解决掉拉美西斯。你若愿意和我结盟，就能扮演重要的角色，且成功后，报酬丰厚。"

亚夏想了很久。直接拒绝肯定不行，他知道得太多，谢纳会杀他灭口；那么答应呢，他会成为政坛最有影响力的人。

亚夏说："你能说得具体一些吗？"

"只靠和亚洲的贸易关系是无法打败拉美西斯的，我们不妨把目光放得再远一点。"

"你的意思是……和别国结盟的方法？"

"西克索人和我国的冲突到现在已经持续了几个世纪了，和三角洲那几省的利益关系，让他们拿到了不少好处，而几位省长为了活命，也甘愿与他们合作。亚夏，我们应该成为历史的引领者。让赫梯人除掉拉美西斯，然后由我们组建一个能让国家越来越强盛的领导集团。"

"这太危险了。"

"我们若是坐以待毙，早晚会被拉美西斯踩在脚下，变成肉泥。"

"你打算怎么做？"

"首先安排你去亚洲工作。我知道你擅长和人打交道，你要和敌人交好，让他们成为我们的帮手。"

"谁能知道赫梯人的真实目标呢？"

"我们不是有你吗？你会探明究竟的。同时我将想办法操纵拉美西斯，让他犯下我们可以从中获利的致命错误。"

亚夏十分镇定地交叉着十指："这个计划听起来很好，但危险性太大。"

"想要成功，就不能瞻前顾后。"

"如果赫梯人只有开战一个愿望呢？"

"那我们就想办法让拉美西斯吃败仗，然后把自己变成救世主。"

"这要准备好几年。"

"你说得没错。战斗今天就已拉开帷幕。首先，我们要竭尽所能不让拉美西斯继位；如果我们运气不好，他还是登基了，那么我们里应外合拉他下台。我之所以不肯贸然起义，是因为我相信他是一个强敌，且实力在不断加强。"

亚夏问："帮你我能得到什么？"

"你觉得外交部长的职位如何？"

外交官翘起的嘴角表明他喜欢谢纳的提议。"如果我的活动区域只是孟斐斯的办公室，我怕是起不了多大的作用。"

"你的名声很好，拉美西斯不知道你是我的人，很可能会帮我们一把，不用担心，你早晚会被派出去的。你在埃及这段时间，我们就不要见面了，以后我们都悄悄见面。"

这艘船在远离孟斐斯一个港口靠岸之后，一辆停在岸边的轻型马车——车夫是谢纳的人——把亚夏送回了城里。

谢纳看着外交官越走越远，他派了几个手下暗中监视亚夏。如果对方敢背叛他和拉美西斯联系，这些人就会送亚夏上路。

38

某个人雇用马夫和马车夫去杀掉拉美西斯，他确实应该这么做，因为拉美西斯是命运选定的王者。他的性格其实在很多方面都和他父亲非常相似。聪明、热情、精力旺盛，似乎所有难题都能解决，他心里燃烧的那把火早晚会将他送上王座。

他虽然早就做好了准备，可是所有人都觉得他想太多了。当听说拉美西斯成为储君，他的心腹们才大吃一惊，意识到他的计划失败，是多可惜的一件事。好在马夫和马车夫都死了，他没见过这个两个人，中间人也会闭紧嘴巴，调查陷入迷雾。想要查到他头上，或定他的罪，根本不可能。

他完美地执行着自己的计划，没留下一点可以追查的痕迹。现在只有凶狠而精准的打击才能奏效，可惜拉美西斯的地位极大地增加了落实该计划的难度。储君受到了严密的保护，所有无关人员都被亚梅尼赶走了，还有那头狮子和那条狗俨然成了他的贴身护卫，想要从皇宫下手，看起来难度很大。

那么反过来呢？在他旅行或者外出的时候，设计一个意外，这个应该很容易，不过地点一定要选好。忽然，一个绝妙的想法浮现在他的脑海中。可以先给塞提设个套，让他把儿子带去阿斯旺，如此一来，就可以把拉美西斯永远地留在那儿了。

塞提执政的第九年，拉美西斯十七岁。他的生日是和亚梅尼还有塞达武夫妇一起过的。让他感到遗憾的是摩西待在卡纳克工地不能回来，亚夏被外交部派到黎巴嫩执行情报工作无法到场。除非储君能把他的朋友们全都变成与自己联系紧密的同僚，否则贵族学校的那些同窗好友以后怕是很难聚齐了，再者大家的心思不同，走的路也不一样。亚梅尼借口储君离了自己做不好行政工作，无法及时审阅文件，死活待在拉美西斯身边。

莲花打发了宫里的御厨，自己用葡萄和鹰嘴豆做了一道烤羊肉。

储君称赞道："味道非常鲜美。"

亚梅尼嘱咐道："稍微尝尝就好，不要撑到了，还有活儿等着我们干呢。"

"如此挑剔严格、不解风情的书记员，亏你忍受得了。"

亚梅尼回击："你以为所有人都喜欢抓蛇吗？你研制的那些解毒配方，要是没有我抽时间帮你记下来，你的研究进度怕要大打折扣。"

拉美西斯问："你们刚刚结婚，住的地方准备好了吗？"

"就在沙漠边上，"塞达武说话时不由得两眼放光，"每天晚上毒蛇爬出洞穴的时候，我和莲花都会出门捕猎。希望我们可以活得久一点，这样就能认识更多蛇，深入了解它们的习性了。"

亚梅尼斩钉截铁地说："你的房子还挺华丽的，更像是间实验室。你是用你那少得可怜的用毒液和行医换的钱对它进行扩建的，是吗……我一猜就是。"

这位专业御蛇巫师惊奇地打量着年轻的书记员。

"你听谁说的？你不是一直在办公室里待着吗！"

"我在户籍资料和卫生服务类档案里看到了你的房产登记表，因为我要为储君搜集最可信的资料，我有这个权利。"

"你在监视我？这种行为太可怕了，比毒蝎还可怕。"

法老的传讯官忽然走进来，拉美西斯不得不放下所有事情，马上赶去皇宫。

在巨大的粉红色花岗石块中间有一条狭窄的小路，塞提和拉美西斯在上面缓缓前行。他们早上抵达阿斯旺后，马上就往采石场来了。法老想要亲自看看那份特地写给他的、披露某些坏消息的信的内容是否属实；另外，他也想让自己的儿子对这个制造了众多方尖碑、巨型石像、石门和神庙门槛的矿石世界有所了解，在这里有不计其数的以坚石打造的精美绝伦的旷世杰作。

按照那封信里的话说，首先，工头、工人和那些军人——他们的任务是将数吨重的巨石送到依地势而建的工地上和大型平底驳船上——发生了严重的冲突；其次，专家们认为主要矿脉要挖断了，剩下的那些小型的、零散的矿脉，无法打造巨型尖石碑和巨像了，这个问题更严重。

发信人是采石场的领班亚贝尔，他没写官阶。可能是怕自己揭露真相被上级报复，这个技术员直接把信投递到了国王那里。国王的秘书认为这封信写得很诚恳，且涉及现实问题，就把信呈送给国王了。

在饱受太阳炙烤的岩石堆中，拉美西斯有一种无拘无束的感觉，他能感受到匠人们精雕细琢的、栩栩如生的雕塑中所蕴含的力量。从第一王朝开始，整个国家都是以阿斯旺辽阔的采石场为基石建立起来的，它有种穿越时光、历经世事的宁静与厚重。

负责开采花岗石的部门组织非常严密，各个小组的凿石工人会把合用的石块标记出来，然后进行检测，再之后就是谨慎地敲打。他们的工作做得越好，埃及的生命力就越强盛，创造的力量就来自于他们的双手，供奉着有可被神灵附身神像的神庙也是。

采石场和那里的工作人员的状况，所有法老都要密切关注。能够再看到法老和与法老越来越像的储君，所有小队长都一副喜不自胜的样子，他们向两位行礼问好。这里的人还没见过谢纳。

塞提让人去找采石场的负责人。

亚贝尔个子不高，但长得很结实，一张方形脸孔，双肩又宽又厚，手指既粗且短，他向国王躬身行礼。

"工地看起来很平稳啊。"

"陛下，所有的事都上了轨道。"

"你信上可不是这么说的。"

"我的信上？"

"不要说你没给我写过信？"

"写信……这对我来说可不是一件容易的事。如果真有需要，我也得找书记员帮忙。"

"有人写信告诉我工人和军人发生了冲突，这个人难道不是你？"

"不是，陛下……矛盾确实存在，但都不是什么大事，而且都处理好了。"

"工头呢？"

"我们互相尊重。和那些城里人不同，他们靠双手劳作，活干得非常漂亮，都是熟练工。就算真有人觉得很难，教一教也就好了。"

亚贝尔两只手互相揉搓，好像要把那个以权谋私的家伙抓过来揍一顿似的。

"也没有出现主要矿脉即将挖断的情况？"

这位采石场的负责人张口结舌地说："啊，这个……您是怎么知道的？"

"真有此事？"

"是有点……继续往下挖的话，还能坚持个两三年，之后就得换一个新地方了。还没和您说，您就知道了……真是料事如神！"

"我要去有此危险的地方看看，带路！"

亚贝尔将塞提和拉美西斯带到山上，大部分采矿区都集中在那里。

亚贝尔伸手指了指："就是这儿，您的左边，我们担心以后从这里挖出的石头连一座尖石碑都造不出来了。"

塞提下令："安静。"

塞提聚精会神地看着那些石块，拉美西斯发现父亲的眼神发生了变化，连皮肤好像都成了花岗岩。塞提身边的人有一种即将被点燃的感觉，那位采石场的负责人吓得立即逃走了。紧跟在塞提身边的拉美西斯也想透过岩石表层，看到更多东西，可那些坚硬的石头和他的心发生了激烈的碰撞，他的太阳穴也是一阵阵的刺痛。尽管非常难受，可是他并没放弃，终于一条条矿脉在他眼前清晰地浮现出来。它们像是源于地心的、迎着太阳和天空生长的某种特殊的存在，越往上越坚硬，最后凝结成了周身布满星辰图案的、粉红色的花岗岩。

塞提下令："之前的地方不要开采了，朝右边挖，还有很大一片区域。那些花岗岩就算不停地开采，也够用几十年了。"

那位采石场的负责人到山下拿了把十字镐，他先敲开的是一块黑色的脉石，失望之余，仍继续挖掘，很快，法老的说法得到验证，一块漂亮的花岗岩出现在了他眼前。

"拉美西斯，你也看到了，是吧。不要停下来，当你看到石块的最深处，就什么都明白了。"

不到十五分钟，采石场、码头和整个市区都知道了法老带来的神迹。这表示大工程不会停止，阿斯旺的繁荣仍将继续。

拉美西斯评论道："写那封信的不是亚贝尔，有人在愚弄我们，是谁呢？"

塞提想了想说："他们骗我们的目的，当然不会是让我们发现新的采石场，这是他意料之外的状况。"

"那他想干什么呢？"

国王和他的儿子沿着一条羊肠小道向山下走，塞提慢条斯理地在前边带路。

一阵轰鸣声把拉美西斯吓了一跳。

他刚一转身，两个石块就朝着他的腿疯狂地、跳跃着撞了过来。紧接着，一块巨大的花岗岩从山顶极速滚落，后边好像还有一堆凶猛的碎石块。

拉美西斯的视线被漫天的灰尘挡住了，他大声嘶喊："爸爸，闪开！"

在喊出这句话的同时，这个年轻人闪身后退，摔在地上。

塞提的手非常有劲，一把拉住儿子，把他拽到路边。那块花岗岩则继续以疯狂的速度轰鸣着滚到了山下。这时，采石工人和石匠一边大喊一边追击着一个人影。

亚贝尔喊道："就是他，在那儿呢！是他推的石块！"

人们开始展开追缉。

第一个抓到逃逸者的是亚贝尔，他为了解除对方的行动能力，一个手刀砍到对方脖颈子上。结果，这个采石场的负责人低估了自己的力气，法老只看到了逃逸者的尸体。

塞提问："他叫什么名字？"

亚贝尔说："不认识，他不是这里的工人。"

阿斯旺的警察很快得出结论：这人是个无儿无女的船夫，一直自己住，平时的工作就是运送陶瓷器皿。

塞提斩钉截铁地对拉美西斯说："对方想要杀的人是你，好在你运气不错，死里逃生。"

"这件事能让我自己去查吗？"

"必须查出真相。"

"有一个人一定可以。"

39

　　拉美西斯把自己险些丧命的遭遇告诉了亚梅尼，对方听得胆战心惊，不过很快他就高兴了，因为储君把那封引塞提去阿斯旺的信交给了他，这是一条非常重要的线索。

　　他仔细研究了一番说："这么漂亮的字，可见写信人可能来自上流社会且博学多才，这种信对他来说毫无难度。"

　　"这样说来，塞提可能已经猜到这封信不是采石场的那位负责人写的，而是一个陷阱了。"

　　"我觉得你们两个都在刺杀名单上，采石场的事显然是蓄意安排的。"

　　"这件事交给你来调查，你愿意吗？"

　　"当然！不过……"

"不过什么？"

"我有件事得跟你说清楚，就是那家有问题的工厂，我还在调查。我原本想向你证明，这件事的幕后黑手是谢纳，可惜没能成功，现在你给了我一份更完整的资料。"

"希望是这样。"

"关于那个船夫，还有更多的资料吗？"

"没有，查不到他的帮手是谁。"

"我们得找塞达武帮忙……毕竟我们面对的是一条真正的毒蛇。"

"当然要找他。"

"放心吧，我已经找过了。"

"他怎么说？"

"这件事关系到你的生命安全，他怎么会拒绝。"

谢纳讨厌南方，一方面是因为那里太热，另一方面是因为那里的人比北方的人更局限于国内的生活。不过，宏伟的卡纳克神庙还是非常富庶且有影响力的，且此地大祭司的支持对所有王位候选人来说，都非常重要。所以，谢纳会彬彬有礼地拜会对方。双方见面并没有说一些较严肃的话题，让谢纳感到高兴的是，这位至关重要的人物对他还算友善。孟斐斯的政治斗争，大祭司只是远观，自然可以见机行事，支持更强的那方。对方没有称赞拉美西斯，他已经非常开心了。

谢纳说想在神庙待几天，好安安静静地思考一些事，得到了对方的允准。他被安排到某个祭司的房间，他费了好大的力气才适应了朴素的环境，好在他如愿以偿地见到了摩西。

一天午休的时候，摩西正在研究一根柱子，雕刻师在上面绘制了一些被上帝认可的献祭仪式，还有一些称量世间万物的工具。

"一件上等佳作！你的鉴赏力非常好。"

摩西的体格健壮、身形漂亮，看到来人那身松软肥厚的赘肉和肥头大耳的长相，眼神中不由得带了一丝轻蔑。

"我只是一个学徒，真正的能人是这件作品的创造者。"

"你太谦虚了。"

"我不喜欢听人奉承。"

"你看上去很讨厌我。"

"你不也一样？"

"我来这里，是想让自己平静下来。毋庸讳言，拉美西斯成为储君对我的伤害非常大，但这件事已成定局，我必须接受。而这座神庙非常平和，对我有帮助。"

"确实适合你。"

"拉美西斯是你的朋友，但你不能因此就什么都看不到了，我弟弟可不是什么好人。除非你喜欢混乱和罪恶，否则就张开眼睛。"

"你胆子不小，连塞提的决定也敢质疑。"

"我父亲确实很伟大，但谁又能从不犯错？让我感到遗憾的，不是我再也无法成为掌权者，而是埃及的命运要落到了一个只在乎自己的无能之辈手里。至于我，事实上，只要还能接触到一些行政事务，就已经知足了。"

"谢纳，你到底想干什么？"

"说实话，我相信你是一个很有前途的人，可是如果你指望拉美西斯就大错特错了。日后他登基为王，就再不需要朋友了，哪里还会记得你是谁。"

"那你觉得我应该怎么做？"

"如果不想受苦，就得改变未来。"

"如果我没猜错，你的未来……"

"你想错了，为国家效命是我唯一的目标。"

"谢纳，你说了什么，神明听得见。你不会不知道它憎恨谎言吧？"

"创造埃及政治的不是神，是人。我想和你成为朋友，一起为了最后的胜利竭尽所能。"

"可我不想，借过。"

"你错了。"

"这不是喧哗或者动手的地方，你想和我去外边谈谈吗？"

"这就不用了。不过你若不想抱憾终生，就请记住我的话。"

看到摩西凶狠的眼神，谢纳终于放弃了。因为胆怯，谢纳没能成功地把摩西变成自己人。这个希伯来人不如亚夏好说服，不过是人就有缺点，多花一点时间总能发现的。

亚梅尼非常烦躁，他实在不知道该怎么对付杜兰特这样的泼妇。拉美西斯的姐姐一把推开储君办公室的大门，暴风雨似的冲了进去。

拉美西斯盘着腿，正坐在草席上誊抄塞提下达的有关保护森林的谕令。

"你还是动手了！"

"亲爱的姐姐，谁惹你生气了？"

"你不知道？"

"有什么提示吗？"

"我丈夫的官职难道不该升一升吗？"

"法老怎么说？"

"他认为给家里人特权……有失公允！"

"他都这样说了，我又有什么办法？"

杜兰特怒火更胜。

"难道他这么决定就公平？萨力凭什么不能升迁。你不是储君吗，为什么不推荐他做谷仓的负责人？"

"储君也要听法老命令，不是吗？"

"你怎么跟个胆小鬼似的！"

"我不想冒犯国王，这个罪责可不轻。"

"那原本就属于我，给我。"

"我做不到。"

"装什么清高，和其他人没什么不同……只会和自己的爪牙同流合污。"

"你平时没这么冲动。"

"谢纳那么暴戾我都扛过去了，难道现在要忍着专制的你？你坚决不帮忙，是不是？"

"杜兰特，你已经很富有了，过分的贪婪怕是不太道德。"

她大喊一声："都什么年代了，还拿道德说事，你自己讲道德去吧。"然后转身跑了。

在伊瑟的别墅花园里，郁郁葱葱的无花果树形成了一片清爽的树荫。拉美西斯找了一块松软的土地移植树苗，伊瑟在一边乘凉，北风轻轻地吹拂着储君头上的树枝。

伊瑟将几朵莲花插在鬓边。

"吃点葡萄吗？"

"二十年后，这棵无花果树会把这座花园装点得更漂亮。"

"二十年后，我就成老太婆了。"

拉美西斯看着她，眼神真挚："你若像现在这样精心装扮，会更漂亮的。"

"和我结婚的，会是我所爱的人吗？"

"我不是先知。"

她拿起莲花在他胸口上打了一下。

"听说在阿斯旺采石场，你差点发生意外。"

"有塞提保护我，我怎么会有事。"

"也就是说，针对你的刺杀还在继续？"

"不用怕，很快就会找到凶手的。"

她摘掉假发，将长发打散，扑到拉美西斯的胸口上，用炽热的嘴唇亲吻他。

"我只是想要幸福地过日子，怎么这么难啊？"

"也不难，找到它，然后把握住就行了。"

"你什么时候才能明白，我唯一的心愿就是和你在一起？"

"现在。"

他们紧紧地抱在一起滚向路边。伊瑟迎合着情人的欲望，就像一个被幸福迷醉的小女人。

　　埃及的一个重要的手工技术就是制作莎草纸，不同品质和长度的莎草纸价格是不一样的。这些莎草纸，一部分会被送往墓场用于"亡灵书"的记载，一部分会被送去各级学校，但更多的是给政府部门送去了。莎草纸若是不够，国家的运行都要受到影响。

　　按照塞提的要求，储君每隔一段时间就要对莎草纸的制造和分配情况进行严查。所有部门都满腹怨言，说自己没有收到足额的纸，其他部门多拿了。拉美西斯发现，谢纳手下的书记员有严重的浪费纸张的情况，他马上把哥哥找过来要提醒他这件事。

　　谢纳喜笑颜开地说："拉美西斯，你找我有什么事？我一直等你指教呢。"

　　"你那些书记员做得有些过分，你需要管束一下。"

　　"不要鸡蛋里挑骨头。"

　　"实际上是你的书记员滥用职权，多拿了大量顶级莎草纸。"

　　"我写字时喜欢用华丽的纸张，这种习惯违纪了，这我是知道的。你放心，违纪的人会受到严惩的。"

　　储君没想到谢纳不但没反抗，还认错了，吓了一跳。

　　谢纳说："我觉得你的做法非常好，确实应该革除弊病、净化环境。再微不足道的贪污、浪费也不能纵容和姑息。在这件事上，我会全力协助你，你可以通过处理公文和行政事务，来了解宫廷旧习，有些不当之处也都能看得很清楚。只是警告还不行，一定要让他们改了。"

　　拉美西斯都怀疑眼前这个人不是他兄长了。难道某个仁慈的神祇，把谢纳从狡猾的官吏变成了正义的使者？

"我觉得你的建议非常好。"

谢纳接着说"如此痛快的合作简直让我欢欣鼓舞！我会从我的部门开始整改，然后我们一起让国家再无贪污受贿之事。"

"我们的国家还没有如此不堪吧？"

"塞提确实是个英明神武的君主，定会名垂千古，可总有些人和事是他照顾不到的。我们既是皇室子孙，又身居要职，一不小心就会染上某些恶习，比如公器私用、狂妄自大。你是储君，如果不想再纵容这种情况，当然应当严惩。我以前是这种情况的受益者，可现在已经是另一个时代了。法老给我们兄弟选好了椅子，而且也没选错，我们互相扶持又有什么不应该的。"

"是战是和？"

谢纳斩钉截铁地说："当然是和，永远是和。我们以前总是针锋相对，这是两个人的错，现在没这个必要了。你是储君，我是礼宾司长，我们应该同心协力造福于国。"

拉美西斯在谢纳离开之后疑惑地想：谢纳这次是真心的，还是又给我挖了个坑？

40

　　清晨的祭礼结束之后，法老召开了一个特别会议。在炽热的阳光下，人们四处奔走想要找一片阴凉。有些身材臃肿的官员动一下就要满身是汗，需要侍从不停地给他们扇风。

　　好在国王会客室的窗户很大而且设计合理，一直有风吹过，让人觉得分外凉爽、舒适。国王不是一个讲究形式的人，身上只有一件简单的白袍，与他相比，有几个部长的服饰就显得过于华丽了。出席这次特别会议的包括总理大臣、孟斐斯大祭司、艾力欧大祭司，还有沙漠安全警务司令。

　　坐在父亲右侧的拉美西斯认真地观察着每个人的表情。他们或是忧心忡忡，或是惶恐不安，或是夸夸其谈，或是冥思苦想……什么样的都有，但他们都臣服于法老的威严。能让所有人和谐相处的只有法老的威严，不然，他们怕是要争斗不休的。

塞提说："听听沙漠警务司令的报告吧，他有个坏消息要告诉大家。"

这位大人已年届六十，当了很多年的官，历经所有品级才有如今的高位。他是一个沉默而精明的人，熟知东部沙漠和西部沙漠的所有小路，一切穿越那片蛮荒之地的商队和矿工远征队的安全都是他的责任。他对名誉毫无野心，只想安安稳稳地在他的辖区阿斯旺享受退休生活。他很少有机会在这么严肃的场合里演讲。所有人都非常认真地听他的讲述。

"一个月前，有一支采金队去了东部沙漠，现在踪影全无。"

这个消息简直像塞特的雷电一般威力十足，让所有人都失去了反应能力。过了很久，卜塔的大祭司表示有话要说，国王同意了他的请求。会议规定，无论会议的主题是什么，与会者都必须保持安静，没有国王的许可不能发言，不能打断他人。想要找出正确的方法解决问题，首先得学会尊重他人的思想。

"你是否能够保证这个消息确定无疑？"

"唉，我可以保证。通常有专门的传信机构定期向我汇报这种远征队的行程，可是我已经有好几天没有收到他们的消息了。"

"以前没有出现过这种情况？"

"只有时局动荡的时候出现过。"

"难道是贝都因人下的手？"

"我们在那片区域有严密的监控，可能性不大。"

"是可能性不大，还是绝无可能？"

"有一支久经战阵的机动部队一直在保护这些金矿勘察员，我不认为有哪个部落有本事消灭这支远征队。"

"你有什么推测？"

"我只是非常担心，想象不出任何可能。"

沙漠的金子是给神庙的神灵打造肌肤用的，象征着不朽的生命，为手工匠人的作品增加一抹难以逾越的光彩。作为一种原料，它是绝对不能私藏的。另外，政府还要用金子进口某些商品，将金子作为外交礼物送给其他国家的君主，以维持和换取和平。任何人胆敢阻碍这种珍贵原料的开采，都要受到非常严厉的惩罚。

法老问警务司令："你有什么建议吗？"

"马上派兵。"

塞提："我会亲自领兵，储君和我一起去。"

特别会议批准了这项决议。除了暗中给弟弟鼓劲，许诺会备齐材料，以便拉美西斯回来后能马上展开工作，谢纳一直尽量减少发言。

在塞提掌政的第九年零三个月第二十天，他和储君率四千远征军穿越沙漠，目标是爱德福城以北、通向乌安第·哈马马特采石场的小径以南一百多公里的地方。此地临近乌安第·米亚，孟斐斯收到的最后一个消息报告就是从那里传回来的。

那份报告没有任何特别之处，既没有让人心慌的坏消息，也没有哪个队员身体出了问题，事实上金矿勘察员貌似心情还不错。书记员也没有记录任何突发状况。

虽然沙漠安全部长再三保证，又带来了精兵在一边守卫，塞提仍要求部队不分白天黑夜地保持作战状态，以防来自西奈半岛的贝都因人发动偷袭。一直靠掠夺和杀戮为生的贝都因人，喜欢发动突然而猛烈的奇袭，这是他们的首领作恶时最野蛮的特点。

"拉美西斯，说说你的感觉。"

"沙漠很美，可我始终无法安下心来。"

"看沙丘那边，告诉我你看到了什么？"

储君屏气凝神。在阿斯旺，塞提为了找到新的挖掘地点，使用了某种怪异的、近乎超越自然的眼神。

"有什么东西挡住了我的视线……在耸立的沙丘背后，什么都没有。"

"对，什么都没有。这种可怕的虚无代表了死亡。"

拉美西斯战栗着问："是贝都因人？"

"不，凶手比他们更狡诈、更冷血。"

"我们要准备开战了？"

"不用。"

拉美西斯努力压下几乎扼住他喉咙的恐惧。

是谁杀了金矿勘察员？是寻常士兵所说的，不惧人类所有武器的沙漠怪兽吗？这些野兽长着翅膀，它们巨大的爪子能迅速、轻易地撕开敌人的皮肉。

所有的马、驴、还有人，在登上沙丘之前都喝了足够的水。天气太热，他们必须抓紧时间赶路，不能走走停停，再说饮用水也要喝完了。在这片区域，不出三公里就有一口大水井，到了那儿，他们的羊皮袋就能重新装满水了。

还有三个小时，太阳就会下山，大军开拔，沙丘过得还算容易。在藏有金矿的那座山的山脚下，他们终于看到了那口用大石块垒成的井。

金矿勘察员和护送他们的军队也在那儿，就在井边，在灼热的沙子上，他们根本没有失踪，只是躺在这里，有的人面朝下，有的人面朝上被太阳炙烤着。他们大张着嘴，带血的舌头已经变成了黑色。

全军覆没。

不少士兵吓得拔腿就跑。塞提让军队在此驻扎，时刻保持警备状态，以免营地遭受突然袭击；然后，他让士兵挖掘坟墓，以旅行用的草席作为遇难者的裹尸布将他们下葬。超度仪式和复活仪式，都由国王亲自主持。

为了让士兵们不那么紧张，葬礼选在气氛较为宁静的傍晚举行。远征队的军医朝塞提走过来。

国王问他："查出死因了吗？"

"陛下，他们是渴死的。"

国王当即朝那口井走过去。扎营时，很多人都想喝点水凉快一下、醒醒神，而国王派私人守卫把它守住了。

这口大井被塞满了石头，直到井口。

拉美西斯说："我们清理一下吧。"

塞提说："好。"

这件事没有动用大军，直接交给了塞提的私人守卫。他们干得非常卖力，效率奇高，拉美西斯负责安排进度、激励士气。

明亮的圆月映入井底，那些上等兵已经耗干了力气。储君用绳子将一个沉重的双耳瓶送到下边，他不是一个耐性十足的人，但以防弄破双耳瓶，还是尽量放缓了动作。

储君将装满水的双耳瓶拿给国王。国王闻了一下，没有喝。

"派人去井下看看。"

拉美西斯把穿过腋下的绳索打了一个死结，然后把另一端交给四个士兵让他们抓牢，自己跨过井口，抓住外凸的石头，一点点向下爬。整体来说，这还是很安全的。距离水面还有两米，他借着月光看到了水里漂浮着的几具驴子的尸体。一点希望都没有了，他开始往回爬。

他轻声说："井水被污染了。"

塞提把瓶里的水倒在沙地上。

"有人在这口井里下了毒，我们的同胞就是这样死的，之后某个杀手集团，比如贝都因人，用石头把井填上了。"

所有人，不管是国王、储君，还是远征军，都受到了影响。他们当然可以马上动身赶去山谷，可是还没到平原，怕是就渴死了。

塞提说："休息吧，我会向天空中的星辰，也就是我们的母亲祈福的。"

清晨，这个悲剧般的消息迅速传开了。将士们的羊皮袋早已空空如也，可让人遗憾是，所有人都不能往里蓄水。

拉美西斯拦住了一个鬼哭狼嚎、呼朋引伴的步兵，这个人因为担心会死在这里，居然敢对储君挥拳头。拉美西斯一把抓住他的手腕，强迫他跪在地上。

"你不冷静下来，死得更快。"

"没水了……"

"法老就在我们身边，不要失去信心。"

这是唯一的一次动乱。拉美西斯当着全军的面，发表讲话："我们手中有一张地图，里面包含了某些关于此地的军事机密，比如通过哪些路线可以找到一些古井，而这些古井或许尚未干涸。法老将和你们待在一起，我会通过这些小路去找饮用水，以便大家能够穿越这半片沙漠。现在我们必须拿出勇气坚持下去，大家请到凉快的地方躲好，保存体力。"

拉美西斯走的时候，带了十几个人和六头驮着空羊皮袋的驴。有位老兵谨慎地留了一些水，用清晨的露水打湿了人们的嘴唇，然后他把最后这点水给队友们分了。

没过多久，迈步就成了一件非常艰难的事，连心都要被炽热和沙土引燃了，可是拉美西斯走得很快，他希望自己的同伴能够坚持下去。所有人都只有一个念头，就是找到一口清冽的井。

第一条路消失在沙漠的风沙中，继续前进无异于自杀。第二条路仍然走不通，它通向的是一条早已干枯的河流，制图的人显然失职了。一圈堆砌的石块出现在第三条路的尽头，大家蜂拥而上却看到里面早已灌满了沙子，人们精疲力竭扑倒在井边。

这张名声显赫的、标着"军事机密"的地图，居然成了一个陷阱。十年前它或许是准的，可是之后的某位书记员为了省事，没有实地考察就随意地照抄了原图，他的后辈也是依样画葫芦。

塞提没有听拉美西斯解释，只是看了他的表情就什么都明白了。

士兵们已经十个小时没喝到水了。

"现在是正午，"国王观察了一下，对将领说："拉美西斯跟我去找水，我们会在黄昏时赶回来。"

塞提登上沙丘。拉美西斯虽然年轻，想跟上塞提也很勉强。

他开始学习父亲的步调。塞提周身只带来一样东西：两根两端用麻绳紧紧捆在一起的洋槐树枝，这两根树枝已经去了皮，非常光滑。

碎石块裹挟着炽热的沙尘一路滚到他们脚边，在沙丘的顶峰，气喘吁吁的拉美西斯终于赶上了父亲。沙漠的景致分外迷人，可惜储君只欣赏了几分钟，冒烟的喉咙就点醒了他，这片沙漠很可能是他们的埋骨之所。

塞提把那两根洋槐树枝抖开，之后不长时间，它们又慢慢地黏在了一起。他带着它们慢慢地往各个方向走动，那根魔棒忽然从他的手中飞出去，一直飞了有几米远，然后"啪"的一声落到地上。

拉美西斯帮父亲捡回洋槐树枝，两人一起下山。在一堆长有带刺植物的石块前，塞提停下脚步。他的棍子正在上蹿下跳。

"让采石工人在这里凿个洞。"

拉美西斯马上就不觉得累了，他全力奔跑，翻过碎石堆。有四十几个工人和他一起回来，然后大家马上开始工作。

那里的地一点都不硬，大概挖了三米，就有泉水涌出来了。

一个工人当即跪倒在地。

"国王得到了神明的指引……这里有很多水，奔流不息！"

塞提说："我的祈祷变成了现实，这口井起名为'愿圣明光辉的真理永存'。大家都喝过水之后，我们要建一座城市以纪念那些金矿勘察员，并建一座神庙供神明安居。这口井将成为他们的寄身之所，那些寻找闪光的原料和光明圣神的人，将得到神明的指引。"

41

在孟斐斯的哈托尔大神庙，大皇后图雅正在主持一个甄选仪式，为祭礼招募女音乐家。这些女孩儿，来自全国各个城市，不管是唱歌的，还是跳舞的，或者是演奏乐器的，都是经过层层选拔挑上来的。

图雅神情冷峻，眼睛专注，面颊丰满圆润，鼻子挺拔精致，她秀气的下巴甚至显得过于方正了，她梳着秃鹰发式——这并不是母仪的专用发型。所有候选人都对图雅印象深刻，还有不少人被吓得在表演时失了方寸。皇后年轻时也经历过这种考验，她认为一个想要侍奉神明的人首先得有冷静沉着这种品性，所以表现得非常严厉。

她对这些音乐家非常失望，认为这是后殿教师们的失职，这几月这些人明显没有认真工作。于是图雅决定要处罚他们。在这次升级考试中，只有一个女孩表现得非常优秀，她不仅长得异常美丽，行为举止也颇为冷静端庄。她全神贯注地弹奏着细弦琴，仿佛身边空无一人。

在神庙的花园里摆着一些点心，它们是专门为这些或是长吁短叹，或是兴高采烈的候选者们准备的。这些年轻姑娘，还都带着孩童的样子。传统女祭司学院任命妮菲塔莉为神庙女乐团的指挥，她的神情丝毫不变，一如既往地从容淡定，就好像这件事和她没什么关系一般。

皇后走到她面前。

"你非常优秀。"

这位琴艺大师向皇后躬身行礼。

"你叫什么？来自何处？"

"我叫妮菲塔莉。出生于底比斯，在梅室学艺。"

"你觉得现在的成绩还不够好吗？"

"我的目标是进入阿蒙神庙，所以我不想留在孟斐斯，我想回底比斯。"

"你要隐居？"

"我最大的梦想，就是能参与到神秘的祭礼中，可惜我年龄不够。"

"你这个年纪的人很少有这种想法。妮菲塔莉，你觉得生活不如意吗？"

"不是的，陛下。我只是很向往宗教祭礼。"

"你对结婚生子没有期待吗？"

"我没想过这件事。"

"神庙里的日子并不好过。"

"我觉得那些不朽的石头非常有趣，让人忍不住想要探寻它们的秘密。"

"如果我让你暂时离开神庙，你愿意吗？"

妮菲塔莉直视着大皇后的眼睛，这是一个非常大胆的行为，图雅喜欢她眼睛里的清澈和坦率。

"为神庙女乐团当指挥虽然也很好，可是我为你准备了其他工作，比如我的家庭总管。"

给皇室的大皇后当家庭总管！要知道这个职务，只有皇后最亲密的朋友才能得到，对此心存期待的贵妇不知凡几。

图雅说："这个工作原本是我的一个老朋友在做，可惜上个月她去世了，宫中很多人想成为继任者，为了减少竞争对手，甚至会互相诋毁攻讦。"

"我没做过这种工作，我……"

"我喜欢杰出的人才，一个人只要足够优秀就能解决一切难题。你愿意接受吗？"

"我需要想一想。"

皇后觉得非常新奇，要知道宫里可没有哪位贵妇敢说出这种话。

"我不同意。神庙里的香味太重，我怕你闻多了会忘了我。"

妮菲塔莉的双手在胸前交叉，躬身行礼："谨遵陛下之命。"

天还没亮，图雅皇后就起床了，她喜欢黎明时的阳光，认为每天神秘的生命都是从第一道射入黑暗的光线开始的。妮菲塔莉和皇后一起吃早餐，然后图雅会把自己一天的工作安排交代给她，让她分担一部分。

做出这个决定之后，只过了三天，图雅就知道自己选对人了。妮菲塔莉不只容貌出众，还充满智慧，她极擅长于分辨事情的轻重缓急，这是一种惊人的才能。这位管家刚一开始工作，就和皇后有了极高的默契。有些事她们根本不用说出来，彼此就能心领神会，有些交流甚至是精神上的。她们早上聊完之后，图雅就去浴室梳洗了。

谢纳来的时候，发型师刚为皇后的假发抹好香水。

谢纳说："请让您的女仆下去吧，我有些事要和您说，任何口风不严的人都不能听。"

"那么严重？"

"就那么严重。"

发型师下去了。谢纳一副忧心忡忡的样子，看起来非常真挚。

"可以说了，儿子。"

"这是一个恐怖的惨剧，我真不知道要不要和您讲。"

图雅这下真的有些不安了。"什么惨剧？"

"我们失去了塞提、拉美西斯和救援队的消息。"

"你的消息准吗？"

"他们去沙漠找金矿勘察队已经有段时间了。我听到很多不利的消息在疯传。"

"一定是假的。塞提若是出事，我不会一点感觉都没有。"

"为什么……"

"我和你父亲就算不在一起，我们之间也有一种感应联系着彼此，所以不用担心。"

"可是实际情况是，这早就超出了国王和远征队应该回来的时限，您看看现实吧，我们必须顾念到国家。"

"日常事务，有我和总理大臣负责。"

"我可以帮忙的。"

"你只要规行矩步做好自己的本职工作，这个世界就要感念你的恩德了。你要是真的很担心，可以带一支远征队去找他们，就像你的父亲和弟弟所做的那样。"

"传言说，那些想要挖掘金矿的人被沙漠怪兽吃掉了。这确实让人费解，但是留在这里才是我的职责。"

"跟随你内心的声音。"

前后相隔四天时间，塞提分别派了两位传令官回去传信，可惜这两人都没回到埃及。几个常在沙漠中行走的人，在去往山谷的小路上设好埋伏，杀了他们，偷了他们的衣物，毁掉了拉美西斯写在木板上的文书。在木板上，拉美西斯告诉皇后远征队已经找到了金矿，正在制定计划修建庙宇、挖掘城市地基和调集矿工。

沙漠老手派人传递消息给谢纳，说法老和储君平安无事，在神灵的指引下，国王在沙漠中心找到了一个存水量极其丰富的泉眼，如此一来，贝都因人在井里下毒的计划就彻底失败了。

皇宫里，认为塞提和拉美西斯已被怪兽吃掉的人不在少数，现在国家失去了领头人，如何把握好这个机会才是关键。图雅紧握王权，除非她的丈夫和小儿子真的死了，否则她是不会让谢纳当储君的。

在远征队回来之前，谢纳都有机会得到的王权。其实这个机会已经很渺茫了，但是……贝都因人没有完成的任务，酷暑、毒蛇和毒蝎是不是能帮忙完成呢？

亚梅尼失眠了。

由塞提和拉美西斯统领的远征队失去了消息，各种传言甚嚣尘上。这些流言，这名年轻的书记官一开始是不相信的。可是他到王室传令官的办公厅一问，居然听到了一个让人非常惶恐的消息。法老和储君确实失踪了，不仅如此，还没有任何的救援措施！

所以，亚梅尼去了大皇后的宫殿，因为只有她能够改变这种情况，派兵去东部沙漠救援。他在那儿遇到了一个年轻貌美的姑娘，这位年轻的书记官虽然既不喜欢异性、也不喜欢她们的法术，却对妮菲塔莉毫无瑕疵的脸庞、专注的眼神、和善的声音充满了好感。

"我想觐见陛下。"

"法老不在，她现在非常忙。我能知道你为何而来吗？"

"对不起，可是……"

"我叫妮菲塔莉，是皇后新任命的总管。相信我，你和我说的话，我一定一字不落禀告给她。"

她是一个聪明而真挚的人。

"我是储君的机要秘书，我觉得现在必须马上派精兵去把他们找回来。"

妮菲塔莉笑了一下："不用担心，皇后已经知道远征队的事了。"

"她知道了……可是光知道怎么行！"

"法老平安无事。"

"那宫里怎么会得不到任何消息。"

"我没办法和你解释太多，不过你确实不用担心。"

"求你千万和皇后坚持到最后。"

"相信我，她也担心自己的丈夫和儿子，而且她的担心不会比你少。如果他们真的出事了，她怎么会没有任何动作？"

骑着一头强壮的驴飞奔，实在不是一件容易的事。亚梅尼不喜欢外出，但这次他非见塞达武不可。这位御蛇巫师的家在沙漠边缘，离孟斐斯很远。灌溉用渠边上的泥路长得好像没有尽头，好在几个在河边生活的人认识塞达武和他的努比亚妻子莲花，并为他指了路。

终于到了目的地，亚梅尼一点儿力气都没有了。打个喷嚏，他就全身都在抖，在扬起的灰尘中，他揉了揉红肿发热的眼睛。

屋外，莲花正在熬制某种混合剂，味道非常奇怪，对这位书记员来说甚至有些刺鼻。她请他去屋里坐，这幢白房子看起来规模不小，他刚要迈过门槛，就被一条眼镜蛇吓得又退了回来。

莲花说："这条蛇很老了，不会咬人的。"

那条蛇左右晃动着身体，她摸了摸它的头，蕴含在这个动作里的关心貌似讨好了它。亚梅尼抓住机会，跑进屋里。

客厅里到处都是大大小小的用来装毒液的玻璃瓶，还有各种各样的奇形怪状的东西，塞达武正躬身将一种浓稠的红色液体倒进瓶子里。

"亚梅尼，你是疯掉了吗？居然从办公室里走出来了，这真是个奇迹。"

"更合适的说法是，这是一场灾难。"

"把你从巢穴里弄出来的，究竟是哪位巫师呢？"

"拉美西斯出事了，他落入了某个圈套。"

"你会被自己的想象力害死的。"

"他和塞提一起去了东部沙漠，但是在探勘金矿的路上失去了消息。"

"拉美西斯失踪了？"

"已经失去联系十几天了。"

"是不是行政那边耽误了？"

"不是，我亲自查过……这还没完。"

"还有什么？"

"设计这个陷阱的，还有一个女人，就是图雅皇后。"

塞达武差点没把手里的小杯子扔出去，他转回身，看着这位年轻的书记员。

"你真是疯了？"

"我本想和她谈谈，可是她没同意。"

"这不奇怪。"

"据我所知皇后认为这是一种正常情况，根本没放在心上，甚至不准备派兵救援。"

"会不会是谣言……"

"她的新总管妮菲塔莉告诉我，这确实是她的决定。"

塞达武看上去有些窘迫："所以你的意思是图雅为了独掌皇权，故意把丈夫弄走了……我不信！"

"事实就是如此。"

"塞提和图雅这对夫妻亲密无间。"

"那她为什么不去救他？她为了当王，甚至要把他推上死路。"

"就算你说得都对，你觉得该怎么办？"

"去找拉美西斯。"

"要带什么工具吗？"

"就咱们两个人。"

塞达武骤然起身："你？可怜的亚梅尼，你一定是疯了，你能在沙漠里走几个小时？"

"你肯不肯？"

"当然不肯。"

"你要放着拉美西斯不管？"

"如果你没有猜错，那他已经死了，我们慷慨赴死有什么必要？"

"我准备了一头驴和一些水，你给我些药吧，针对毒蛇咬伤的。"

"你不需要。"

"谢谢。"

"等等……这太疯狂了，你怎么会有这种想法？"

"我为拉美西斯效命，言出必行。"

亚梅尼骑着驴朝东部沙漠迈进。没过多久，那头四脚动物就被波斯木树荫下的一丛干草引诱得停下了脚步，慢悠悠地大吃大嚼起来，再也不肯往前走了，亚梅尼只好合拢双脚，平躺在驴背上，以松弛腰部肌肉。

这位年轻的书记官不知道该这么办才好，或许应该带个棍子，没准打仗时还能用上。

"怎么，放弃了？"从后边赶上来的塞达武揶揄道。他背着羊皮袋，带着五头驴，还有一些沙漠中必备的工具。

42

    谢纳正和几位高官有说有笑地品尝着抹了辣味酱料的烤牛排，伊瑟忽然推开门走了进来。

    "埃及的情况如此危急，你倒还有胡吃海塞的心情！"

    那些高官被吓了一跳。国王的长子站起身，和客人们说了抱歉，然后一把抓住伊瑟，把她带离了餐厅。

    "不经通报就随意乱闯，你这么做未免太失礼了。"

    "放开我！"

    "你连名声都不要了？我的客人有哪个是无名之辈？"

    "我哪有心情关心这个？"

    "你太激动了。"

    "在沙漠的东部，塞提和拉美西斯双双失踪，别告诉我你不知道这件事。"

"皇后不想将这件事声张出去……"

伊瑟瞬间停止了动作。"皇后不想声张……"

"我母亲认为法老平安无事。"

"可是所有人都得不到他们的任何消息！"

"谁能违逆我的母亲呢？那可是重罪。"

"她的消息来源是什么？"

"她的直觉。"

伊瑟张口结舌："这个笑话一点都不可笑。"

"亲爱的，毋庸置疑，事实就是如此。"

"怎么能摆出这种模糊不清的态度？"

"法老不在，皇权由皇后主宰，我们自当听命。"

谢纳没什么可生气的，因为惊慌失措、忧心忡忡的伊瑟一定会散播一些最恶毒的关于图雅皇后的揣测，到时遭到大会议质疑的图雅，声誉会严重受损，如此一来，人们就会要求他来做国家事务的掌控者。

远征队在建造了一座庙宇和几间给淘金工人用的舒适的工坊之后，就从东部沙漠启程开始往回走了，拉美西斯走在队伍的最前边。国王发现的那处宁静的泉眼可以源源不断地流上很多年，现在每头驴子的背上都驮着满满一袋子的上等金块。

对法老和储君来说，能够顺利地将整支军队一个都不少地平安带回，是一件非常值得庆幸的事。有几个士兵因为生病步履沉重，他们希望回国后能休息几周，有个采石工人躺在担架上，他被黑毒蝎咬伤后出现了高烧和胸口痛的情况，军医为此忧心不已。

翻过一座小沙丘之后，拉美西斯发现远处有个绿色的小阴影。

是最靠近沙漠的一块耕地！储君把这个好消息一带回军队，霎时欢声雷动。

一个目光敏锐的警卫用食指指着一个石堆喊道："那边，有一个小型的沙漠商队过来了。"

拉美西斯屏气凝神，一开始只看到了一些固定不动的方形，过了一会儿，他才看出来，是两个骑手带着几头驴。

这个警卫的直觉非常敏锐，他说："不太正常，我敢说他们一定是正在逃命的窃贼，得拦住他们。"

部分军队行动起来。

很快，这两名嫌犯就被他们抓住，并带到了储君面前：是满口恶言的塞达武和即将死亡的亚梅尼。

在塞达武被抓去救治那位被毒蝎咬伤的采石工人时，亚梅尼则在拉美西斯的耳边轻声说："我一定能找到你，我知道的。"

谢纳率先向父亲和弟弟道喜，这是一次足以记载在大事记里的真正的探险。塞提拒绝了长子想要主笔的愿望，将这个工作交给了拉美西斯。而亚梅尼，这个对词汇和文体极为挑剔的家伙，则会帮助拉美西斯完成这项工作。远征队成员急不可耐地向大家讲述这个传奇故事：在法老的帮助下，他们挣脱了恐怖的死亡陷阱。

只有亚梅尼郁郁寡欢。拉美西斯以为他在为自己羸弱的身体苦恼，可亚梅尼知道并不是这样。

"你哪里难受？"

年轻的书记员知道若不道出实情，罪恶感会纠缠他一辈子，所以已经做好了遭受斥责的准备。

"我之前怀疑你母亲想要夺权。"

拉美西斯大笑出声："朋友，过多的劳动果然伤身，你必须出去散散步或者运动一下了，这是命令。"

"因为她不肯派兵展开救援……"

"法老和大皇后之间有某种看不见的默契，你不会不知道吧？"

"我知道的，你相信我。"

"有件怪事，出乎我的意料：都这么长时间了，温柔的伊瑟还没有向我表示关心，为什么？"

亚梅尼垂着头。

"她……就像我那样，也犯了错。"

"她做错什么了？"

"和我一样认为你母亲图谋不轨，散播了不少尖刻毒辣的指控，说你母亲见利忘义。"

"把她叫过来。"

"我们被表面现象蒙蔽了，我们……"

"把她叫过来！"

伊瑟连梳洗打扮都忘了，着急忙慌地在拉美西斯脚边跪下来："求你，宽恕我吧。"

她披头散发，双手战栗，紧紧地抱着储君的脚踝。

"我太担心、太害怕了……"

"可你不能因此就质疑我的母亲，甚至用如此下作的手段诋毁她的名声。"

伊瑟痛哭流涕："我错了……"

拉美西斯把她拉起来，抱在身边，她倚着他的肩膀吐露自己的感情。

他一脸严肃的神情："那些话你都对谁讲过？"

"某些人……我不记得了……我太担心你，都要疯掉了，我让他们派人找你。"

"毫无理由的批评会把你送上首相法庭，你知道亵渎皇后会有什么处罚吗？不是服劳役，就是流放。"

伊瑟吓得痛哭失声，她绝望地抱紧拉美西斯。

"你的痛苦是真的，所以我会为你求情。"

法老回国后，图雅交还了权杖。中央机构对皇后没有任何疑虑，她不仅游刃有余地摆平了那些让不少高官方寸大乱的政治游戏，还做了不少常规工作。当塞提必须暂时让出国家领导者的权位时，图雅的存在会让他备感安心，因为他很清楚，这个女人将永远忠诚于他，能理智而睿智地领导国家。

他当然可以把储君真正的权力交托给拉美西斯，可是相比于把儿子放在一个充满敌人的尔虞我诈的权力战场中，他更希望用一种奇妙的方式——树立榜样，把经验传给儿子。

拉美西斯是一个充满男子气概和英雄气概的人。无论身处怎样的险境，他都有对抗并加以控制的能力，可是他能忍受一个法老王所必须忍受的深重的孤独吗？塞提之所以让他在精神上和现实中走这么多路，当然还有很多其他计划尚未实行，就是希望他在遇到真正的挑战前能够做好准备。

图雅介绍妮菲塔莉给国王认识。这个年轻姑娘非常紧张，躬身行礼之后，一句话都没说。塞提看了她几分钟，告诉她要竭尽所能做好本职工作，在处理大皇后的家事时不仅要认真仔细，还要严肃端庄。妮菲塔莉直至离开都没敢抬眼看国王。

图雅说："你怎么这么严肃？"

"她太年轻了。"

"我只会选有本事的人。"

"她的能力确实不错。"

"她原本想去神庙工作，然后一直待在那里。"

"和我听说的情况一样。所以你给她安排了一项严格的考验？"

"确实如此。"

"为什么？"

"我也不知道。妮菲塔莉一出现，我就有一种感觉：她是与众不同的。她在与世隔绝的神庙里可以过得很愉悦，可是我有一种直觉：她肩负着其他使命。如果我的直觉是错的，她早晚会回到自己的路上。"

拉美西斯将大黄狗夜巡和身形庞大得已经有些吓人的努比亚狮子屠夫，介绍给自己的母亲。作为储君的朋友，这两个家伙貌似很清楚自己所肩负的名誉，未曾做出任何不当的举动。它们头挨着头，脚挨着脚，吃完了皇后私人厨师为它们准备的食物之后，就在棕榈树的树荫下惬意地午睡起来。

图雅说："这次见面我非常开心，但我更想知道你的真实意图。"

"伊瑟。"

"你们决定放弃婚约了？"

"有一件事，她做得非常过分。"

"有多过分？"

"她诋毁埃及皇后。"

"怎么诋毁的？"

"斥责您为了夺取政权故意陷害国王使其失踪。"

拉美西斯痛心的表情取悦了他的母亲。

"几乎满朝官员和贵妇都是这样想的，指责我为什么不派兵展开救援，可是我很清楚你和塞提安全无虞。不是所有人都知道心灵可以和不受时间与空间限制的冥界沟通，事实上，知道这件事的人非常少，尽管我们有神庙、有祭祀。"

"她会……遭到控告吗？"

"她的做法也算是正常反应。"

"她做出这种事，对您如此不公，您不生气？"

"人类的法律就是这样，统治国家只靠人类的法律是不够的。"

一位年轻姑娘在皇后左侧的茶几上放下几封信后，安静地退了下去。她出现的时间非常短，却像树叶间闪动的光。

拉美西斯问："她是谁？"

"妮菲塔莉，我刚刚任命的管家。"

"这个人我以前见过，您怎么会把这么重要的工作交给她？"

"她想成为哈托尔神庙的女祭司，所以到孟斐斯参加一个小型的晋级比赛，我觉得她不错就留下了。"

"可是……您的安排和她所期待的并不相同啊！"

"我们的姑娘们，在后殿会学习很多东西以应对不同的工作。"

"她如此年轻，能担负得起这样的重任吗？"

"你呢？也不过是十七岁。我和国王都认为最重要的是心灵与行为的契合。"

拉美西斯看上去有点紧张，妮菲塔莉太美了，就像是另外一个世界的人。她出现的时间虽然短，却给他留下了深刻的印象。

图雅说："告诉伊瑟不用担心，我不怪她。不过她得学会明辨是非，如果做不到，那闭紧嘴巴总能做到吧。"

43

拉美西斯穿着隆重的服饰，带着孟斐斯市长、舰队长、外交部长和一大批护卫队出现在码头。那十艘希腊船舰最多十五分钟后就会靠岸。

负责海岸安全的巡逻艇一度以为会发生激战，为了击退来犯之敌，部分埃及战舰已经采取了防范措施。不过来访者做了一些友好的手势，表示自己来孟斐斯的目的是觐见法老。

希腊船舰在护卫队的保护下驶向尼罗河，抵达首都时已临近正午。这一场景把数百名看热闹的路人吸引到了岸边，他们觉得非常惊讶。要知道现在可不像以前那样，外族会在驻外大使和随从的前呼后拥中来埃及进贡了，那种时代已经过去了。可是，那些壮观的船队，难道没有带来某些贵重的珍宝，来访者难道不会向塞提呈上珍贵的礼物？

　　拉美西斯本就不是一个耐性很好的人，而且也不太相信自己的外交能力。他觉得招待外宾这项工作有点困难，亚梅尼倒是给他写一份正式的讲稿，他本来还觉得安心了一点，然而，那些开场白，他现在已经想不起来了。可惜亚夏不在，不然这种事就能交给他了，毕竟他才是这方面的专家。

　　那些希腊船舰破损严重，不大修一番，怕是无法重新起航了。这些船在穿越地中海时必定遭遇了海盗且发生过激战，有一些船身上还有火烧过的痕迹。

　　领航的船舰帆布已有些破损，不过引导工作做得不错。

　　跳板被放下来之后，所有的嘈杂归于平静。

　　从船上走下来、踏上埃及土地的人，会是谁呢？

　　一个肩膀很宽、体型适中的金发男人出现了，这个人五十岁左右，长着一张不太讨喜的脸，戴着护胸甲和护腿甲，怀抱青铜头盔，摆出了一个友好的姿势。

　　他身后的女人身形高挑，手臂白皙，一身红色的衣服，梳冠冕发式——这表示她来自世家大族。

　　走下跳板之后，这对男女向拉美西斯走过来。

　　"我是埃及的储君拉美西斯，在此我代表法老欢迎你们的到来。"

　　"我是拉塞德蒙国王阿特烈的儿子墨涅拉俄斯，这是海伦，我的妻子。我们是从恶魔城市特洛伊过来的，历经十年的苦战，我们终于占领了那里。我的很多朋友都战死了，这场胜利并不甜美。

你看到了，这些船已经破得不成样子，我手下的将士和水手也都疲惫不堪，所以在我们返回家乡之前，想在埃及修整一番，希望能得到你们的允许。"

"这件事要由法老决定，我会代为转告。"

"你在用委婉的言辞拒绝我吗？"

"我只是实话实说。"

"很好，你知道我是一个杀人无数的战士吧？你以前一定没做过这种事。"

"小事而已！"

墨涅拉俄斯那双黑色的小眼睛里满是怒火："你要是我的臣民，我一定会打断你的脊梁骨。"

"好在我是埃及人。"

墨涅拉俄斯和拉美西斯用充满怀疑的眼神看着对方，先妥协的是墨涅拉俄斯。

"我会回到船上等你的消息。"

储君的做法在高层讨论会上引发了激烈的争论。那些人认为，墨涅拉俄斯和他所剩的兵力现在或者说短时间内，明显不会损害到埃及，而且对方终究还有国王的名头，给他一些尊敬，也是理所应当。听到这些非议，拉美西斯反抗得异常激烈，在他看来，墨涅拉俄斯是一个残忍暴戾、野蛮好战的战士，这种人最喜欢做的就是焚毁、劫掠城市。而他们没道理要热情地接待一个强盗。

素来保守持重的外交部次长梅布这次也改变了立场。

"储君的这种态度，我觉得非常危险，墨涅拉俄斯不是一个可以被随意对待的人。为避免其他国家结成联盟对抗我国，我们的外交政策一直是善待所有国家，无论大小。"

拉美西斯说："这个希腊人的眼睛在说谎，他是个骗子。"

梅布六十岁左右，看起来文质彬彬，慈善的面孔颇有说服力，他声音温润，脸上带着宽和的笑意。

"做外交不能靠感觉，有些时候就算你再不喜欢那个人，也要和他打交道。"

拉美西斯又说："墨涅拉俄斯不会忠诚地对待我们，他习惯食言而肥。"

梅布埋怨道："你的指控带有偏见，你如果再年长一些，经验丰富一些，就不会早早地提出这样的指控了。墨涅拉俄斯是希腊人，有哪个希腊人是淳朴率直的？他只是还有一些事没说出来而已。我们可以小心应对，看看他来此的真实目的是什么。"

塞提下令："请墨涅拉俄斯和他的夫人共进晚餐，我们先看看他们表现，再做最后决定。"

墨涅拉俄斯献给法老的礼品包括一些精雕细刻的金属花瓶，以及一些由各种高级木材混合制成的、曾在特洛伊战争中建功立业的弩弓。拉塞德蒙国王的将领身穿带有彩色几何图案的布裙，脚踏长靴，头上卷曲的假发被编成辫子一直垂到肚子上。

海伦身穿绿色的长袍散发着一股清冽的香味，脸上用白色的丝巾罩着，在图雅的左手边落座。塞提坐在墨涅拉俄斯左边，法老威严的面孔给这个希腊人留下了深刻的印象。翻译工作由梅布负责。墨涅拉俄斯非常喜欢绿洲的美酒，他不停地抱怨在特洛伊城堡高墙下待了多长时间，日子有多难熬；他不停地追忆自己的功绩，讲述他的朋友于利斯和他其他伙伴的战功，并指责神明的冷血无情，当然他说的最多的是对故乡的思念和重返家乡的急切心情。外交部长的希腊语说得极好，他貌似被这位贵宾伤感的表述打动了。

图雅也会说希腊语，她问海伦："你为什么遮着脸呢？"

"因为我是条恶狗，所有人都怕我。要不是我，怎么会有那么多英雄战死沙场。特洛伊的帕里斯劫走我的时候，我从未想过，他的荒唐之举会带来十年的屠戮；我一次次地祈求自己能死在狂风和巨浪里。这么多的痛苦和灾难，都是因我而起。"

"你已经被救出来了，不是吗？"

一抹苦涩的笑容出现在白色的面纱下："墨涅拉俄斯还在怪我。"

"你们不是重新在一起了？再多的痛苦，也会被时间抹平。"

"这并不是最糟糕的事……"

海伦停下话头，她看上去非常痛苦，图雅尊重她的沉默，她若想说，总会说的。

这位手臂洁白的美丽的女子坦言道："我怨恨自己的丈夫。"

"短时间的？"

"不是，我根本不爱他，有段时间，我甚至期望获胜的是特洛伊。陛下……"

"什么事，海伦？"

"我害怕回到拉塞德蒙，能让我在这里多留一段时间吗？"

礼宾司长谢纳非常谨慎，他尽量不靠近拉美西斯和墨涅拉俄斯。

在晚宴上，坐在储君身边的是一个老得不知有多少岁的男人，他一脸的皱纹，下巴上的胡子又白又长。他吃东西的动作非常慢、也非常仔细，他的每盘菜里都加了大量的橄榄油。

"王子，健康的秘密就在此处。"

"我叫拉美西斯。"

"我叫荷马。"

"你是将军？"

"不是，我是诗人。我的视力虽然很糟，但记性不错。"

"想不到墨涅拉俄斯这种粗人身边还会有个诗人。"

"风和我说，他的船会把我带到埃及，而这里是智慧和作家的沃土；我旅行了太长的时间，是时候安心写作了，所以我打算在此地安家。"

"我建议你早点离开墨涅拉俄斯。"

"在向我提这项建议的时候，你的身份是什么？"

"储君。"

"你非常年轻……可是你不喜欢希腊人。"

"我说的不是你，是墨涅拉俄斯。你对住的地方有什么要求吗？"

"比船上舒服就行！我在船上的房间非常窄，行李得放在货舱里，还有那些水手，我不喜欢他们。我无法从翻滚的巨浪和暴风雨中得到灵感。"

"我可以帮你，你觉得怎么样？"

"你的希腊语说得非常标准……"

"我有个朋友是外交官，他会说很多国家的语言，和他在一起，学习也是游戏。"

"你对诗感兴趣吗？"

"我觉得我国的大作家就写得很好。"

"我们的欣赏水平如果相差不是很大，应该能处得不错。"

法老同意墨涅拉俄斯在埃及短暂地停留一段时间。这个决定，谢纳是从外交部长那里听到的。墨涅拉俄斯的船只会得到维修，他可以在孟斐斯城中心的一幢大别墅里生活，至于他的部队，要遵纪守法，听埃及方面的命令。

法老的长子受命带墨涅拉俄斯游览都城。谢纳想讲一些浅显的关于埃及的文化给这位希腊人听，可惜对方以一种稍显粗暴的冷淡回绝了。

墨涅拉俄斯更喜欢那些纪念性的建筑，对神庙赞不绝口。

"这座城堡太宏伟了，想要攻占它，难度系数很大。"

谢纳说："这些地方是给神住的。"

"战神吗？"

"不，卜塔统御的是手工匠人，它用文字创造了世界，女神哈托尔掌管的是欢乐和音乐。"

"固若金汤的城堡，对他们来说有什么用呢？"

"只有某些专职人员才能在世俗的庇护下掌控神灵之力，而没有神明的许可，人是无法进入露天神庙的。"

"也就是说，虽然我是拉塞德蒙国王，打赢了特洛伊之战，仍然无法跨越这些包裹着黄金的门槛？"

"对……在某些节日庆典中，你或许能到露天大祭坛里看看，当然，你要先得到法老的许可。"

"有什么神秘之处，是我需要注意的吗？"

"留在庙里的，是献给神灵的重要祭品，而在大地上孕育繁衍的，是神灵之力。"

墨涅拉俄斯虽然表现得有些冷淡，说的话也不中听，但谢纳总觉得自己和这个眼带精光的客人气味相投，所以表现得耐性十足。出于某种需求，谢纳想要勘破他的真实意图，因此要求自己必须慎重对待墨涅拉俄斯。

墨涅拉俄斯一直在讲特洛伊之战，说自己如何获得胜利，哀叹被敌军屠戮的他的盟友们的悲惨命运，说海伦是红颜祸水，说荷马在记述获胜者的神圣事迹时，或许会把他写成一个完美的英雄。

谢纳想要知道特洛伊是如何战败的。墨涅拉俄斯讲述了那场恐怖的混战，英勇的阿喀琉斯和其他不屈不挠想夺回海伦的英雄。

谢纳小心地问道："这场仗打了这么长时间，最后取胜是用了什么绝妙的计策吗？"

墨涅拉俄斯起初并不想说，最终还是说了。

"于利斯想出一个计策，建一只巨大的木马，让士兵躲在马肚子里，特洛伊人疏忽大意，把木马抬进了城。我们从内部攻破了他们。"

"这个主意你一定了若指掌。"谢纳意有所指，一副钦佩不已的模样。

"我和于利斯研究过，不过……"

"我敢说，他不过是领会了你的意思，并表述了出来。"

墨涅拉俄斯得意扬扬地说："确实如此。"

为了得到这个希腊人的信赖，谢纳花了不少时间。为了成为唯一有机会继承埃及王位的人，他现在有了一个打败拉美西斯的新计划。

44

　　谢纳在花园里的葡萄架下招待墨涅拉俄斯，晚餐十分丰盛。缀满大串葡萄的深绿色葡萄藤显然极合这位希腊人的胃口，晚餐尚未就绪时，他就吃了不少紫色的晶莹剔透的大葡萄粒。用细草末烹饪的，加了鸽子肉、烤牛肉、蜜汁鹌鹑和动物内脏的猪排也让他食欲大振。他的眼睛一丝不差地跟着那些年轻的女乐师，她们穿着轻薄的衣物，用笛子和细弦琴的声音逗弄着他的耳朵。

　　他衷心赞叹："埃及这个国家太美了，相比于战场，我更喜欢这里。"

　　"你的别墅住着怎么样？"

　　"简直就是皇宫嘛！等我回国，我会让建筑师原样给我盖一个。"

　　"仆人如何？"

"很能干。"

墨涅拉俄斯让人用花岗岩做了一个浴缸，然后让仆人往里倒满热水，自己就尽情地享受洗澡的乐趣。他的埃及管家觉得这并不是一种干净的洗澡方式，且容易把人的骨头养懒；埃及人大多喜欢盆浴。不过谢纳让他不要多话，只要听命行事即可，按摩师每天都要给这位一身疤痕的英雄敷油、按摩。

"你的按摩师们根本不知道何为恭顺，我们国家的那些奴隶可不会这么多话，沐浴之后，她们会迎合我的心意，想方设法地讨好我。"

谢纳解释道："她们都是技师，是拿薪水的，可不是奴隶。"

"不是奴隶？你们应该朝这方面发展一下。"

"我们缺的是像你这样英勇的男人。"

墨涅拉俄斯将装着蜜汁鹌鹑的大理石盘子推到一边，谢纳最后几句话彻底毁了他的食欲。

"你意有所指。"

"埃及确实是一个繁荣富庶的国家，但是在我们的统治中，是否可以多一些洞察力呢？"

"你可是法老的长子。"

"我不能因为这种血缘关系，就把自己变成一个瞎子。"

"塞提的威仪比阿伽门农还重，是一个值得尊敬的人。你要是想造反，我劝你放弃，不会成功的。在这种国王的身后，有某种超越自然的神力，我自认不是一个胆小鬼，却也不敢直视他的眼睛。"

"我可没说要推翻塞提。他得到了所有人民的爱戴，可是法老不是神仙，就我所知，他的身体已经出了问题。"

"按照你们的风俗，如果我没理解错的话，国王驾崩之后，为防各种王位之争，继任者会是储君。"

"拉美西斯这位储君会把埃及带上绝路。我弟弟根本没有治国之能，只会虚耗埃及的强盛。你若是愿意与我结盟，会有更加美好的未来。"

"我的未来是及早返回自己的国家！就算埃及希望我留下，用种种珍馐美味招待我，我最多也就是个贵宾，无权无职。你的梦想并不现实，忘了吧。"

海伦在妮菲塔莉的陪伴下，参观了梅室后殿。法老金碧辉煌的土地，让这位手臂洁白的金发美女异常欣喜。她的心灵受到了伤害，肉体也疲惫不堪，现在终于能散散步、听听音乐，稍微感受点快乐的味道。这几个星期，在图雅皇后的安排下，她过得舒适而惬意，很好地缓解了伤痛。不过刚刚传来的消息让海伦非常恐慌：有两艘希腊船舰已经修好了，他们很快就要离开了。

池塘里开满了莲花，她坐在池边不住垂泪。

"妮菲塔莉，我很抱歉。"

"你在你们国家像皇后一样尊贵，不是吗？"

"墨涅拉俄斯只是为了自己的脸面，他想告诉大家，他是一个可以踏平一座城市，消灭敌人，把自己的妻子带回家里的战士。可是在那里，我就像活在地狱里一样，还不如死了的好。"

妮菲塔莉没有多说什么，只是教海伦如何织布。海伦非常热情，每天都在工厂里待着。她跟经验最丰富的工人学习，已经能织一些华丽的长袍了。连专业的织女都称赞她有一双灵巧的手，她借由这些工作遗忘特洛伊、墨涅拉俄斯和早晚要回去的故土，直到那天晚上，图雅的轿子跨越了后殿门槛。

海伦跑回房间，趴在床上痛哭，大皇后一来，就表示她少得可怜的幸福生活走到了终点。她真希望自己能勇敢一点，能自我了断。

妮菲塔莉跟海伦说："皇后想见你。"态度非常温和。

"我要留在这儿。"

"图雅不是一个喜欢等待的人。"

海伦再次妥协了，她的命运从来不由自己做主。

墨涅拉俄斯没想到埃及工匠的手艺竟然如此纯熟，听说法老的船在海上航行几个月都没事，如此看来应该是真的，不然他的那些希腊船舰不会这么快就被孟斐斯的造船厂修好了。墨涅拉俄斯看到很多平底大驳船，足以运载整座方尖碑、快速帆船和战舰，这让他再次下定了不与埃及为敌的决心。不得不说，埃及的威望名副其实。

他把那些让人沉迷的念头扔到一边，为了返程的事欢欣鼓舞。在埃及停留的时间虽然不长，但他的精力已经恢复了，他手下的战士被照料得很好，军队部署妥当，随时都能离开。

墨涅拉俄斯威风凛凛地走向大皇后的宫殿，海伦已经从梅室后殿搬回来了，现在暂时寄居在此。妮菲塔莉和他打过招呼，带他去见自己的妻子。

海伦穿着亚麻质地的背带长袍，是埃及的款式，可他不喜欢她穿成这样，认为这非常轻浮，好在不会有另一个想要抢走她的帕里斯。这种事，法老是绝不会允许的。不过相比于希腊的女人，这里的女人要独立自由得多，她们不需要藏在闺房里，想去哪儿就去哪儿，也不用面纱遮住脸孔，不仅和男人拥有平等的地位，还能成为高官。墨涅拉俄斯对此非常警惕，绝不能把这种自由的风气带回国内。

海伦正在专心致志地工作，所以墨涅拉俄斯走过来时，她没有起身相迎。

"海伦，是我。"

"我知道。"

"你应该向我躬身行礼的。"

"为什么？"

"因为……我不仅是你的丈夫，也是你的主人！"

"这里的主人只有法老一个。"

"我们要回拉塞德蒙了。"

"我的作品尚未完成，还需要不少时间。"

"你给我起来，走过来。"

"墨涅拉俄斯，我不想和你走。"

这位国王朝他的妻子冲过去，想要抓她的手腕。她挥舞着匕首，强逼他退后。

"不要逼我喊救兵。强迫别人在埃及是会被处死的。"

"可是……我是你丈夫，你属于我！"

"图雅皇后让我管理织布工厂，这对我来是一件非常光荣的事。我会为宫女缝制长袍，只要我厌倦了这份工作，我马上就跟你走。但在此之前，如果你不愿意等，可以先走，我不会阻止你的。"

在自己的别墅里，墨涅拉俄斯在面包师傅的石磨上砍断了两把剑、三杆标枪，他发狂的样子把那些仆人吓坏了。若非谢纳插手，这个疯子弄不好已经被安全人员抓走了。谢纳在边上看着这个还在发怒的英雄，直到墨涅拉俄斯耗尽了所有力气，他才递了一杯烈性啤酒过去。

墨涅拉俄斯仰头灌下啤酒之后，在石磨上坐了下来。

"这个臭女人……她的花样真是层出不穷。"

"我知道你很生气，可是这有什么用呢？海伦有选择的权利，她是自由的。"

"自由，自由！要这种给女人这么多自由的文明做什么？"

"你要待在孟斐斯了？"

"我没得选。我若是不带上海伦自己回拉塞德蒙，就会成为大家的笑柄。你以为只有人民的嘲笑，在我睡着之后，还会有某位忠诚的上尉割断我的脖子。这个女人，我还离不了了。"

"你不要以为图雅是为了好玩才为你的妻子提供一份工作的，皇后很喜欢她。"

墨涅拉俄斯一拳砸在石磨上，吼道："海伦死了才好。"

"抱怨有什么用，我们现在目标一致了。"

这个希腊人一副洗耳恭听的样子。

"如果我成了法老，会把海伦送到你手上。"

"你要我做什么？"

"和我结盟，铲除拉美西斯。"

"塞提要是长命百岁呢？"

"我的父亲历经这九年的统治已经非常疲惫了，他为了埃及不辞劳苦地拼命工作，已到了油尽灯枯的时候。我重复一次，我们要抓紧时间。等到国丧期间权力出现空缺，我们便展开激烈的攻击。但这种做法，事先必须做足准备。"

墨涅拉俄斯的脊背似乎不堪重负地弓了起来。

"要等多久……"

"否极泰来，我保证。不过在此之前，我们要先把一些细节安排好。"

拉美西斯在距离储君府邸侧面三百米的花园中心，为荷马准备了一个新的居所，现在他正扶着荷马到此参观。这是一栋两百平方米的舒适别墅，配有专门的厨师一名、女仆一位、园丁一位。按照这位诗人的要求，这里还准备了不少瓶橄榄油和香味浓郁的酒，还有一些容器里装上了八角和茴香。

荷马的眼睛不太好，所有的树和花，他都要弯腰去闻闻，看样子不太喜欢它们的种类。拉美西斯正在担心这座专门为他盖的漂亮的房子不合他的心意。忽然这位诗人精神大振："总算有棵柠檬树了！它是上天的杰作，我只有挨着它才能写出优美的诗。快，拿把椅子过来。"

拉美西斯拿了把貌似很适合荷马的三脚椅过来。

"还有晒干的鼠尾草，也帮我拿一些。"

"要用它治病吗？"

"以后你就知道了。关于特洛伊战争，你都知道些什么？"

"旷日持久，死伤无数。"

"这个大纲毫无美感。我会写一首名为'伊利亚特'的长诗，以记述阿喀琉斯和他的功绩。我的诗歌会一代一代地传诵下去，让人永世不忘。"

在储君看来，荷马有点太自信了，不过他喜欢诗人的激情。

一只从房间里走出来的黑白花猫，在距离诗人一米远的地方停了下来。它迟疑地看了他一会儿，然后"啪"的一声跳到了他的膝盖上。

"就是这里了，一只猫、一棵柠檬树，还有一些美酒，我的《伊利亚特》会成为千古佳作。"

谢纳非常钦佩墨涅拉俄斯，因为这位希腊英雄即使身陷险境也能想办法自己走出来，更重要的是，他愿意在这个游戏中成为自己的伙伴。墨涅拉俄斯向古尔纳神庙献礼，以此来博得国王和祭司们的好感，他送的希腊双耳尖底瓶非常漂亮，瓶身带有金色的纹饰，瓶底画有含苞待放的莲花，这些器皿将被放在神庙的珍宝房里。

希腊的水手和士兵开始售卖油膏、香水和金银器皿，以此来换一些粮食，因为他们已经得到了会在此逗留很长时间，甚至永远在孟斐斯郊区定居的消息。他们可以开店做买卖，也可以发挥自己的一技之长开一些小工厂，行政机构会为他们提供一些便利。

那些希腊将领和上等兵成了埃及大军中的一员，将以各种工程项目，比如开凿运河或者修缮堤坝，为首要工作来获得酬劳。大多数人会结婚生子、组建自己的家庭，如此一来，他们就真正成为埃及社会的一部分了。相比于第一匹"特洛伊木马"，这匹新马要鲜活得多，刚一落地就扎下了根系，所以塞提和拉美西斯对他们非常放心。

墨涅拉俄斯再一次见到海伦的时候，图雅皇后也在场。他表现得温文尔雅，像一个普通的丈夫那样对待自己的妻子，不过他们以后能不能见、何时见，仍然要由皇后决定，他再也不能粗暴地对待和纠缠她。海伦虽然认为墨涅拉俄斯只是在装模作样，但他总算能克制住自己的脾气了。

墨涅拉俄斯巧妙地缓解了拉美西斯的敌对情绪。他们的交谈总是发生在正式的场合，且尽量不去攻击对方。墨涅拉俄斯作为贵宾，也严守宫里的规矩，努力和储君和谐相处。拉美西斯虽然态度冷漠，但总算没有发生公开的冲突。谢纳和他希腊朋友的阴谋已经开始了，一切发生得悄无声息。

亚夏细腻光滑的脸上，没有一根凌乱的胡须，他指甲整齐干净，双眼精光四射，正坐在谢纳的船舱里品尝着浓郁的啤酒。就像他们约定的那样，这是一场秘密会面。

国王的长子对这位年轻的外交官尚有疑虑，所以虽然谈到了墨涅拉俄斯和海伦来访的事，却没有吐露自己的计划。

"亚洲的局势怎么样了？"

"日益复杂。到处都是分崩离析的小公国，所有小国的国王都做着掌控整个联邦的春秋大梦。这是一种有利于我们的分裂状态，可惜不会持续很长时间。我和我的同事有不同的看法，我坚信赫梯人可以把那些野心勃勃的、不安分的国家收归到自己的旗下。到了那个时候，埃及就有麻烦了。"

"会用很长时间吗？"

"几年。期间都是些毫无意义的谈判。"

"法老知不知道？"

"就算知道也知道得有限。我们的外交官已经和这个时代脱节了，看不到以后的事。"

"你能拿到切实的消息吗？"

"需要时间。有些国王的重要谋臣和我走得很近，我们私下见面时，能打探到一些机密信息。"

"外交部长梅布和我交情极好，说是朋友也不为过。我们的合作若能继续，有我帮忙，你的官职也能往上升一升。"

"相比于拉美西斯，你的名声在亚洲更加响亮。"

"要是有什么大事，一定要告诉我。"

45

　　储君想要执掌政权，有一个关键的步骤一定要走，就是通过奥西里斯的神秘仪式。拉美西斯是在塞提掌政的第十年，也就是他十八岁的时候，迈出这一步的。法老原打算再过一段时间，等他的儿子再稳重一些，再做这件事，可是他怕命运没有给他留下足够的时间。虽然这个年轻人发展得有点不太均衡，塞提仍旧将他带去了阿拜多斯。

　　神明塞特杀害了自己的兄长奥西里斯，埃及最大的神庙就是为了压制这股恐怖的毁灭之力而建造的，塞提是塞特在人世的分身。作为法老，他要将这股毁灭之力转化成重生之力。

　　在父亲的带领下，拉美西穿过神庙的第一道塔门，两位祭司服侍他在石盆里洗净手脚。走过一口古井之后，露天神庙的大门出现在他面前。所有奥西里斯国王的小像前都摆了花束和装满祭品的篮子。

塞提说："这里代表了光明。"

那些包裹着琥珀的、用黎巴嫩雪松石建成的大门，给人一种无法接近的感觉。

"再走近一点儿怎么样？"

拉美西斯点了点头。

那些门半遮半掩。拉美西斯在一位身穿白袍的光头祭司的按压下弯下身体。当他迈入那片洁白的土地时，以为自己走进的是一个充满奶香的仙境。

这里有七座小神庙，塞提每走到一座神庙前，都要举起代表所有祭品的玛亚特女神的小雕像，之后，他带着儿子去了刻有埃及历任法老之名的祖先长廊。

塞提说："他们虽然已经离开了人世，但他们的精神并未消失，它为你的思想提供养分，为你的行为指引方向。神庙与天地同寿。你将在这里聆听神明的声音，探寻他们的秘密，留心他们的存在。他们创造了光明，而你的责任是让光明永存于世。"

刻在圆形的柱子上的象形文字，大意是说法老务必要制定建造神庙的计划，切实履行神庙的皇家职能；为神明的祭礼做准备，敬奉神明，让神明的福泽洒满大地。父子二人认认真真地研读了一遍。

塞提说："缀满繁星的夜空会永远铭记祖先的名字，他们早在几百万年前就已存在了。你要铭记各种规条，然后依法执政，因为它可以将世间万物融合到一起。"

拉美西斯被头上壁画中的一幕场景震得木立当场：在法老的帮助下，一个少年抓住了一头野公牛！雕刻师把那一刻永久地记录了下来，所有法老的继任者如果想探析未来，就必须走过这一步。

离开神庙之后，塞提和拉美西斯朝一座树荫茂密的小山丘走去。

"几乎没什么人能想起奥西里斯的墓穴。"

他们一直向下，通过一个入口进入地下。在一段台阶之后，他们踏上了一条百米长的拱顶走廊。刻在走廊墙壁上的文字写的是冥界各个通路的大门的名字。走廊以一个直角拐向左侧，前边的建筑物格外不同：在一个四面临水的小岛上，十根巨大的石柱撑起了一座小神庙的穹顶。

"祭奠奥西里斯的神秘仪式每年一次，他会在这个巨大的石棺中复生，是第一个以海洋为神力之源的重要神祇。他和最初天地万物开始生息繁衍时，从海洋神力中涌现的主教一模一样。这片隐秘的海洋是尼罗河、洪水、黎明时分的露珠，以及倾盆的大雨和清澈的泉水的根源，太阳船在它上面航行，因为它，我们的世界才能在宇宙中旋转。我希望你的心能沉入其中，突破固有的疆域，在浩瀚的无边之界获得更多的力量。"

奥西里斯的神秘仪式在黄昏时分开始，拉美西斯也是其中一员。

他喝的清水来自隐秘的海洋，他吃的麦穗是重生的奥西里斯身上的。他穿着用细亚麻裁制的衣服和神明虔诚的信徒走到一起，在队伍的最前方，领队的祭司戴着豺狼面具。塞特的爪牙拦住他们，想要消灭他们，杀掉奥西里斯。在一阵让人心慌意乱的音乐声中，一场宗教之争拉开帷幕。拉美西斯扮演的是荷鲁斯，奥西里斯的儿子兼继承者。光明之子能够击败黑暗之子，荷鲁斯发挥了至关重要的作用，不过他的父亲在交战的时候被敌人杀死了。

奥西里斯忠诚的信徒抬着他立即赶赴神圣的小山，并安排了守灵的女祭司。图雅扮演的是大术士伊希斯，她通过念诵咒语让肢体分离的奥西里斯得以重新聚合并复生。这是一个不受时间限制的夜晚，拉美西斯把人们说的每句话都记在了心里，为他加冕的是一位女神，而非他的母亲。这是一场将拉美西斯的心卷入重生秘地的宗教仪式。他有好几次在犹疑间，觉得自己与人世彻底隔绝开了，在冥界被切割得支离破碎。可是他没有被这场诡异的战斗打败，他的身、心仍然是一体的。

在阿拜多斯那几周，拉美西斯时常到布满阴云的圣湖边冥想。奥西里斯的帆船在那场神秘的仪式里曾在湖面上驶过，它的制造者是阳光而非人类。"大帝的阶梯"引起了储君的注意，在它周围林立的石碑上记载着往生者的名字，奥西里斯的法庭逐一审判过这些枭首人身者的灵魂，他们为了享用祭司每日准备的祭品，跟着朝圣的队伍来到阿拜多斯。

他走进神庙的藏宝室，里面有金子、银子、专供皇室使用的亚麻布、雕像、圣膏油、乳香、酒、蜂蜜、末药、油脂和花瓶。拉美西斯很喜欢粮仓，里面来自阿拜多斯地区的作物，要先经过祝祷圣化才能分给民众。同样的，公牛、脂肪丰厚的母牛、小牛、公羊和家禽也要接受祝祷，这些动物除了少数被送进了神庙的牲口棚，大多被送回了周边的村庄。

塞提在其掌权的第四年曾经颁布指令，所有神职人员都要尽忠职守，永远守护神明。也正是因为这样，阿拜多斯的工作人员才能拒绝滥权、苦役和征召。总理大臣、法官、部长、市长和王公贵族都收到了这项指令，且必须严格遵守。阿拜多斯的一切资产，不管是船、驴子，还是土地都不能转卖。另外，受到法老和奥西里斯共同保护的每个农民，种地的人、种葡萄的人、酿酒的人和其他园丁，日子都过得非常自在。在努比亚中心地区诺里，有一块二百八十米长，一百五十六米宽的醒目的石碑，塞提的这条指令就刻在上面，所有人都能看见。任何胆敢违抗皇命意图染指神庙土地或者征调神庙工作人员的人，都要受到严厉的处罚：杖刑两百下，然后割掉鼻子或耳朵。

看过神庙的常规仪式，拉美西斯才知道神圣之事虽与经济有着本质的区别，却也密切相关。当法老化身圣者与神灵进行沟通时，物质世界就消失了，可是没有才华横溢的建筑师和雕刻师，就没有金碧辉煌的神庙和惟妙惟肖的神像；没有农夫艰苦的工作，国王哪有最精美的食物，献给无形之神。

神庙不会用教条式的真理束缚压制人的思想，神灵的精神的转生地点，石头军舰的所在地，看上去没有变化，其实这都是表面现象，神庙的职责是洗涤人心、改变模式，并对某些物品进行圣化。埃及社会以此为核心，将法老和神祇联系到一起的是爱，人民就生活在这样的爱里。

拉美西斯在祖先回廊里流连不去，努力探查那些以"玛亚特"为治国标准的国王的名字。前朝帝王的陵墓就在神庙附近，他们的木乃伊被放在萨卡拉永恒的神庙里，陵寝中的其实是他们无形而永恒的躯体，是法老的生命之源。

　　他忽然觉得这个责任太大了。他还年轻，只有十八岁，是个热爱生活的小伙子，就算他身上燃着烈焰，也承受不住这些伟人的基业。他哪有那么厚的脸皮和那么大的自信能当塞提的继任者。

　　拉美西斯被自己的梦迷住了眼睛，可是阿拜多斯把他拖回了现实世界，这也正是他父亲将他带来此地的原因。他有多微不足道，在这座神庙里看得最清楚。

　　储君翻过围栏，迈步走向河边。该回孟斐斯了，他会和伊瑟结婚，和朋友过着灯红酒绿的生活，他会告诉父亲，他不做储君了。他的哥哥既然对执掌国政如此感兴趣，就顺了他的意好了。

　　拉美西斯胡思乱想间迷失了方向，从村子里走到了尼罗河边上的凹地里，陷在芦苇丛中出不来了。他推开芦苇，向前方张望。

　　一头棕黑色的野牛出现在他面前。它长长的耳朵向下垂落，腿像石柱一样粗硬结实，胡髭坚硬，两只角像头盔一样尖利。它凶狠地看着他，就像四年前那样。

　　拉美西斯没有后退。

　　在自然界中，这头公牛是拥有巨大力量的百兽之王，它将昭示他的命运。如果它冲过来，一角扎在他身上，然后用蹄子踢他、踩他，埃及就会失去一位王子，但他不是不可或缺的，皇室很容易就能找到替代品。如果它留下了他的性命，那他的命也不再是自己的了，他必须竭尽所能证明自己配得上这种宠爱。

46

有不少晚宴和庆典向墨涅拉俄斯发出了邀请，海伦表示愿意和他一起去，且会对他唯命是从。那些希腊人也和本地居民处得非常好，为防遭到当地民众的排斥，他们严守埃及法律。

谢纳因为这些成绩获得了很好的声望，文武百官认为他在外交上颇有才华。由于储君明显非常排斥拉塞德蒙国王，所以人们私下里总是指责他的态度，说他太过死板，损害了所有的礼仪规范，并以此作为他没有治国之能的证据。

不过几周的时间，谢纳就夺回了失地。他弟弟去了阿拜多斯，在此期间，他有了一个更加广阔的空间。他虽然没有储君的名头，但他做的是储君的工作。

人们对于塞提的决定虽然不敢提出异议，但总有一些大臣暗中嘀咕法老的决定也未必就对。相比于谢纳，拉美西斯的仪表当然出色得多，可是想当国王只有仪表怎么行？

抗议的浪潮虽未形成，但心存疑虑的人正在增多，只要时机一到，就会成为谢纳的新的助力。上一次的经验明确地告诉国王的长子，拉美西斯不是一个好对付的人，只有对他发动全方位的攻击且不留一点活路，才能真正打败他。谢纳全神贯注地经营着这份隐藏在暗处的工作，不屈不挠且激情勃发。

让两个希腊军官进入皇宫的安全部门，这是他计划里的一个重要环节，就在不久之前，已经落实到位了。这两个人会和其他警卫成为朋友，并慢慢地建立一个小集体，以便在关键时刻能发挥作用，他们之中的某个人或许还会成为储君的私人护卫！墨涅拉俄斯的支持让谢纳倍感安心。

拉塞德蒙国王来了之后，他的前途越来越有指望了。现在他唯一要做的，就是收买法老的某位医生，这样他才能对法老的健康状况了若指掌。塞提的身体肯定出了问题，这毫无疑问，但他不能只凭表象去猜测，万一弄错就要坏事了。

谢纳的作战计划尚未完全落实，所以他希望自己的父亲能再坚持一段时间。欠缺耐性的拉美西斯或许觉得时间过得越快越好，他却不这么想，时间长一点，反倒对他有利。如果命运允许的话，他耗费几个月时间布的局能成功地把拉美西斯抓入网中，储君必死无疑。

在柠檬树下，荷马口述了《伊利亚特》的第一篇诗词。亚梅尼记述下来之后，又重新读了一遍，赞叹道："真美！"

这位白发苍苍的诗人从亚梅尼的口气中听出一些未尽之意。

"说说吧，你觉得不合适的地方。"

"在你的叙述中，神明拥有了太多人性。"

"难道埃及是另一种样子？"

"有时在故事里也这样，不过那只是一种假象，目的是愉悦大众，神庙的训谕可不是这样。"

"你太年轻了，还只是个什么都不懂的书记员。"

"我知道的东西确实不多，可是有一点我很清楚，创作的力量来源于神，能够使用这种神力的专家应该格外谨慎。"

"我写的是史诗！神明不是关键，阿喀琉斯才是最伟大的英雄。当你了解了他们的功业，其他人的东西你就再也看不下去了！"

亚梅尼唯唯称是。希腊诗人出了名的激情昂扬，荷马也是如此。相比于声势浩大的战场，就算它们再如何雄伟悲壮，埃及的老作家们大多也只会把篇幅化在对智慧的论述上，再者说，荷马是一个长者，也是一位贵客，哪里轮得到他来说教。

荷马发起牢骚："这都多长时间了，储君怎么不来看我了。"

"他去阿拜多斯了。"

"奥西里斯神庙？传言那里是传承某些神圣而诡秘的道理的地方。"

"确实如此。"

"知道他回来的时间吗？"

"不知道。"

荷马耸了耸肩膀，将一杯用芫荽和八角调制过的浓郁的美酒送入肚："像不像是一种永久的流放。"

亚梅尼猛地站起来："您怎么会这么说？"

"如果这位继任者的态度引起了法老的不满，他会不会把他关到阿卜杜神庙，让他成为一名祭司呢？我是如此期待的。你们这个民族这么虔诚，想要解决一个麻烦的人物，用这种方法最好不过了吧？"

亚梅尼异常灰心。

如果荷马的猜测是对的，那他和拉美西斯怕是再也见不上面了。他希望他的朋友能给他一些建议，可惜他身边一个人都没有，摩西在卡纳克，亚夏在亚洲，塞达武在沙漠里，他只能自己干着急。他想借由工作让烦乱的心平静下来。在办公桌的文件袋里，他的同事塞了不少报告进去，但都是坏消息。他们虽然一直在查，可是关于违法制造墨块的那个工厂主人的信息，一条也没找到。还有那封将国王和王子引去阿斯旺的信，也找不到一点关于写信者的蛛丝马迹。

亚梅尼义愤填膺，他们如此努力，为什么一点好结果都得不到？犯人不是一点痕迹都没留下，可是没有人能勘破其中的关键。亚梅尼盘着腿坐在桌边，把所有的文件都拿出来细看，首先就是他在垃圾场翻出来的东西。

他把那份记录，尤其是写着谢纳最后一部分名字的碎片，又读了一遍。他做了一个假设，以解析这个冷血暴戾的人是如何犯案的。然后亚梅尼又对这封信的笔迹进行了核对，他忽然发现自己的假设再无漏洞。

现在真相已经浮出水面，可是拉美西斯若是真的被囚禁起来，就永远不会知道究竟是怎么回事了。至于那位凶徒，自然是要逍遥法外了。

　　年轻的书记员被这种不公气得火冒三丈，如果他的朋友能够帮忙，这个无胆的恶棍就能被拉上法庭了。

　　伊瑟要求马上觐见皇后，她要妮菲塔莉代为通传，态度非常强硬。不过图雅正和哈托尔的女祭司长讨论宗教仪式的事，她着急也没有用。伊瑟心慌意乱地揉搓着身上麻质长袍的一个袖口，后来甚至把袖口扯坏了。

　　伊瑟一见到妮菲塔莉打开会客室大门，就急不可耐地冲进去，结果一下子摔倒到大皇后脚边。

　　"陛下，我请求您的帮助！"

　　"发生什么事了，有人欺负你吗？"

　　"我知道拉美西斯根本不想被关起来，他没有做错任何事，为什么要受到如此重罚？"

　　图雅将伊瑟扶起来，拉到一个靠背很矮的椅子上坐好。

　　"你觉得住在露天神庙里非常可怕？"

　　"哪个年轻人会喜欢这种事？拉美西斯才十八岁啊！在这个年纪，就要被圈禁在阿卜杜……"

　　"你听谁说的？"

　　"亚梅尼，他的机要秘书。"

　　"现在我的儿子确实是在阿拜多斯，但他去那里不是被圈禁的。他以后要继承法老职位，自然要在奥西里斯接受神秘礼仪的浸洗，以便对神庙的职能有一个更加充分的了解。等他完成自己的功课，就会回来的。"

伊瑟觉得这非常荒唐可笑，但总算没那么担心了。

　　像每天早上一样，妮菲塔莉搭好披肩，第一个起床。她把当天的各项工作以及皇后的约会安排重新读了一遍。她根本无心考虑自己，作为大皇后的管家，她身上的担子非常重，必须谨慎小心，稳扎稳打。妮菲塔莉原本想成为一个女祭司，在神庙里生活，现在的生活虽和梦想差距很远，但或许是因为对皇后十分钦佩，她很快就适应了图雅严格的要求。图雅代表的是人间的玛亚特女神，她时刻提醒人们务必秉持公正之心。看到皇后的工作如此繁重，妮菲塔莉意识到自己不能只局限于世俗生活，这个家庭和这个家庭里的成员是国家的柱石，她既然为其工作就不能犯一点错误，不然后果会非常严重。

　　难道仆人们在房间里躲懒呢？不然厨房里怎么会一个人都没有。妮菲塔莉一个门一个门地敲过去，可始终没人回应。她疑惑地推开一扇门。

　　空无一人。

　　这些女人素来谨慎本分、纪律严谨，今天怎么耍起性子来了？再者说，今天也不是休息日或者节日，就算真有什么特殊情况，也有替班的女仆接手她们工作。既没有新面包，也没有糕点和牛奶，更重要的是，皇后的早餐要在十五分钟内呈上。

　　妮菲塔莉既焦急又惶恐，这对皇宫来说简直是场灾难。

　　她朝谷物堆飞奔，希望那些旷工的家伙会留些食物在那儿。可惜那里除了麦粒，什么都没有，磨粉、揉面和烘烤要用很长时间。毫无疑问，她这个女管家失职了，图雅会斥责她做事不用心、目光短浅，她马上就要被赶走了。

除了丢脸，更让她难过的是她必须离开皇后。在这种悲伤中，妮菲塔莉忽然意识到，她对图雅有了很深的感情，不能继续为皇后效命，对她来说是一件非常痛苦的事。

一个低沉的声音预测道："今天会是美好的一天。"

"储君！您在这儿做什么……"妮菲塔莉缓慢地转身。

拉美西斯倚着墙，双手交握："我不该出现在这儿？"

"不是，我……"

"不用担心我母亲的早餐，侍女们会按时呈上去的，就像平常一样。"

"可是……我一个人都没看到！"

"你不是喜欢这句格言吗：'我们可以在石磨女工身上找到最完美的话语，尽管它藏得比绿色石头更隐蔽。'"

"您把屋里的人都打发走，是想引我来这儿？"

"我就知道你会这么说。"

"看我着急忙慌地捣麦粒，您觉得很有意思？"

"不，妮菲塔莉，我想得到的，是世间最动听的那句话。"

"很抱歉，没能让您得偿所愿。"

"我可不这么想。"

她容貌出众，才华横溢，眼睛像淡蓝的大海一般深邃。

"您或许觉得我张皇失措的样子很可笑，但您的玩笑在我看来也非常无聊。"

储君忽然没那么自信了。"妮菲塔莉，我的意思……"

"所有人都认为您在阿拜多斯。"

"我昨天回来的。"

"您回来之后做的第一件事，就是贿赂皇后的女仆，把我的工作搞得一团糟吗？"

"在尼罗河边上，我遇见了一头野公牛。我们曾经交过手，它原本可以杀了我的，用它那双锋利的角。在它瞪着我的时候我做了一个严肃的决定：除非我死，否则我将掌控自己的命运。"

"您还活着，这真让人高兴，愿您成为国王。"

"这是你的想法，还是我母亲的想法？"

"我只会说实话。我能走了吗？"

"妮菲塔莉，你有一句比那颗绿色的石头更珍贵的话！你可以说出来吗？这会让我感到非常幸福的。"

年轻的姑娘躬身行礼。"埃及的储君，我是您微贱的女仆。"

"妮菲塔莉！"

她挺胸抬头，神情桀骜。她的高雅，让人赞叹。

"我和皇后早上要做一些沟通，她已经在等我了，我不想犯下迟到这样严重的过错。"

拉美西斯一把抱住她："我要娶你为妻，我要怎样，你才能答应？"

"您只要问问我的意见就可以了。"她低声呢喃。

47

　　塞提执政第十一年的第一件事是祭祀吉萨的高原守护神。这片圣地是全国的精神之源，他曾经下令严禁任何非教内人士进入此地。

　　拉美西斯以储君的身份陪父亲一起走入一座小神庙。在这座神庙前方，有一座巨大的石雕——双眼仰望苍穹的狮身人面像。在这座石雕旁边还有一座石碑，雕刻家在上面雕刻了塞提擒获塞特的神兽羚羊的景象，法老最重要的工作就是战胜以沙漠猛兽为代表的黑暗力量。

　　这个景象让拉美西斯心醉神迷，他用身上所有的神经来吸收蕴含在神庙周围的力量。

　　拉美西斯坦言道："我在尼罗河附近看到它了。我们曾经对峙过，它就像我们第一次遇到时那样死死地盯着我。"

赛提说："你不想当储君，也不想继承王位了是不是？结果它阻止了你。"

父亲知道他在想什么。或许那头野公牛就是塞提变化出来，用来考验他的儿子的。

"阿拜多斯的秘密，我还没有完全掌握，不过那段与世隔绝的长久的思索让我明白了一件事，就是其实神秘就在生活之中。"

"奥西里斯的神秘祭祀仪式在维持国家平衡上有着至关重要的作用，所以你要经常去那里进行祭拜。"

"我还有一个决定。"

"我和你母亲都觉得可以。"

拉美西斯高兴极了，不过这里严肃的氛围让他勉强压下了大声欢呼的想法。或许有一天，他也能像塞提那样看透人心吧？

拉美西斯第一次看到如此生机勃勃的亚梅尼。

"现在没有任何疑问了，我反复验证过了！虽然难以想象，但事实确实如此……你看，好好看看！"

年轻的书记员拿出一堆初始资料，有莎草纸、有木板、还有石灰碎片，在得出结论之前，他把这几个月搜集的所有证据都一遍又一遍地核查过了。

他说得斩钉截铁："就是他，笔迹对得上！我连他和他雇的马车夫、马夫的关系都捋清楚了。拉美西斯，你明白吗？他就是那个盗匪和罪犯！只是他为什么杀你啊？"

起初，拉美西斯怎么都说服不了自己，最后还是相信了。这件事虽然棘手，但亚梅尼完成得非常漂亮，没有一丝漏洞。

"我得问问他。"

拉美西斯的姐姐杜兰特和她的丈夫——越来越胖的萨力，正在给别墅池塘里活泼的热带鱼喂食。杜兰特非常恼火，炎热的天气弄得她气力全无，而且她的皮肤总是出油，一点儿办法都没有，一定要换个医师，试试别的油膏才行。

仆人进来禀告，说拉美西斯来访。

杜兰特惊叫着冲过去，一把抱住弟弟："你能来，我真是太荣幸了。你知道吗？宫里的人都说你被带到阿拜多斯圈禁起来了。"

"宫里的人从未猜对过，好在治国的不是他们。"

这对夫妻被他冷峻的口吻吓住了：如果说之前，年轻的王子说话时还带一些孩子气，那现在已经是埃及储君的沉稳了。

"你答应将谷仓交给我丈夫管了？"

"我亲爱的姐姐，你能先离开一会儿吗？"

杜兰特气恼地说："我丈夫没有避着我的事。"

"你对此深信不疑？"

"是！"

萨力，拉美西斯的前任家庭教师，忽然一改往日积极乐观的态度，坐立不安起来。

"你能看出这是谁的字迹吗？"

拉美西斯拿那封将塞提和拉美西斯引去阿斯旺的信给他们看。

萨力和他的妻子默不作声。

"这封信的名字可以作假，但笔迹做不了假，写得清清楚楚，萨力，就是你。我已经和其他文件比对过了。"

"这是假的，有人仿冒了我的……"

"你觉得只当教师不够，所以无视法律布置了一个以次充好的买卖，给劣质墨块贴上了上等墨块的标签。当你发现有危险时，就竭尽全力抹掉了所有和你有关的痕迹。这对你来说没什么难度，毕竟档案资料和书记员的工作，你太熟悉、太了解了。可是我的机要秘书在一个垃圾场里找到了一份遗留下来的残破的文件复本。他为了查明真相，几乎死在那儿。这么长时间了，不管是他，还是我，都把谢纳当成凶手。直到后来，亚梅尼发现残留下的那点制造厂的厂主的名字，它还很清晰，其实不是谢纳名字的后半部分，而是你的，这才知道我们弄错了方向。另外，一年之前，你还雇用了一个马车夫，想要把我引入陷阱。真正的凶手是你，我哥哥确实被冤枉了。"

拉美西斯的前任家庭教师下巴绷得死紧，不敢直视储君的眼睛，至于杜兰特，居然半点惊慌、惊讶的神色都没有。

萨力说："你手上的证据并不切实，只凭这点线索，法庭是不会将我入罪的。"

"你恨我，为什么？"

拉美西斯的姐姐高声喊道："因为你是我们的绊脚石！你不过是个乳臭未干、自以为是的臭小子，对自己的权力未免太自信了。我丈夫学富五车，既懂变通，又智力超群、出类拔萃。他懂得治国之道，更重要的是，通过我——国王的女儿，他还有了继承王位的资格。"

杜兰特抓着丈夫的手，把他推到前边。

"你们是被野心弄得神志不清了,我可以不提请诉讼,让你们免于父母的惩罚,可是你们必须离开孟斐斯,搬去乡下,再也不要回来。不要再犯错了,不然就算只是小错,也会被驱逐出境的。"

"拉美西斯,我是你的姐姐。"

"你若不是我姐姐,我怎么如此软弱和大度?"

亚梅尼同意不提起诉讼,虽然他为此曾经受过重伤。他知道,杜兰特和萨力,一个是拉美西斯的姐姐,一个是他的前任家庭教师。他们做下这种事,对拉美西斯无疑是一种伤害,而他的这种善意则有利于缓解拉美西斯的伤痛。他若坚持想要求得一个公正的裁决,拉美西斯当然不会反对。不过这个年轻的书记员,现在心里只装着一件事,就是拉美西斯与妮菲塔莉就要结婚了,他得想办法把储君所有亲朋好友都请到才行。

"塞达武收集到不少毒液,现在已经回到实验室了,摩西后天就能到孟斐斯,唯一可惜的是亚夏……他已经走了,不知道什么时候能回来。"

"我们等他。"

"我太开心了……据说妮菲塔莉非常漂亮。"

"难道你持有不同意见?"

"你让我分辨一张莎草纸或一首诗是不是精致优雅,我自信可以做到,但你让我判断一个女人漂不漂亮……我只能说你对我的要求太高了。"

"荷马的身体怎么样?"

"他很想见你。"

"我会派请帖给他的。"

亚梅尼看上去有些紧张。

"有什么棘手的问题吗？"

"有。关于你的……我虽然努力挡驾，但真有点撑不住了。伊瑟要见你，非常坚决。"

伊瑟以为自己会火冒三丈，痛骂自己的情人，可是当拉美西斯走过来的时候，这种欲望却被压制下去了。因为她发现拉美西斯变化极大，再不是她喜欢的那个温润多情的少年郎了，他变成了一个越来越看重其职务的名副其实的储君。

这个年轻的女人发现站在她面前的这个男人，她既不了解，也影响不了，于是敬畏取代了怒火。

"你能来，我真是太高兴了。"

"你做的事，我母亲和我说了。"

"真的，我太担心你了，非常想让你回来！"

"明天，我会娶妮菲塔莉为妻。"

"她很美……可是我，我怀孕了。"

拉美西斯轻轻地握住她的手。

"我不会不要你的。这是我们的孩子。如果以后命运选择我作为掌权者，妮菲塔莉会成为我的大皇后。至于你，只要你肯，你就能在皇宫里生活。"

她紧紧地贴在他身上："拉美西斯，你是爱我的，对吗？"

"伊瑟，我在阿拜多斯的那头野公牛身上，看到了自己的本真，我或许当不了一个普通人。我父亲交给我的担子非常沉重，有可能会压垮我，但我愿意接受这个考验。你代表的是少年人充满激情和欲望的痴狂的爱，而妮菲塔莉，她是女王。"

"总有一天，我会老去，然后被你遗忘。"

"我是国王，国王怎么会忘掉自己的家人呢？你愿意成为我的家人吗？"

她吻住他。

婚礼完全不涉宗教，而且规模也不大。妮菲塔莉的意思是，在野外，不管是棕榈树下、田里地、蚕豆花中间，还是有牛羊饮用的、有淤泥的险峻的运河边，简单地吃个饭即可。

妮菲塔莉穿着一身亚麻质地的短裙礼服，手上戴着天青石手环，颈间一条肉红玉髓项链，装扮得和图雅皇后一样。早上才从亚洲回来的亚夏穿着最为华贵。他没想到婚礼现场居然是这样一个荒无人烟的地方，参加婚礼的，除了大皇后、摩西、亚梅尼、塞达武，还有一位声名赫赫的希腊诗人、一头有着巨大脚掌的狮子和一条喜欢捣乱的狗。

这位外交官更喜欢宫里盛大的宴会，不过他非常克制，尽量忍受着塞达武戏谑的目光，自然地和大家一起在野地里分享粗糙的食物。

御蛇巫师说："怎么，不舒服？"

"是个很漂亮的地方。"

"只是你华丽的长袍被野草弄脏了！日子不好过啊……尤其是周围一条蛇都没有的时候。"

荷马虽然眼神不好，却也被妮菲塔莉的美貌迷住了，最后他不得不承认，她比海伦更美。

摩西对拉美西斯说，"我总算能轻松一天了，多亏有你。"

"卡纳克的任务重吗？"

"是个宏伟的大工程，只要有一点差错就能毁了整个项目，为了能让工程顺利进行，我必须加班加点地核对，一个小细节都不能放过。"

塞提虽然同意了这桩婚事，但他并未参加宴会，埃及的事务太多，以致法老一天轻松自在的日子都过不了。

这一天非常简单也非常幸福。拉美西斯在回都城的路上一直抱着妮菲塔莉。回到皇宫之后，他们一起跨过房门，成为合法夫妻。

48

谢纳动作频频,不断地接见达官显贵,举办各种午宴、晚宴、招待会和秘密会谈。作为一个礼宾司长,他的职责就是和这个国家的核心骨干和谐相处,不是吗?

实际上,谢纳抓住了他弟弟的一种重大错误:他居然选了一位中等家庭出身的平民百姓做妻子,做大皇后!拉美西斯当然不是第一个这样做的王储,在这方面也没有任何硬性规定,可是塞提的长子想方设法地让人们认为,拉美西斯这么做是在挑衅皇室和贵族,附和他的人非常多。用不了多久,储君桀骜的性格就会削减他现有的优势,到时,妮菲塔莉又能怎么做?她被一份不属于自己的权力迷住了双眼,为了打败皇室旧人和那些贵族,她必须结党。

拉美西斯的名声已经越来越差了。

看到杜兰特，谢纳大吃一惊："你的脸怎么憔悴成这样，日子过得很艰难吗？"

"比你想象的还要艰难。"

"我亲爱的妹妹……和我说说吧。"

"我和我的丈夫要离开孟斐斯了。"

"你不是认真的吧？"

"拉美西斯要求我们必须走。"

"拉美西斯！他有什么权力这么做？"

"还不是那个可恶的亚梅尼，他说萨力罪大恶极，除非我们乖乖听命，不然，他会提起诉讼。"

"他有证据？"

杜兰特撇撇嘴角。"没有……是有些模模糊糊的线索。不过你知道的，在法律上，这些线索对我们来说或许有点麻烦。"

"所以，你和你丈夫确实设计过拉美西斯？"

公主开始吞吞吐吐。

"妹妹，你可以和我说实话的，我又不是法官。"

"我们确实有一些小动作……不过那又怎样！要不是拉美西斯，我们也不会一个个地全都被排除在外！"

"杜兰特，不用喊得这么大声，我相信你。"

她变得非常沮丧："我和萨力准备加入你的阵营，和你携手作战，不知你意下如何？"

"你不说，我也要问你的意思。"

"哎，我们在乡下能发挥什么作用呢？"

"谁说不能？在底比斯附近，我有幢别墅，你们先去那里住一阵子，想办法结交当地的民政部门和大祭司。有几个乡绅对拉美西斯尚有疑虑，你要想办法让他们相信拉美西斯未必能登基。"

"你能雪中送炭，心肠真是太好了。"

谢纳忽然用猜疑的眼光盯着她。

"你们设计的陷阱……最后的受益人是谁呢？"

"我们只想着……要把拉美西斯除掉。"

"你是法老的女儿，你想借此把你丈夫推上王位，对不对？你要是想和我结盟，必须抹掉这种妄念，全心全意为我效命。等我掌握大权，我会重赏所有支持我的人。"

在启程前往亚洲之前，亚夏参加了一场招待会，这场招待会是谢纳主持的，非常成功。会上，人们一边品尝山珍海味，倾听动人的乐声，一边互通消息，非议储君及其年轻的妻子，称颂塞提的盖世功名。所有人都知道国王的长子谢纳和前途无量的年轻外交官亚夏关系极好。

谢纳说："不出一个月，你就会升官，成为亚洲事务处的传译官。这么年轻就坐上这个位置，威风得很啊。"

"我要怎么谢谢你才好呢？"

"继续传消息给我。拉美西斯的婚礼，你去了吧？"

"去了，还有一些他最要好的朋友。"

"遇到麻烦没有？"

"没有。"

"他一点都没有怀疑你？"

"完全没有。"

"他同你打探过亚洲的情况吗？"

"没有。他根本不敢插手他父亲的工作，比较起来，他更喜欢专心宠爱他年轻的妻子。"

"有什么成果吗？"

"很大的成果。有几个小公国，你只要稍微给他们点好处就能收服过来。"

"金子？可是能够动用金子的，只有法老本人啊。"

"我们可以打着你的旗号，用暗中许诺的方式，给他们一些不会兑现的承诺。"

"好主意。"

"在你登位以前，都可以把承诺视为最有效的武器加以使用，而你在我口中将是唯一可以帮大家实现愿望的君主。一旦时机成熟，你就可以按照自己的意思任命部长了。"

拉美西斯和妮菲塔莉的生活方式和过去并无不同。看样子，储君的工作还是在其父亲的保护下进行的，而他的妻子也仍旧是图雅的仆从。谢纳认为他们的谦恭不过是为了打消国王和皇后戒心的伪装，只有这样，国王和皇后才不会担心自己引狼入室。

有些人已经走进了他设计的某些陷阱里，只有摩西他现在还没有找到收服的办法，不过总有机会的。其实想要毁掉储君的联盟，还有一个人值得抓住，这是一步非常关键的棋。

在梅室后殿，有个开幕仪式在巨大的池塘上举行，姑娘们无忧无虑地享受着戏水和划船的乐趣。谢纳向已经怀有身孕的伊瑟问好，她也是这次活动的贵客。

"最近身体怎么样？"

"我身体挺好的。他会是一个让拉美西斯倍感骄傲的男孩儿。"

"妮菲塔莉，你见过了吗？"

"我和她已经是朋友了，我很喜欢这个女人。"

"你的身份……"

"拉美西斯的两位夫人之一。我没想当皇后，只想要他的爱。"

"我钦佩你的高姿态，但你不觉得这太假了吗？"

"不管是拉美西斯本人，还是爱拉美西斯的那些人，你都不了解。"

"我弟弟的运气确实好得让人嫉妒，但你会幸福吗？我很怀疑。"

"在我看来最荣耀、最动人的身份，就是有权给他生一个有王位继承权的儿子。"

"用不了多久，你一定会后悔，拉美西斯能不能当上法老还不一定。"

"法老的意思，你还敢质疑不成？"

"我当然不敢……可是未来的事，谁说的好呢？亲爱的，我有多看重你，你不会不知道，可是拉美西斯呢，他对你太无情了吧。你这么优雅聪慧，出身也好，为什么不能当大皇后？"

"与其做一场遥不可及的梦，我宁可接受现实。"

"这不是梦。拉美西斯不能给你的，我会给你。"

"你怎么敢，我已经有了他的孩子！"

"伊瑟，你考虑清楚。一定要认认真真地想一想。"

谢纳始终没有成功地收买到塞提的私人医生，一位都没有，虽然他的心腹爱将们挖空心思做了不少事，还通过中间人许了大量好处。这些人不是不动心，而是非常谨慎，因为相比于国王的长子，他们更畏惧塞提。法老的身体状况是国家机密，任何胆敢泄密的人都将受到严惩。

医生这条路既然走不通，谢纳只好换一条路走。因为医生开的处方最终要交给某个神庙的实验室去完成配药工作，所以他选择从神庙下手。

谢纳为了找出这间神庙花了不少工夫，好在总算成功了，为塞提配置药水和药丸的，是塞赫迈特的一间小神庙。他选择的行贿对象不是实验室主管——那个家财万贯、丧偶多年的老头子，而是他的助手们，因为贿赂前者的危险系数太高了。他很容易就找到了可以下手的猎物，一个大约四十岁的男人，他有个小他很多岁，总是嫌他薪俸太低，无法为自己提供足够的衣服、首饰和香脂的妻子。

谢纳拿到药方之后得出结论：塞提得的是一种慢性病，且病势沉重，最多只能在皇位上再撑三四年。

收获的季节，塞提给庇佑他们的女神的玄武岩雕像献酒。那是一条象征祥瑞的眼镜蛇，它负责守护大地田园农民们感念国王出现在此地的恩德，兴高采烈地围绕在他身边。相比于文武大臣，塞提更喜欢见这些淳朴的百姓。

丰收女神、稻谷之神和法老，是人们眼中可以掌控收成的人，所以他们在祭祀之后，又向这些神祇致意。拉美西斯感受到了民众对父亲的爱戴，百姓敬重他，百官畏惧他。

在井边的棕榈树下，塞提和拉美西斯坐下一起享用一位侍女呈上来的葡萄、椰枣和冰啤酒。拉美西斯以为这次离开皇宫和国事塞提终于能歇息一下了。一缕柔光笼罩在塞提脸上，他似乎闭上了眼睛。

"拉美西斯，你掌权时一定要认真观察人们的灵魂，把工作交给那些性格坚韧、信守诺言和公正的人去做，为他们安排合适的职位，让他们成为'玛亚特'的执行者。严惩贪污受贿之人。"

"父亲，在你任职五十周年的时候，我们还要举行庆祝典礼呢。请你多执政一段时间吧。"

"能做三十年的埃及国王，就已经足够了……我怕没有那么多的时间。"

"你非常健壮，就像花岗岩一样！"

"不，拉美西斯。石块不会消亡，法老的名字也可以打破时光的壁垒，可是我的肉体是会消散的。时间快到了。"

储君觉得心口酸痛："国家离不开你。"

"重重考验让你得到了飞速的成长，但你的人生才刚刚开始。几年之后，当你回忆起那头野公牛的眼神时，会有新的感受，并获得你想要的力量。"

"在你身边，没有什么事是难办的、做不到的……命运为什么不给你多一些时间执掌政权呢？"

"你做好心理准备才是关键。"

"朝廷恐怕不会接受我。"

"我死之后，会有很多人因为嫉妒挡你的路，设计陷害你，到了那个时候，你就得一个人战斗了。"

"我没有盟友吗？"

"谁都不要相信，你再无兄弟姐妹。背叛你的，是你给予了最多赏赐的人；暗中伤害你的，是你给予了很多财富的人；让人为难的，是你曾经帮助过的人。不管是下属还是心腹，都要警惕，你只能靠自己、相信自己。你的处境越是艰难，就越没有帮手。"

49

在底比斯的皇宫，伊瑟产下了一个漂亮的男孩儿，叫作凯 [1]。为了恢复原本曼妙的身材，这位年轻的母亲开始接受特殊护理，当然拉美西斯已经看过孩子了。这是拉美西斯的第一个孩子，他非常喜欢，觉得非常幸福。伊瑟信誓旦旦地说，只要他还爱她，她愿意为他生很多小孩。

可是拉美西斯一走，一种强烈的孤独感就袭上她的心头，她又想起谢纳说的那些恶言恶语，拉美西斯离开她去找妮菲塔莉了。那个女人虽然看似寻常却很会献殷勤，颇有些让人丢不开手的本事，靠着自己举世无双的容貌和气质，妮菲塔莉悄无声息地就抓住了大家的心。在妮菲塔莉的迷惑下，伊瑟当初还觉得拉美西斯

[1]　全名凯昂－乌－亚塞，意思是出生于底比斯的人。

的做法没什么问题。

可是她心里的孤独感越来越重，她想孟斐斯富丽堂皇的宫殿，怀念小时候和同伴嬉笑的时光，在尼罗河边漫步、在华美别墅的池塘边戏水的日子是如此让人向往。富庶繁荣的底比斯城终究不是伊瑟的故乡。

谢纳说得没错，她为什么要忍受拉美西斯把她扔到妃嫔的位置上，令她低人一等的做法。

荷马用芦苇引燃了一枚大蜗牛壳里的混合药剂，悠闲自在地抽了起来，这种混合药剂是用切碎的干鼠尾草磨粉制成的。

拉美西斯说："你这个习惯也太奇怪了。"

"这对我写作有好处。你美丽的妻子怎么样了？"

"妮菲塔莉还在做皇后的管家。"

"埃及的女人太喜欢出来走动了，希腊女人更保守一些。"

"你觉得她们不该如此？"

荷马深吸一口气。"说实话……不是。在这方面，你们做得挺好，但我有不少指责要说。"

"我会认真听的。"

他惊异于拉美西斯的谦卑。

"我批评你，你不生气？"

"如果你的意见能让我每天的生活更加美好，我为什么要生气呢？"

"这个国家真怪……希腊人喜欢辩论，会用很多时间来做这件事，所有的演说家都一副慷慨激昂的样子，民众也总是唇枪舌剑地吵个不停。这里的人，谁敢驳斥法老的话呢？"

"落实'玛亚特'是他的使命，他若做不到这一点，就会引发混乱和灾难。"

"你完全不相信别人吗？"

"我不相信。听之任之的统治方式其实是对人民的不负责任，是一种懦弱的行为。有智慧的人永远不会放弃修正弯曲的木棍。"

荷马再次深吸一口气。"在《伊利亚特》里，我加进去了一个预言家，我对这个人非常熟悉，他不仅知道现在和过去，还能通晓未来。你和你父亲都是富有智慧的人，就像你说的那种智者，所以眼下我们还处在十分稳定的状态，可是以后……"

"你也是预言家？"

"所有的诗人都是预言家。我的第一首诗中，有这样几句话，你听听：'阿波罗背着弓、束着箭，一脸懊恼地走下奥林匹斯山；他火冒三丈，弓箭随着他的走动发出碰撞的声音。他无声息地迈步向前，射杀人类，如同黑夜……不计其数的尸体像柴草般燃烧。'"

"在埃及会被处以火刑的只有罪犯，而且是那些罪大恶极、十恶不赦的罪犯。"

荷马看上去有点恼火。"埃及非常稳定……可是能稳定多长时间呢？拉美西斯王子，我做了一场梦，看见不计其数的弓箭从云层中落下来，穿透了年轻的身体。战争就要来了，这场纷争，你改变不了。"

杜兰特和萨力下定决心，要忠心耿耿地为谢纳办事。他们的目标有二，一个是向拉美西斯复仇，另一个在谢纳掌权后求得官位。

他们希望不用付出努力，只凭和胜利者的结盟就获得好处。

能和杜兰特这样的皇亲国戚结交，对底比斯的那些上等阶层的家庭来说，是一件非常荣耀的事，所以杜兰特很容易就和他们打成了一片。按照塞提女儿的说法，她是为了深入了解这个美丽的城市，欣赏醉人的乡村美景，以及拜祭卡纳克的阿蒙大神庙，才会来南方生活的，她打算和丈夫在这里过几天宁静的日子。

不过在一些私人宴会中，杜兰特总会用说悄悄话方式泄露一些关于拉美西斯的私事。要说揭露拉美西斯的隐私，还有比她更合适的人选吗？塞提这位国王虽然非常伟大，没有任何缺点，但拉美西斯却非常暴戾。在埃及的版图上，底比斯这样纯良的社会再也无法拥有重要地位，他会削减阿蒙神庙的补助，让亚梅尼那样的庶民取代贵族的位置。慢慢地，她和拉美西斯的反对者们越走越近。

另一边，萨力成了卡纳克某书记员学校的一位中级教师，以及某个宗教团体的成员，这一教派的主要工作是修饰神坛。他谦虚自持的形象给他加了不少分，教派里的某些重要人物很喜欢和他聊天，还会在家里设宴款待他。萨力也在四处发泄他的怒火，就像他的妻子杜兰特那样。

摩西参与的那个大型工程项目已接近尾声，在获得批准之后，萨力到这里进行参观，并向他的学生道喜。那里所有的圆柱大厅都和卡纳克的毫无二致，神的伟大体现于它的规模，而它的规模也映衬了神的伟大。

摩西长得愈发健硕。太阳长时间的炙烤，让他脸上多了不少皱纹，他没有修剪胡子，正坐在一根巨型圆柱的阴影中冥想。

"能见到你真是太让人高兴了！我的另一个出类拔萃的学

生……"

"现在说这些还为时尚早，只有最后一根柱子落地，我才能安下心来。"

"所有人都在称赞你的能力。"

"我的工作只是监督核查别人的工作。"

"摩西，你的品德远远超过别人。你让我感到骄傲。"

"你是路过底比斯？"

"不是，我和杜兰特在附近的一幢别墅里安家了，我现在是卡纳克一所学校的教师。"

"这听起来像是被免职了。"

"若非拉美西斯，我们也不会落到这个地步，他说我和他姐姐犯了重罪。"

"他有证据吗？"

"什么证据都没有。要不然，他该让我们出庭受审才对？"

他的话让摩西大吃一惊。

萨力接着说："拉美西斯被权力迷住了眼睛，他姐姐总劝他克制，结果惹恼了他。其实他没变，他原本就是个倔强、极端的人，以他这种性格，想要扛起那么重的责任说来并不合适。我敢说第一个为此难过的人就是我。我对他其实有过劝诫，可惜一点儿效果都没有。"

"被流放到此，这种日子你会不会觉得难过？"

"哪有流放那么严重！这是个非常美丽的地方，神庙让我的心灵享用了一次盛宴，再说能教孩子们一些东西，对我来说，也是一件挺愉快的事，我已经过了想要尽展所长的年纪。"

"被人诬陷，你难道不觉得自己是受害者？"

"拉美西斯是储君，是权力的掌控者。"

"可是滥用权力应该受到惩罚。"

"若能如此，当然再好不过。相信我，别被拉美西斯骗了。"

"为什么？"

"我敢说，他会想方设法抛弃当年所有的同学，因为他们除了阻碍他什么都做不了。妮菲塔莉也是个冷酷无情的人，他们结婚之后，似乎只有对方才是重要的。他被这个女人带坏了。摩西，请务必谨慎一些！现在我已经这样了，下一个倒霉的弄不好就是你。"

摩西思考了很长时间，比往日久得多。老师说的话都是出于好心，他是尊重他的。难道拉美西斯真的误入歧途了？

那两只野兽，狮子和黄狗，接纳了妮菲塔莉，她可以抚摸它们而不用担心被咬伤或者抓伤，在此之前，只有拉美西斯才能做到这点。这对小夫妻每隔十天就会带着他们的宠物去乡下放松一天。屠夫围着马车跑，夜巡跟着主人跑。他们在田间地头野餐，遥望在天空中飞翔的白鹭、鹈鹕。妮菲塔莉美丽的容貌有时会引起村民的注意，每到这时，夫妻两个都会向对方问好。妮菲塔莉很会讲话，总能根据人们说话的语气和内容，做出合适的回应。对于那些年迈的或者病重的村民，她也总是能帮就帮却从不声张。

不管是面对图雅，还是仆从，她的态度都是一样的，她永远都是那么专注、平和。拉美西斯没有的东西，比如耐心、克制和温柔，她身上都有。她的一举一动都带着皇后的气度。拉美西斯从第一次见到她开始，就知道她是无可取代的。

他们之间的爱情与储君和伊瑟之间的并不相同。在享受做爱的快乐和接受情人的热情这方面，妮菲塔莉和伊瑟毫无二致，她们的不同点在于，妮菲塔莉的眼中总是带着另一种神采，即使是在做爱的过程中。妮菲塔莉不同于伊瑟，她能领悟拉美西斯的那些最隐秘的思想。

拉美西斯向父亲提出请求，要带妮菲塔莉去阿拜多斯接受奥西里斯和伊希斯的神秘祭礼。在塞提掌政的第十二年的冬天，国王批准了他的提议。就这样，国王夫妇和储君夫妇一块去了圣城，在那里，妮菲塔莉经过了一些仪式正式成为教众。

图雅皇后在祭礼之后的第二天，送了一个金手镯给妮菲塔莉。妮菲塔莉至此之后，只要有宗教庆典，需要给大皇后帮忙，都会戴着这个镯子。妮菲塔莉激动得热泪盈眶，她之前还担心自己和拉美西斯结婚会离神庙越来越远，没想到情况刚好相反。

亚梅尼在发牢骚："我讨厌这样。"

拉美西斯很清楚自己机要秘书啰唆的性格，所以偶尔，听到了也会装成没听到。

他又说了一遍："我非常讨厌这样。"

"难道他们给你的莎草纸很差？"

"这个你不用担心，我会拒绝的。某些变化，不要告诉我你没看到。"

"法老的身体还算稳定，我的母亲和妻子成了最好的朋友，国家安定祥和，荷马在写诗……这对我来说已经是最好的情况了，啊，不，等你结了婚才算完美。"

"这种鸡毛蒜皮的小事，我哪有时间管，其他的事你没看到吗？"

"实话实说，我没看到什么。"

"你现在只能看见妮菲塔莉吧！在这件事上我无法指责你，好在还有我在边上给你当耳朵。"

"你听说什么了？"

"一些让人心慌意乱的流言蜚语。有人在诋毁你，污你的名声。"

"谢纳？"

"你哥哥这几个月保密工作做得非常好，反倒是宫里传出不少不好的议论。"

"我会把这些多话的人赶走！"

亚梅尼说："他们心里很清楚，而且会以此为借口进一步中伤你。"

"他们敢从皇宫的走廊里或者那些华丽宅邸的会客室里走出来？我很怀疑！"

"你的话理论上是对的，可我担心的是有人蓄意造成了这种反对的形势。"

"塞提已经选定了继承人，别人的胡思乱想不用放在心上。"

"你觉得谢纳会罢手？"

"你也看到了，他态度很温顺。"

"这正是让我恐慌的地方，他可不是温顺的人！"

"朋友，你想得太多了。塞提不会让人伤害我们的。"

亚梅尼心里说："在他驾崩之前。"他要求拉美西斯一定要注意现在正在日益变差的形势。

50

　　妮菲塔莉给拉美西斯生了一个女儿，可惜这个孩子只活了两个月就夭折了，这对妮菲塔莉来说是一个非常沉重的打击。她的身体虚弱，食欲不振，医生们对这种情况忧心不已。为了给她力量打败伤痛，拉美西斯连续三周每天都陪在她身边。

　　妮菲塔莉觉得自己恐怕无法为心爱的拉美西斯孕育另一个孩子了。

　　伊瑟把健壮的凯交给一位奶妈照顾，自己开始涉足于底比斯上流社会。她认真聆听杜兰特夫妇的指控，对拉美西斯如此不顾天理伦常的做法大为吃惊。这个南方都市里的人，并不想让储君登位，在他们心里储君是一个暴戾的、完全不准守"玛亚特"的君主。伊瑟想帮拉美西斯解释，可是他们拿出的证据她根本无力反驳。她喜欢的人，难不成真是一个贪恋权位的独裁者，一个冷酷无情的恶魔？

她又想起谢纳的那番话。

拼命工作的塞提只要一有空儿，就会把拉美西斯叫到身边。在御花园，父子二人坐在一起，塞提在教导拉美西斯。其他君主喜欢通过文字教导继任者执政技巧，塞提则不同，他喜欢这种长幼相继、口传心授的教育模式。

他告诫道："知识就像是步兵的盾牌和利刃，你可以用它进攻，也可以用它防守，但只有知识是不够的。和平时期所有人都认为自己应该获得幸福，动乱时期，所有的罪责都要由你来扛。当你做错了一件事，不要责怪别人，那没有任何作用，你应当自省然后马上修正错误，你在行权的时候不要用错方式。你要时刻完善自己的思想和行为。我要交给你一件事，你以我的名义去办。"

拉美西斯并没有因为这番话里的深意而欢欣鼓舞，若能永远聆听父亲的教诲该多好啊。

"我看到一份报告说努比亚有个小村子违逆领主的命令，但这份报告有些含糊其辞。你以法老的名义到那里去处置一下。"

努比亚的景致依旧让人迷醉，拉美西斯差点忘了自己的使命。他的肩头不再沉重，湿润温和的空气、在浆果树林中穿梭的微风、赭红的沙漠和大红的石头，让他的心得到了彻底的放松。他多想把军队赶回埃及，自己融入这片唯美的景色中啊。

跪在他面前的领主这时说："我的报告，请问您看过了吗？"

"塞提认为你说得不太清楚。"

"可是，事情明明白白，那个村子叛乱了，应该发兵剿灭。"

"你的将士可有死伤？"

"我非常小心，所以尚未出现伤亡。我一直在静候您的到来。"

"你没有马上干预，为什么？"

领主磕磕巴巴地说："不清楚……他们人太多，要是，要是……"

"我要去那里看一看。"

"我这儿备有糕点和……"

"出发。"

"现在天气正热，是不是等到黄昏的时候会比较好？"

拉美西斯的马车行走在路上。那是一个宁静的努比亚村庄，掩映在尼罗河畔棕榈树的树荫间。在那里，男人正在挤奶，女人正在做饭，孩子们光溜溜地在河中玩水，几条瘦骨伶仃的狗正在房檐下酣睡。

埃及大军密密麻麻地站在周边的丘陵上，看起来，他们在人数上占有绝对的优势。

拉美西斯问领主："叛乱者在哪里？"

"那些人就是……不要被他们老实的外表蒙蔽了。"

这些侦察兵坚信，如果还有其他努比亚战士藏在周围，他们一定能发现。

领主说："这里的村长违背我的命令，如果不想其他族群也发生暴动，就应该马上剿灭这伙人。努比亚人得到这个教训就不敢再犯这样的错误了，让我们消灭他们吧。"

一个女人一看到埃及军队就尖叫起来。孩子们马上从河边跑回屋里，藏在母亲身后，拿起弓箭、手握长枪的男人们则聚集到村子中央。

领主大声喊道："看啊，我说得没错。"

村长越过人群，他长着一头卷曲的短发，头上插着两根很长的鸵鸟毛，胸前配有绶带，右手握着一根长达两米、挂着彩色丝带的长矛，一脸桀骜的神情。

领主提醒道："他会发动突然袭击。我们的弓箭手必须马上动手，把他射死在地上！"

拉美西斯说："我才是指挥官，所有人都不准发动攻击。"

"你要做什么？"

拉美西斯将头盔、护胸甲和护腿铠甲脱下来，将利剑和匕首放到一边，沿着铺满石子的斜坡走下去。

领主大喊："陛下！别过去，他们会杀了你的！"

储君看着那位六十岁左右枯瘦精干的努比亚人，继续慢慢地往前走。

对方上下晃动长矛的动作，一度让拉美西斯以为自己这次的行为有些冒失了，不过一位努比亚酋长，总不会比一头野公牛更恐怖吧？

"你是谁？"

"塞提的儿子，埃及的储君，拉美西斯。"

这位努比亚人放下武器。"这里的首领只有我一个。"

"永远如此。只要你遵守'玛亚特'，你就是这里的首领。"

"违反律令的是我们的保护者，领主本人。"

"你的指控非常严重。"

"我信守承诺，可领主却食言而肥。"

"把你的怨言说给我听。"

"他答应我们用贡品换小麦，贡品我们准备好了，可是小麦在哪儿？"

"我要看看贡品？"

"跟我来。"

当这位酋长领着拉美西斯，从村子里的战士身边走过去时，领主还以为储君就算不被杀，也会被俘，连脸都遮起来了，可是没有任何突发情况。

酋长让储君看了那些装满金粉、豹皮、扇子和鸵鸟蛋的袋子，这都是达官显贵们喜欢东西。

"我们不会屈服的，就算牺牲性命也一样如此，除非你们肯信守诺言。在一个充满谎言的世界里，人还能活吗？"

拉美西斯斩钉截铁地说："不会有战争发生的，你们既然信守承诺，自然会得到你们需要的小麦。"

谢纳大肆抨击拉美西斯，说他在叛乱的努比亚人面前表现得软弱无能。不过领主却有不同的看法，他劝谢纳不要传播此种言论。两人私下见面时，领主对谢纳说："拉美西斯在军队里的威望越来越高了，他的彪悍、激情和迅速结束战斗的能力得到了所有士兵的认可。有一些将领根本不怕贵族，你说美西斯懦弱无能，他们恐怕不会同意，到时候影响到你就不好了。"

谢纳觉得他说得没错，虽然得不到军权，让人有些遗憾，但军人在两地之主面前也只有唯命是从的份。在埃及，想要执掌国家大权，只有军权是不够的，还要得到文武百官和某些大祭司的认可，缺一个都不行。

拉美西斯越来越像一个战士了，坚忍不拔得让人心慌。这个年轻人现在在塞提执政的时候倒是一副循规蹈矩的样子，可是以后呢？在和敌人交锋的时候呢？谁知道他会不会做一些疯狂的冒险，把整个埃及军队都赔进去！

就像谢纳说的那样，塞提非常睿智，他没有入侵赫梯，占领那座声名赫赫的卡迭石堡垒，而是和赫梯人签订了一份停战协议，可是拉美西斯也有这样的智慧吗？贵族喜欢无忧无虑的生活，对那些斗志昂扬的将军充满戒心，对战争尤其深恶痛绝。

一个能够挑起大型战争和将近东推入腥风血雨中的英雄，对国家来说，毫无益处。按照那些大使和主持国外情报工作的传信官的说法，赫梯人准备以和平的方式和埃及相处，不准备和埃及开战了。既然如此，要拉美西斯这种人还有什么用呢？不仅没有，反倒有害。如果他的攻击性还是那么强，就该取消他的资格了，不是吗？

谢纳的言论得到了很多人的支持，在他们眼中，谢纳是个稳重而现实的人。事实证明，他说的话确实是对的。

谢纳去了一趟三角洲，收服了两位省长，他们许诺等塞提去世后，会站在谢纳这边。他还在自己奢华的船舱里，和亚夏见了一面。厨师备好了精美的食物，佐餐的是特级果酒。

这位年轻的外交官素来都是一副骄傲的样子，他灵动的眼睛偶尔会流露出一丝迷茫的微光，他温润的声音和镇定的态度带着一股安定人心的力量。"他背叛了拉美西斯，但他如果能忠于自己"，谢纳想，"让他当一个合格的外交部长未免不可。"

亚夏吃得很少。

"食物不合胃口吗？"

"对不起，我有点心烦。"

"私事？"

"不是。"

"有人给你添麻烦了？"

"刚好相反。"

"是拉美西斯吗？难道他发现你是我的人了？"

"不用担心，没人知道我们的秘密。"

"那你烦什么？"

"赫梯人。"

"虽然赫梯人开战的意图已经显露出来了，但送到宫里的报告还是瞒了所有的坏消息。"

"官方说法，确实如此。"

"你有什么不满吗？"

"我的上司太天真了，他只是不想用那些悲观的预测打扰塞提，这是唯一的解释。"

"说得详细一点。"

"赫梯人不是未开化的野蛮人，如果武力无法让他们获益，他们自然会选择用计。"

"他们会贿赂当地的几个掌权者，策划一个恐怖的阴谋。"

"这种论调的支持者其实是某些专家。"

"你不这么看？"

"是的。"

"说说你的焦虑？"

"赫梯人会不会攻打我们的附属国，把我们引入陷阱？"

"这个可能性不大。只要出现重大的反叛，塞提就会立即出兵。"

"塞提还不知道。"

谢纳认真地考虑了一下这位年轻外交官的示警。毕竟亚夏迄今为止一直都表现得非常冷静。

"危机很快就会爆发吗？"

"赫梯人采取拖延战术，其实正在循序渐进地部署，只要再有四到五年的时间，就能布置妥当。"

"好好地盯着他们，这件事只和我一个人说就好。"

"这对我来说并不是一个合理的要求。"

"我会重赏你的。"

51/

这是一个驻有海防部队的安定祥和的渔村，村民十人一队作为海防员巡视过往船只。因为离开埃及向北航行的船只极少，所以他们的任务其实非常简单。海防队长是一个六十多岁的大肚子的男人，他的首要工作就是把所有出行者的名字和他们出行的时间写在记事本上。如果国外过来的船只想要进出尼罗河，就要走其他海口了。

这些海防队员还有一项工作就是帮渔夫收网和补船。人们的主要食物是鱼，政府给海防队长配备了少量的酒，每有节日、假日，他都会拿出来和大家分享。

小镇居民最喜欢的娱乐活动就是看海豚表演，他们不知疲倦地看着海豚齐整的跳跃和激烈的追逐。

"长官，有一艘船。"

这位躺在草席上的队长完全没有起身的欲望，毕竟现在还是中午休息的时间。

"引导一下，把船长的名字记下来。"

"它行进的方向是我们这边。"

"你看清楚了……这怎么可能？"

"我保证，它确实是朝我们这边开过来的。"

队长吓得猛然站起身来：他只喝了一点淡啤酒，还没到产生幻觉的程度，再说今天这个日子，也不会有人送酒过来。

在岸边可以清楚地看到径直驶向村庄的船是一艘巨型军舰。

"这艘船不是埃及的……"

埃及的船不可能在这里停靠。

"备战！"队长对他的手下喊道。这些人已经很久都没有拿起过长枪、刀剑、弓箭和盾牌了。

那艘船来此的目的虽然暂且不知，但有一点很清楚，就是它的甲板上站满了头戴牛角盔、身穿护胸甲、手握利刃和圆形盾牌的战士。这些战士皮肤黝黑，长了一脸卷曲的胡须。

站在船头的人个子极高。凶神恶煞的样子吓得埃及的海防人员不住后退。

一个人轻声说："一个怪物！"

队长纠正道："一个人而已，以他为目标，进攻！"

两位弓箭手一起射箭，前一支射空，第二支尚未碰到那个巨人的胸口就被他挥起的长剑砍断了。

一个海防员高喊："看那边！又过来一艘船！"

"这是入侵，"队长急忙下令，"退！"

拉美西斯过得非常幸福。

这是一种长久的、如南风般激烈、如北风般温暖的幸福。妮菲塔莉让他每一分钟都过得非常充实，她能化解他的忧虑，让他的思想更加积极。她就像白日间一道温柔的光，照亮了周围。

让拉美西斯感到惊异的是，在平静富足的生活之外，妮菲塔莉还有别的期待，她像皇后一样端庄优雅。她的命运是什么样的？她会成为一个统治者，还是一个听命行事的人？带着醉人的微笑的妮菲塔莉，和哈托尔女神——他曾经在其祖先拉美西斯一世的坟墓上看到过这位女神——是如此相像，都是谜一般的存在。

如果说伊瑟是天地中的地，那么妮菲塔莉就是天，她们两个对拉美西斯而言都非常重要。不过他对伊瑟的喜欢充满了欲望和激情，对妮菲塔莉却是全身心的爱。

黄昏时分，塞提遥望落日。霞光已经映入宫殿，国王却一盏灯都未曾点亮，拉美西斯向国王问安。

他的父亲对他说："三角洲的海防警卫队送上来一份告急文书，让我有些担心。我的谋士们认为这是一个意外，并不要紧，但我无法认同他们的推断。"

"出了什么事？"

"地中海边上的一个渔村遭到了海盗的袭击，临阵逃跑的海上防卫队却表示局面已经被他们控制住了。"

"他们说谎？"

"你去查查，看看到底是怎么回事。"

"您为什么会有这种担忧呢？"

"那批海盗就像土匪一样穷凶极恶，他们只要落到地上就会挖坑，只要挖出坑来，就会留下可怕的种子。"

拉美西斯恼火地说："海防警卫队连我们的安危都保证不了吗？"

"或许，那些管理者没想到事情会如此危险。"

"我马上动身。"

塞提的视线再次回到远处的夕阳上，他多想以国家领导人的身份再次领兵出征，和儿子一起再去看看三角洲水乡的景色啊。可是十五年的统治让他落下了满身的病痛，好在他身上流失的力气貌似注入到了拉美西斯的血液中。

警卫队的人从临近尼罗河支流的一个小镇里绵延开，一直延伸出三十公里远，他们正一边忙忙碌碌地用木头修筑防御工事，一边等待援军。看到储君带着援兵来了，他们从避难所中蜂拥而出，在那位大肚子长官的带领下奔向援军。

在拉美西斯的马车前，这位长官跪倒在地。"陛下，我们成功撤离，没有一兵一卒的伤亡。"

"起来吧。"

"我们……以我们的人数来说，实在寡不敌众，那些海盗可以让我们全军覆没。"

"他们的动向，你侦察过吗？"

"他们一直在岸边，只是又有一个村庄遭到了袭击。"

"若非你们贪生怕死，怎会如此！"

"陛下……这场仗打起来，对我们太不公平了。"

"滚开，别让我看到你。"

被骂得灰头土脸的警卫队长连忙避到路边。储君的马车继续前行，目标是一艘来自于孟斐斯的重型军舰边上的旗舰。警卫队长追在后边，不过等他赶到岸边，拉美西斯早就下达了以最快的速度向北行进的指令。

那批海盗和那些懦弱的警卫队员让拉美西斯异常恼火。储君要求水手们务必全神贯注。船行的速度非常快，像离弦的箭一样。水手们扬起帆，拿好弓箭和利刃，勇敢地朝敌人冲了过去，看起来和真正的埃及水军并无不同。

拉美西斯全速前进。

在占领了两座村庄之后，海盗暂时停住了脚步，他们正考虑下一步该怎么走，是在陆地上扩大战线，去劫掠其他村庄，还是带着战利品回到船上，为下一次攻击蓄力。

时值正午，海盗们正在享用烤鱼，忽然遭到了拉美西斯的攻击，他们大惊失色，仓皇应战。虽然敌我力量相差极大，这些海盗却并未放弃抵抗，他们凶猛得让人胆战心惊，尤其是那个巨人，他一个人就能对付二十多个步兵，可惜王子的人远不止这些。

这个头领尽管已经沦为阶下囚，却拒不肯屈服，已有超过一半的海盗被杀，他们的船也被烧了。

"你的名字？"

"萨哈马纳。"

"来自何处？"

"撒丁岛。你打败了我又怎么样，我撒丁岛的同伴会来找你报仇的，他们有十几只船，你挡得住吗？我们以埃及的财宝为目标，且已得偿所愿。"

"你自己的国家不好吗？"

"我们以劫掠为生，你的那些士兵太弱了，这若是一场持久战，你们必败无疑。"

一个步兵扬起斧头，想把他的脑袋削下来。

"退下！"拉美西斯呵道，他转过身朝手下的将士走过去，"你们有谁敢和这个野蛮的家伙一对一地比试一下吗？"

全场寂静无声。

萨哈马纳嗤笑道："你们也敢说自己是军人！"

"你有什么想要的？"

巨人被这个问题吓了一跳。"当然是钱！之后，还有女人、美酒、巨大的别墅和田地，还有……"

"我可以雇你做我的贴身护卫队队长，酬劳就是你想要的那些东西，你意下如何？"

巨人像要吃人一般瞪大了眼睛："你可以杀我，但不能戏弄我。"

"真正的战士不会不知道什么是随机应变：你要么答应我的要求，要么慷慨赴死，选吧。"

"我想要自由，您能给吗？"

两名步兵战战兢兢地解开捆着他的绳索。

拉美西斯不矮，但萨哈马纳更高，比他高了足有一头。萨哈马纳走向储君，他迈出了两步，埃及弓箭手全神贯注地用箭头瞄着他。只要他朝拉美西斯冲过去，并有用自己巨大的手掌怕死拉美西斯的意图，他们就会放箭射杀他，可是他们的箭能避开塞提的儿子吗？

拉美西斯从这名撒丁人的眼中看到了杀意，但他仍旧双手交叉一动不动地站在那里，看起来毫无惧意。事实上，他的对手也确实无法从他身上闻到一丝半点的畏惧的味道。

萨哈马纳跪倒在地，低着头说："我愿接受您的命令，效忠于您。"

52

孟斐斯原本宁静的社会现在几乎充满了斥责声，难道他们献给埃及的将士不够多，在这些人中竟然没有一个有能力护卫储君？贵族们认为储君选一个野人做贴身护卫队队长无异于在扇他们的耳光。就普通人来说，萨哈马纳那一身古怪的撒丁服装看起来也非常碍眼，再说，他不是那些被送往矿场服劳役的、犯有劫掠恶行的海盗的首领吗？现在凭什么得到这样一个让人称羡的职位？如果他暗中谋害拉美西斯，后者也得不到任何同情。

谢纳觉得拉美西斯又做错了一件事，并为此欢欣鼓舞。看样子唯有崇尚武力才能打动他这位弟弟，不然他怎么会做一个如此让人讨厌的决定。储君对晚宴和招待会没有任何好感，他喜欢的是在沙漠里不停地骑马奔驰，做各种射箭训练和比武训练，他还喜欢和他的狮子玩一些危险的竞技比赛。

萨哈马纳成了拉美西斯身边的红人，他们或是空手搏斗，或是用兵器进行切磋，以研习武技，最后这种比试会以刚柔互用作为结局。这个巨人的埃及手下同样接受了大量训练，这可以让他们成为最优秀的军人，而且他们的吃住环境也非常好，所以没有任何怨愤之词。

拉美西斯说到做到：他送了一栋别墅给萨哈马纳。这栋别墅里有八个房间，一口水井，还有一个郁郁葱葱的花园。在别墅的地窖里，摆满了双耳尖底瓶，里面都是多年陈酿。萨哈马纳还会在自己的床上，招待一些外向的、偏爱雄伟高大的外国人的利比亚女人和努比亚女人。

这个撒丁人虽然没有丢掉头盔、护胸甲、长剑和圆盾牌，却已经忘了撒丁岛。他在那里穷困潦倒，得不到任何尊重，可是在埃及，他不仅有花不完的钱，还得到了人们的敬重。拉美西斯不仅饶了他的性命，还让他实现了自己的梦想，所以他非常感激他。若是有人敢伤害储君，他一定会跟对方拼命。

塞提掌政的第十四年，河水上涨的情况时高时低，极不稳定。控制水位成了一件非常重要的事，因为水位上涨的程度若是不够，很可能会出现饥荒。国王先是从阿斯旺水利探测专家口中得知这种情况确实会出现，后又翻阅了大量关于水资源的文献，最后把拉美西斯叫到身边。他勉强提起一丝力气，准备带儿子去一趟西利西亚山的哈庇，那是一个险峻的河流交汇地。哈庇有两个洞穴可以引出一条清澈而丰沛的水源，按照旧传统，它是水位上涨的源头。

塞提向河神献祭，祭品是牛奶五十四瓮，面包三百块、蛋糕七十块、蜂蜜二十八罐、葡萄二十八篮、无花果二十四篮、椰枣二十八篮，还有石榴、枣类、黄瓜、青豆、上釉陶瓷雕像若干，以及乳香四十八盒，金银、青铜、大理石若干。另外还有一些糕点，有些做成了牛的形状，有些做成了鹅、鳄鱼，还有河马的形状，以此来建立新的平衡。

三天后，水位虽然有所提高，但还是达不到标准。现在希望已经非常渺茫了。

埃及历史最悠久的神庙是艾力欧的生命殿堂，那里包罗万象，既有天地的奥秘、天堂的路线图、宗教礼仪，又有皇家年鉴、预言和各种传说；既有医药书籍、手术宝鉴、数学书、几何书、解梦书、象形文字的字典，又有与建筑、雕刻和绘画有关的教科书；既有神庙必备的宗教物品清单、节庆假日历书，又有魔法典籍、先贤箴言；除此之外，还有可以带人游历其他世界的"传递光明"的文字资料。

塞提说："这个地方对法老非常重要。如果有什么事让你觉得非常恐慌，不妨来此翻阅一下古籍资料。生命殿堂的教诲让我看到了埃及的历史，领悟了埃及的今天和明天，我相信你也一样能够看到。"

塞提让一位避世索居的老祭司——生命殿堂的负责人——把"尼罗河之书"拿过来。当辅祭送资料过来的时候，拉美西斯发现自己居然认识这个人。

"巴肯？你不是皇家马厩的负责人吗？"

"以前是，不过我还兼着神庙的工作。我二十一岁就舍弃了俗世的工作。"

他身形健硕，方形的脸孔让人很难升起好感，他之前留的是短须，给人一种冷硬霸道的感觉，现在胡子已经被彻底刮干净了。他手臂很粗，声音暗哑粗粝，怎么看都不像是一个专注于研读前人智慧集的学者。

他把那卷莎草纸打开，在石桌上放好，然后就离开了。

"这个人非常优秀，他的下一个工作地点是底比斯的卡纳克阿蒙神庙。以后你们还会有交集的。"

国王看的那份资料历史非常悠久，是第三王朝的一位国王在一千三百年前写的。这位国王在和尼罗河之神进行过沟通之后，找出了一个有效的办法，专门解决河水涨势不足的问题。

塞提找到了应对之策：在西利西亚山举行的献祭仪式，在阿斯旺、底比斯和孟斐斯也要各举行一次。

长时间的旅行让塞提身心俱疲。在收到传信官水位已到正常水平的报告后，他严令所有省长要密切注意水坝和蓄水池承重能力，灾荒的问题虽然解决了，但还是一滴水都不能浪费。

国王的脸上已经没什么肉了，他每天早上都要召见拉美西斯，和他说正义女神玛亚特的事，这位女神时常化身成一个弱不禁风的女人或者一根羽毛。国王和自己的儿子说，她是唯一能够统治世界并让所有人和谐相处的神；我们尊重神祇的旨意，太阳才会光照大地，麦穗才能生长，强者才会护佑弱者，埃及最基本的原则就是团结友爱；转述并执行玛亚特的法则和公法是法老的本职工作，再多的丰功伟绩也不如这件事重要。

父亲的教诲滋养着拉美西斯的心，可是对于父亲的身体状况，他一直不敢问出口。他知道，法老已经开始减少花在公事上的时间了，开始更多地思考另一个世界的事，他可以感觉到父亲正把精力注入自己的身体里。拉美西斯很清楚，父亲每一分钟的训诲都弥足珍贵，为了能心无旁骛，他开始疏远妮菲塔莉、亚梅尼和一些亲人、朋友。

拉美西斯的妻子对此非常支持，不仅如此，她还在亚梅尼的帮助下给他帮忙，让他能在繁忙的公务中抽出时间照顾塞提，接手法老的权力。

塞提告诉拉美西斯：埃及这个国家有着悠久的历史，也有很多棘手的问题等待处理，你要接受它，接受法老王的王位。塞提知道自己正在慢慢地离开人世，他接受了这个事实，但看着父亲遭受这样的折磨，他难免心痛。

谢纳一脸悲痛，眼角带泪地将这一噩耗告诉了文武大臣，并派人告知了阿蒙神庙的大祭司和所有的省长。祭司虽然想延长法老的寿命，却也知道糟糕的结果或许不可避免。谢纳认为这个悲剧还有一个更加沉重的灾难，就是拉美西斯将继任为王。

谢纳想让弟弟明白如此崇高的工作他其实无力承担，可是对方会接受他这一理性的呼唤吗？当国家遭遇威胁时，谁能拦住这个崇尚武力的人，让他不要毁掉埃及的未来呢？应该安排一个挽救措施才行。

谢纳的演讲听起来既谦虚又具有现实意义，博得了很多人的支持。所有人都想让塞提继续执政，可是大家也做好了准备去面对最坏的结果。

　　墨涅拉俄斯手下的希腊军人已经做了多年的商人，现在重新磨亮兵刃，按照国王的吩咐，他们把那些已经融入埃及社会的老实本分的外国军人召集到一起，随时准备进攻。暴动尚未开始，拉塞德蒙国王就忍耐不住了，他不停地想象自己挥剑刺穿敌人胸膛、破开敌人的肚子、割断敌人的四肢、砍碎敌人脑袋的画面，就像在特洛伊战场上一样亢奋。这次叛乱成功之后，他会把海伦带回家乡，她背叛了他，如此严重的错误，怎么能不受惩罚？

　　看着身边各种各样的盟友和自己已经取得的成绩，谢纳相信局势对他更为有利，所以还是一如既往地持乐观态度。不过，有一件事让他如鲠在喉，就是那个撒丁人萨哈马纳。拉美西斯让萨哈马纳做自己的贴身护卫队队长，这让谢纳的一项阴谋落空了，他原打算让一个希腊军官打入储君的安全警卫体系内的。更糟糕的是，那个希腊军官想要靠近拉美西斯，必须先过巨人那一关。一定要让墨涅拉俄斯想办法悄无声息地除掉萨哈马纳。

　　谢纳差不多已经布置妥当了，只要塞提一死，他马上就会下达行动的暗号。

　　图雅悲伤地说："今天早上，你父亲不能见你了。"

　　"他病情恶化了？"拉美西斯问。

　　"外科医生已经放弃手术了。为了减缓他的痛苦，大夫给他打了安眠针，用的是曼德拉草，效果明显。"

　　图雅看起来还是那样高贵优雅，让人钦佩，可是她话里的伤心和痛苦是遮掩不住的。

　　"和我说实话吧，还能救治吗？"

　　"不能，他的身体非常虚弱。你父亲原本就不应该那么操劳，可他是国王，谁能说服一位国王不要为国事奔忙呢？"

看到母亲满眼是泪，拉美西斯紧紧地抱住她。

"塞提不怕死亡，他的陵寝，他永世的安居之所，已经修筑完成，他早就做好了去见奥西里斯和冥界法官的准备。不管是在神灵面前，还是在那个以背叛玛亚特的人为食物的怪兽面前，他做的那些事都足以让他从容应对。"

"我要做些什么才能帮到您呢？"

"儿子，你只要完善自我即可。你要做好让你父亲的名号永垂不朽的准备，你要跟着前人的步伐，直面不可知的命运。"

午夜时分，塞达武和莲花走出家门。水位下降之后，低地显露出来，乡村又恢复了往日的模样。河水此次上涨的幅度虽然有限，但仍让大地换了一副容貌，在底下的洞穴里有很多被淹死的啮齿动物和蛇类，只有最机敏、最顽强的动物才能活下来，更重要的是，毒蛇的毒液在夏末的时候品质最好。

在西沙漠，这名蛇类杀手选了一个自己非常熟悉的地方，那里有很多带着毒牙的极品眼镜蛇。塞达武悄无声息地向一个最大的洞穴走去。他的经验虽然非常丰富，却不想让莲花冒一点儿的险，所以让莲花跟在自己身后。这位美丽的努比亚女子赤着脚，手里拿着一根分叉的木棍、一个布口袋和一个药罐，她平时做得最多的就是把蛇按在地上，让它吐一部分毒液出来。

沙漠里的蛇群在圆月照耀下蠢蠢欲动，急于去最远的地方探险。塞达武低声吟唱，越是有助于引诱眼镜蛇的低音，他唱的就越重。留在两块扁石头中间的沙土的痕迹表明，有一条巨大的眼镜蛇正在此游荡。

塞达武坐在地上继续低声吟唱，可是那条眼镜蛇一直没有现身。

莲花像跳水一样朝地面扑过去，抓住了那条塞达武想要引到网里的眼镜蛇，塞达武大吃一惊。这位努比亚女人很快就制服了那条蛇，并把它塞进了袋子里。

她说："它跑到你的身后，想要攻击你。"

塞达武说："这不符合常理，连蛇都没有灵性了，大祸恐怕很快就要来了。"

53

荷马正在念诗："在浓重的夜色将我们分开，让我们狂躁的情绪平静下来之前，我们将马不停蹄，不留一刻的喘息之机。在庇护全身的盾牌下，是大汗淋漓的胸膛和紧握利刃的手。"

拉美西斯说："这句诗是《伊利亚特》里的，带了点战争即将重启的味道，对吗？"

"我只说过去。"

"不预示未来？"

"我对埃及有了感情，不想它在动乱中沉浮。"

"你怎么会产生这样的担心？"

"我和我的同胞们还有一些联系，让我忧心的是他们最近有些躁动。听说他们斗志昂扬，就像面对特洛伊的城墙。"

"还有别的吗？"

"我只是个眼神越来越差的诗人。"

在图雅皇后的庇护下，海伦这段时间过得非常幸福，她对此充满感激。在精心修饰过后，大皇后的脸上看不出一点悲伤的痕迹。

"我怎么做才能……"

"海伦，你什么都不用说。"

"我很难过，我向苍天祈祷，希望国王能恢复健康。"

"你的好意我收到了，谢谢你，我也在向神明祈祷。"

"我很害怕，害怕极了……"

"是什么让你感到害怕？"

"墨涅拉俄斯的情绪非常好，太好了。他往日总是一副郁郁寡欢的样子，可现在却非常兴奋。他坚信能带我回希腊！"

"就算塞提离世，你也还是在我们的保护之下。"

"陛下，我怕你们无法庇护我。"

"墨涅拉俄斯是我的贵客，可是做决定的不是他。"

"我不想离开这里，我可以留在宫里，待在您身边吗？"

"海伦，不用担心。你很安全。"

皇后的保证无法让海伦安下心来，她对墨涅拉俄斯的恶行充满恐惧。他一直想把自己带离埃及，只要看到他的态度，她就知道他一定在谋划某个可以实现这一目标的阴谋。塞提去世会是一个难能可贵的机会。海伦决定要查一查丈夫的动向，也许图雅的生命正在遭受威胁。墨涅拉俄斯是一个只要不合心意就会大发脾气的人，这种暴戾已经很长时间都没出现过了。

亚梅尼正在读杜兰特写给拉美西斯的信。

亲爱的弟弟：

我和我的丈夫都很担心你，我们尊贵的父亲塞提法老的身体怎么样了？听说他病得非常重。宽恕的时候到了吗？请你怀着慈悲之心，原谅我丈夫的过错，我相信你已经忘了这件事。他想向塞提和图雅问安，期待你允许。让我们在这一段痛苦的时光里互相安慰吧。现在，重新建立一个坚实的家庭，比纠缠于过往更重要，不是吗？

你是那样的仁慈，我和萨力会耐心地等候你的好消息。

储君下令："再读一遍，读慢一点。"亚梅尼不安地接受了他的命令。

"重新拿一张莎草纸出来。"

"我们是要妥协了吗？"

"亚梅尼，杜兰特是我姐姐。"

"我不是皇室的人，所以我死了她不会伤心。"

"你太尖刻了！"

"仁慈一定是好的吗？你姐姐和她丈夫根本不会效忠于你。"

"亚梅尼，写。"

"我手腕疼，你自己写吧，可以亲自告诉她你原谅她了。"

"求你了，写吧。"

　　亚梅尼紧紧地抓着芦苇笔杆，满脸地怨怼。

　　内容非常短：勿存重返孟斐斯之念，如有违抗，将提请首相裁决，请勿妄图接近法老。

　　亚梅尼的芦苇笔杆在那张莎草纸上轻快地滑动。

　　看过拉美西斯的这封言辞辛辣的信以后，杜兰特在伊瑟身边待了很久。储君强势、蛮横的个性和冷酷的心肠无疑在告诉他的妃子伊瑟，新的王朝对于她和她的儿子来说并不光明，杜兰特和萨力的未来一样如此。

　　伊瑟发现谢纳对其弟弟的指控并非没有根据，拉美西斯确实只会在自己身边播撒覆灭和不幸的种子。伊瑟对他的爱再深，也只有一条路可走，就是硬下心肠反对他。他的亲姐姐杜兰特，不也是这样别无选择吗？

　　谢纳才是埃及未来的掌控者。伊瑟只要忘掉拉美西斯，就可以嫁给这个国家的新主人，组建自己的家。

　　萨力再三表示，谢纳已经得到了阿蒙神庙大祭司和许多高官的支持，塞提离世后，这些人会加入谢纳的阵营——只要他能证明他能登基为王。新国王的人选一确定下来，伊瑟就可以主宰自己的命运了。

　　摩西走进工地的时候，天才刚亮没多久。工地空荡荡的，一个干活的工匠都没有。今天又不是休息日，这些非常优秀且素来敬业的完美的工人去哪儿了？按照他们的规矩，只要不来上工，是一定要提供请假证明的。

　　这个项目完工之后，很可能会成为埃及最宏伟的卡纳克圆柱大厅。可是现在这里居然一个人都没有。摩西第一次感受到没有木槌和凿子敲击声的宁静。看着刻在圆柱上的神祇，他心里不由得赞叹起这种献祭仪式，它将法老和神明融合起来，让这里充满了一种奇妙的超越人心的力量。

　　这是一个神奇的地方，摩西一个人在这里站了很久，就像他是这里的主宰一般。这里很快就会充满创造之力，这是一种可以解救埃及的不可或缺的力量。可是神明的最贴切的解释真的就是这种创造之力吗？终于，他看到了一个工头，这个人是回来找他落在某根圆柱子下的工具的。

　　"怎么大家没来上工？"

　　"你不知道吗？"

　　"我去西利西亚山了，才回来，所以什么都不知道。"

　　"今天早上建筑师跟我们说要暂时停工。"

　　"为什么？"

　　"因为法老还在孟斐斯，没来和我们讲解设计图的事，这件事不是得他亲自讲过我们才能行动吗？所以等他来了底比斯，我们再开工。"

　　这个回答无法解开摩西心头的疑惑。这是一个非常宏伟的工程，塞提居然没来，为什么？只有一个可能，就是他病得很重。

　　塞提会死吗？谁敢做出这样的揣测？拉美西斯一定伤心极了。

　　摩西坐第一班帆船赶赴孟斐斯。

　　"拉美西斯，离我近一点。"

一张镶金的木质大床摆在临近窗口的地方，塞提躺在床上，落日的余晖从窗口射入，铺洒到室内，也照亮了塞提的脸。他平静的神情让他的儿子倍感吃惊。

希望重新燃起。塞提精神不错，又能召见拉美西斯了，他的病痛解除了吗？难道死神已经被他击败了？

塞提说："法老代表了创世主，他是自己的创造者，他的一切行动都以公正地践行'玛亚特'为目标，他是神明之善举的落实者。拉美西斯，你要守护人民，让人类获得生命，你要随时保持警惕，不管是白天还是黑夜，抓住一切合适的机会展开行动。"

"爸爸，这都是您的工作，您会一直做下去的。"

"我就要死了，我看到了这一幕，也听到了它逼近的脚步，它有着西方女神的脸，带着淡淡的微笑，看起来还很年轻。拉美西斯，这不是终点，是一趟旅行。"

"不要走，我求您。"

"你生存的目的是领导别人，不是让别人帮助你。我的时间已经到了，自然要感受死亡，并在接受过考验后或是成为神灵，或是成为魔鬼。如果我活得足够正直，上天就会接纳我。"

"埃及离不开您。"

"埃及从远古时期开始，就是光明唯一的女儿，埃及的子孙一直坐在光明的王座上。我将这一基业交予你，你要将它发扬光大，拉美西斯，'光明之子'就是你的名字。"

"我还有很多事要问您，您还有很多教诲要和我……"

"我对你的训练是从你和野公牛的交战开始的，所有人都不知道，命运在那个时候其实已经做了抉择，不过你应该知道，你将会成为一个民族的统治者，怎么会感觉不到它的秘密呢？"

"我还没准备好。"

"谁又能做足准备呢？你的祖父拉美西斯一世离开人间、飞升天际的时候，我也非常伤心、非常恐慌，和今天的你并无不同。能够决定一个人是生是死的，只有神明之手。你是法老，是人民最重要的仆从，无权去过普通人那种安逸、快乐的生活。不要因为你孤立无援就像迷失道路的羔羊一般惊慌绝望，你必须把自己变成一个能够透过周边各种神秘力量，找出正确方向的船长。相比于自己，你要更爱埃及，只有这样，你才会走上光明的坦途。"

塞提神态平和，金色晚霞以最后的光芒轻抚着法老的脸，将他全身笼罩在一抹奇异的光芒之中，不，其实法老才更像是光明之源。

他预言道："你以后的路荆棘遍布、坎坷难行，你的对手极难对付，相比于幸福美满，人类更喜欢悲伤苦难，你必须要战胜他。获胜的力量就在你心里，只是要找到壮大它的办法。每个大皇后的心都是一样的，妮菲塔莉也是如此，她的力量可以保护你。儿子，你要像翱翔天际的雄鹰一样，目光锐利，傲视人群和世界。"

塞提的声音沉寂了下去，他看着窗外的落日，看着除他之外，所有人都看不到的另一个世界。

在皇宫里，图雅亲自宣布塞提已经离开人世。法老在其掌权的第十五年回归冥界；回到了天上，他母亲的怀抱，同为神灵的兄弟们对他的归来表示欢迎。在那里，他再无病痛的烦恼，将按照"玛亚特"生活。

丧礼立即启动。

神庙不再对外开放，唯一的宗教活动就是不分昼夜地吟诵灵歌。七十天内，男人不能刮胡子，女人不能盘头束发，所有人严禁喝酒吃肉，书记员不再办公，所有行政部门都暂停工作。

随着法老的离世，王位出现空缺，埃及成了一盘散沙。在这一时期，虽有皇后和储君执掌大权，但王座上确实无人，所有人都担心会有突发情况。那些邪恶的力量看到这种情况，或许会想方设法耗损埃及的生命，将它占为己有。

用不了多久，海外各国就会听说塞提离世的消息，并为此磨刀霍霍，所以埃及的边防军已经进入警戒状态。没有人知道，赫梯人和其他民族的将士是否会对尼罗河三角洲发动攻击，是否会发动一场大型战役，就像海盗和贝都因人所期待的那样。英勇的塞提可以消灭它们，可是现在塞提已经死了，埃及只靠自己，它还有取胜的能力吗？

塞提的尸身在他离世那天就被送去了尼罗河西岸的帝王谷中的神庙大厅。图雅负责主持审判仪式，受审的就是这位离世的国王。首先皇后、她的儿子、首相、国事顾问团成员、一级长官和各家仆役要立下誓言，表明自己不会说谎，然后他们开始袒露自己对国王的看法，所有人都说塞提是一位公正的君主，自己对他没有任何不满。

图雅呈上他们的证明书。如此一来，塞提的灵魂就能在那位船夫的帮助下，穿过河流去往另一个世界，抵达星空之海。之后，他的尸身将获得重生，变成奥西里斯。这项仪式之后，人们会按照皇室的礼仪对其进行防腐处理。

负责防腐工作的装殓人员会取出国王的内脏，用泡碱处理尸身，并在太阳底下炙烤，使其失去水分。这一步完成以后，祭司们会用布带把国王的尸体包起来，送到帝王谷——塞提早已为自己准备好的长眠之地安息。

拉美西斯一句话都不说，这让亚梅尼、塞达武和摩西非常担心。在送走了那些过来致哀的朋友以后，伤痛欲绝的拉美西斯把自己关在了房间里，唯一能和他说上话的，就只有妮菲塔莉了，可是她无法减轻他的伤痛。

谢纳比亚梅尼更加焦虑。在浮夸地表达了自己的痛苦之后，谢纳开展了令人惊讶的行动，他联系了不同部门的负责人，开始参与整个国家的管理；他向大臣们展示了自己的无私奉献，尽管正值国丧期间，他还是表达了对国家财产的忧虑。

图雅应该教训她的长子，但是她不能离开她的丈夫。作为伊希斯女神的代表，她扮演着一个神奇的角色，对复活来说必不可少。在塞提被奥西里斯这个"生命的掌控者"放入石棺之前，皇室妻子还不曾担忧过这个世上的事情。

谢纳则有着行动的自由。

狮子和狗寸步不离地跟着拉美西斯，好像要安慰他一样。

塞提活着的时候，他觉得前途光辉灿烂，自己只要倾听父亲的教导即可，他把父亲当作榜样，对他唯命是从。跟着父亲的指挥棒走，治国也成了一件非常简单和快乐的事。拉美西斯从未想过，有一天会剩下他一个人。

十五年的统治如此短暂，这位建造者可以和古代的任何一位帝王比肩，有这么多的神庙在称颂他的荣光。可是，塞提不在了，拉美西斯只有二十三岁，看起来如此稚嫩和脆弱，他能肩负起埃及的所有神殿吗？弄不好，他反倒要被神殿压垮。

"光明之子"，如此崇高的名字，他当得起吗？